讀者喻為「文字最有偶像劇氣氛」・部落格百萬網友迫切催文

純愛小說教主 **晴菜**

我的世界，你來過。

你的心底，有沒有這樣一個人，
你永遠無法忘記，也永遠無法和他在一起。

第一章

我對喜歡的事物向來都是全力以赴！

沒有辦法堅持到底的喜歡，只能算是半吊子的感情，根本沒用。

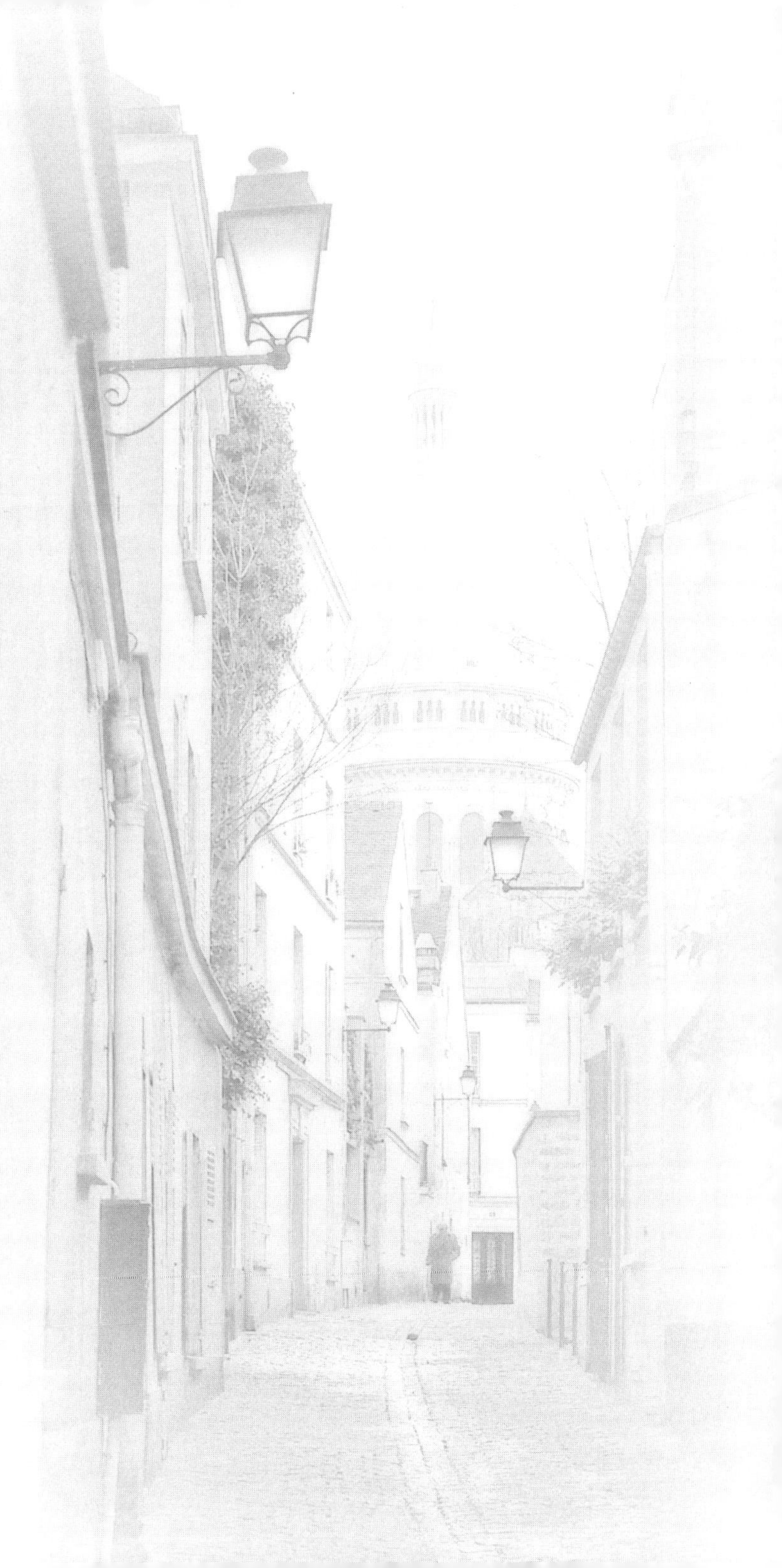

沒有人知道爲什麼施佳懿這個大美女會看上阿海那個老粗，這一點至今仍然是個謎。

阿海並不差，若要配施佳懿便顯得高攀了。他沒有施佳懿一點就通的天資聰穎，也不像她懂得八面玲瓏的技巧。阿海這個人，說好聽一點是耿直，說得難聽就是死腦筋，不知變通。

他唯一比較出色的就是身高，將近一百九十公分的身高站在人群中相當顯眼，經常成爲人們揶揄的話題。幸虧阿海脾氣好，總是笑笑的。

施佳懿同樣也是笑著的，可能是因爲笑容令她更美麗，也有可能那是她維護形象的利器之一，總之，肯定不是好脾氣的緣故。

她剛調到企劃部沒幾天，被一位資深同事當作泡茶小妹，施佳懿笑盈盈端著泡好的梅子茶出來，一人一杯，把所有人都辣慘了，咳的咳，嗆的嗆，那位資深同事怒氣沖天地質問她爲什麼用辣粉去泡茶。

只見施佳懿眨動無辜雙眸，撒嬌說道，「因爲，人家不是泡茶系畢業的嘛！不如下次請大哥示範一下好了？」

面對這麼酥軟的嬌嗔，不管背後動機是不是故意的，大家都會原諒她。

只有一個人不買帳，那就是阿海。

施佳懿對阿海並不是一見鍾情，他們甚至還不對頭了一陣子。

「喂，收起來啦！」

阿海的大手掌一伸，奪走鬆軟可口的菠蘿麵包。施佳懿看著空出的手，神情從錯愕轉爲生氣。

「你幹什麼？」

「上班時間耶！一直吃一直吃，妳以爲這裡是吃到飽餐廳啊？」

阿海被部長任命帶她這位調職新人，平常就由他們兩人一起外出跟客戶接洽。施佳懿大可不必爲了阿海破壞自己甜心美人的聲譽，但偏偏阿海踩到的是她的超級大地雷。

施佳懿是個老饕，還是個吃不胖的老饕。和朋友相約去的餐廳，不論高低價位，淨是擁有絕對美食好評的地方。她的包包和辦公桌抽屜總擺放精緻的糖果餅乾，上班時間嘴一饞，便一口接一口吃起來。

阿海雖不是不通人情的人，倒也一板一眼，他看不慣施佳懿在上班時間永無止境的吃法，老會唸唸她，而她最痛恨享受美食的時光被打擾。

「我肚子餓了嘛！」起初，她試著委婉地來。

「早餐不會吃飽一點喔？不然就忍到午休。」

「不可能。」

「又不是小孩子，哪有不可能的事。這個先沒收。」

「沒收？」施佳懿不敢相信自己的耳朵，「你當我是小學生嗎？」

「不是小學生的話，忍一忍這種小事應該辦得到。」

阿海拿著文件，無動於衷地在座位坐下，佯裝無視鄰座氣呼呼的施佳懿。他也只有和她鬥嘴時才會稍微口齒伶俐一些，其他時候，阿海挺木訥的。

他們座位相鄰，中間只隔一個小通道，三四十公分的距離，足夠讓施佳懿用充滿恨意的目光全力傾注在阿海身上。偶爾，阿海自文件中抬頭，和她四目交接，會故意將桌上麵包往自己的方向移。此舉更是激怒施佳懿，她隨手抓起一塊橡皮擦扔去，被阿海宛如棒球手套的大手輕鬆接住。他正想出聲制止，施佳懿冷不防又扔出第二塊，只是才投進阿海掌心，他立刻「哇」地鬆手。

辦公室的人被他嚇得側目，阿海看向自己手中的橡皮擦，上頭被惡意安上了一只圖釘。

當施佳懿揚起「兵不厭詐」的笑容，阿海努努嘴，擺明不想跟她一般見識。

「好皮啊！那女生。」午休時，阿海照例到附近小吃店點水餃吃，一面無奈嘆氣。

他的同事兼室友浩克白了他一眼，「好幼稚啊！你們兩個。」

浩克本名叫何智輝，現在身邊的人幾乎都不這麼稱呼他了，直接管他叫「浩克」。浩克矬矬的髮型簡直和電影中的綠巨人浩克如出一轍，壯壯的，只有在高大的阿海面前才顯得嬌小一點。

阿海和浩克都隸屬一間廣告公司的企劃部，工作內容又有點涵蓋到營業部的相關事務，必要時還是得外出和客戶談業務。正因爲工作繁雜，他們的部門向公司徵調一名員工，好巧不巧，聽說設計部有一位員工正好提出轉調，便順理成章補進企劃部，部長直接任命阿海負責帶新人。

這新人便是施佳懿。是個非常亮眼的女孩，到哪兒去都會被稱爲「漂亮寶貝」的那種。標緻臉蛋撲上乾淨淡妝，微捲的長髮，看她穿著就知道這女生相當會打扮，表情始終維持著自信微笑。她聰慧大方，很快就和辦公室同仁打成一片，企劃部的事務也學得快。搶眼如她，自然傳聞也不少。

浩克說，整間公司裡，即使是她最親密的朋友，也沒人去過她家，她也從不讓人護送回家，就算大半夜，還是堅持自己搭捷運回去。而且，沒人知道她主動離開設計部的原因是什麼。

「不管是什麼，都是過去的事了，幹麼那麼好奇？」

阿海認眞吃餃子，對於這個話題提不起興趣，卻遭到浩克一臉正經的警告。

「你雖然才進公司半年，好歹也算是她的直屬上司，要小心哪！這女人不簡單。」

浩克原本也是施佳懿的護衛隊，自從喝到那杯辣茶之後，便對她敬而遠之了。

「你太誇張了，不過就是個聰明又任性的女孩子。」

回公司路上，經過一間麵包店，阿海停下腳步，看櫥窗內琳瑯滿目的麵包。走在前頭的浩克回頭，奇怪地問：「幹麼？」

「等我一下。」

阿海快步走進店裡，買了一塊菠蘿麵包。他說，早上害施佳懿吃不成麵包，過意不去。

「這算什麼？愛的教育嗎？一下子沒收人家的麵包，一下子又賠給人家一個。」

「我、我這是要讓她下班吃，上班時間還是要乖乖上班。」

他笨拙地為自己矛盾的行動作辯解，浩克斷言他絕對會被那鬼靈精吃得死死的。

回想起來，如果阿海不是這麼心軟，或許將來也不會被施佳懿纏上……不，看上了。

施佳懿看看放在桌上的麵包，再看看眼前得要她特別抬高頭才能見到臉的阿海，狐疑發問：「這是什麼？」

「請妳吃，下班吃。」

他不擅花言巧語，一緊張，反而語無倫次。施佳懿若有所思的視線停在他身上幾秒鐘，炯炯有神的明眸不含一絲情感，卻異常懾人。她伸出手，輕輕將麵包推向阿海。

「謝謝，你自己吃吧！」

這時，在旁邊偷偷觀察的浩克忍不住，跳出來，「喂！這是阿海特地買來給妳的耶！」

她非但不領情，還傲慢得很，「我要吃的不是這種，是巧焙屋的。」

「啊？」浩克一臉聽不懂她在講什麼外星話的表情。

「板橋巧焙屋的菠蘿麵包，是用紐西蘭的奶油做的，麵粉從澳洲進口，師傅的手藝是三十年的工夫，不是那些隨隨便便做出來的菠蘿麵包可以相比的。」

「什麼跟什麼？麵包就麵包，有差那麼多嗎？」

面對快抓狂的浩克，施佳懿站起身，不可一世，「請你親自去買一個回來就知道了。那家店週休二日，早上七點開門，不到半小時菠蘿麵包就會賣光。」

阿海暗暗估算一下，驚訝接腔，「那不就六點多要出門，買到後又得飆過來上班？」

「就算再怎麼喜歡那麵包，一般人也不會那麼拚命啦！又不是什麼山珍海味。」

浩克笑嘻嘻轉向阿海，準備聽他認同附和，誰知施佳懿忽然變了臉色，嚴肅聲明：

「我對喜歡的事物向來都是全力以赴！沒有辦法堅持到底的喜歡，只能算是半吊子的感情，根本沒用。」

她的理直氣壯叫兩個大男人啞口無言，浩克想不到更有魄力的話駁倒她，阿海則是愣住了。觸見他略略受傷的神情，施佳懿莫名其妙皺眉。

「你幹麼？」

他回神，面對她霸氣的瞅視，失笑地摸摸她的頭，「沒有，突然覺得妳說得眞好。」

被他突然以對待小孩子的方式對待，施佳懿登時有點慌亂，閃開他的手。她很快恢復冷靜，彎起一抹過分聰明的甜笑。

「前輩，該不會你也有喜歡的事物……之類的？」

爲了報復他在食物上的作對，施佳懿故意不和其他人一樣叫他「阿海」，而是刻意要拉開距離般，尊稱他「前輩」。

「妳……關妳什麼事？」他的掩飾沒有施佳懿來得好，開始結結巴巴，「總、總之，這麵包妳不要就算了。」

「哼！不是巧焙屋的我就不要。」

那天下班前，阿海臨時被叫到客戶那裡，處理好事情後便可以直接回家。遇到那場大雷雨，剛好是他拜訪客戶後要直接回家的路上。春夏之交，對流旺盛，經常白天是豔陽高照，不到一會兒工夫就變天。當阿海察覺微風中異常的濕氣，才抬頭，一顆大雨滴便重重打在臉上。

烏雲密布的天空瞬間嘩啦嘩啦下起傾盆大雨，周遭行人十分有默契地加快步伐，紛紛從阿海身邊掠過。阿海趕忙從背包拿出那把從老家帶來的雨傘，又舊又黑，來台北將近半年，今天總算有機會派上用場。

那是他出發前，阿嬤硬是塞進他行李袋的，說台北多雨，帶著總是有備無患。

當初阿嬤霸道的堅持，現在想來不禁感激莞爾，他甚至可以想像阿嬤翹高嘴，既強勢又得意地說：「我不是早就告訴過你了。」

阿海跟著人潮走上捷運車廂，即使過了下班時間，裡頭仍沒有空位，他站在靠近門的位置，為了避免撞到天花板而壓低著頭。突兀的身高照例引來乘客們的側目，他本人倒是習以為常，在行車間微小的搖晃中，無聊看著牆上張貼的礦泉水廣告。

那張海報橫刷滿版的海洋，一位上半身半裸的男性面向大海，做出伸懶腰的動作，腳邊有一罐礦泉水以同伴之姿斜立在沙灘上。那名男性是最近演出偶像劇而竄紅的演員，被女性觀眾票選為背部最性感的男藝人。

阿海的視線落在後方那片海，寬廣而閃亮的海水，與他記憶中一模一樣。

來到台北之後，他經常想起老家的海，還有夕照下沿著沙灘走的三枚黑色剪影，有時清晰得甚至能聞到又腥又黏的海風氣味。小而擁擠的車廂裡，卻滿溢海洋般的回憶。每當他想起這簡單的畫面，心臟都會痛痛的。

經過兩站，下一站是離他公司最近的站點。平常阿海都騎摩托車上下班，今天要拜訪的客戶地點比較遠，這才破例搭捷運。

車門開了，這一站的乘客輪流上上下下，最後一位上車的乘客幾乎是跑著衝進來的，以致於阿海和其他人匆匆退避。

那是一個年輕女人，穿著輕薄的風衣外套。她一進來，便搶走方才駐留在阿海身上的所有目光。這女人全身濕透，雨水不停從長長的捲髮和袖口淌下，她腳下所站立的地面很快就暈濕一片。

「抱歉。」

似乎意識到自己造成其他人的困擾，她一面將滴水的髮絲順到耳後，一面輕輕道歉，但冷淡的語氣聽不出任何歉意。她不在意自己狼狽不堪的狀況，就是直視前方玻璃，外頭斗大的雨滴被強風狠狠甩在車窗上，相較之下，年輕女人十分平靜，明亮雙眼含著某種怒氣和強勁風雨相對。

阿海也和其他人一樣，忍不住偷偷打量她，這一看，他大吃一驚！咦？施佳懿！

她怎麼這麼晚才走？一定是剛剛沒能躲過那場大雷雨而淋濕的，也沒有隨身帶傘，看全身上下只有手上那只紙袋，連皮包都沒有。

阿海猶豫要不要開口打招呼，不過一想到昨天為了菠蘿麵包不歡而散，不禁有些彆扭。

車內開始廣播他的下車站快到了，阿海瞥瞥還握在手上的傘。

「那個……不嫌棄的話，傘借妳。」

他低著聲音開口，施佳懿側過頭，一時之間被迫人的身高微微嚇到，發現對方是阿海，露出了更詫異的表情。起先她也尷尬，稍後低頭看那把黑黑的傘，遲疑片刻，無好無不好地伸手接去。

列車停住了，乘客們朝門口湧出。

「喂！」

她忽然輕聲喚他。阿海納悶回頭，看她遞出那紙袋。

「既然你這麼好心，就好人做到底，幫我把垃圾丟掉吧！」

「咦？」

他狐疑瞧了紙袋一眼，不敢隨便拿。

她頤指氣使起來，害阿海下意識伸手收下紙袋，才回神，車門已經關閉。

「拿去，一定要丟掉。」

他著急上前一步，「喂……」

阿海在月台上，無措地和車廂內的施佳懿對望，她並沒有繼續理睬他，伸手將流到眼睛的雨水抹去，優雅的動作逐漸變遠，阿海束手無策地守望，直到車子燈光消失在朦朧雨幕。

那班列車如同夢境一般遠離，阿海走出捷運站，滂沱大雨讓他有初醒的錯覺。

他曾經打開紙袋察看，是一雙咖啡色皮手套，和一張集點卡。手套狀況完好，集點卡背面的表格已經蓋滿二十九個章，只差一枚就可以兌換貴賓卡。到底是什麼的貴賓卡？阿海好奇翻到正面，上頭用澄色油墨壓著大大三個字，「巧焙屋」。

「喔！你回來啦！」浩克剛吃完晚餐，端著空碗走進廚房，下一秒又倒退回來，說：「對了，剛剛有一通電話找你。」

阿海在玄關脫鞋，「誰啊？」

「嗯……說是你高中同學，我有把名字和電話抄下來，就在白板上。」

出社會後，還會主動聯絡的高中同學不多。阿海一面暗忖會是誰，一面走到牆上掛的白板前，白板上用磁鐵貼住一兩張繳費單，其中一張便條紙上有浩克龍飛鳳舞的字。

阿海把紙條拿下，這時，浩克欲走還留地從廚房探頭，賊兮兮地，「是個女的耶！認識你這麼久，這好像是第一次有女生打電話找你。」

許靜。那個名字才映入眼簾，海邊那三枚剪影之一的影像立刻在腦海中鮮活起來！

她總是用素色髮夾紮著公主頭，當她抬起眼，一片清明寧靜的湖泊便會透明地延展開來，她看著他，他覺得自己是赤裸裸的。

「喂！怎麼了？」浩克見他半天不吭聲，硬是喚他回神。

「呃……她有、有沒有說什麼？」

「就說她已經搬到台北來了，有空跟她聯絡。」

浩克想起自己的碗還沒洗，認分退回廚房。阿海面對紙條上的電話號碼和地址，考慮良久，拿起話筒，小心按下紙條上的數字，但是一陣突來的膽怯讓他快速按下切斷鍵。

聽著話筒傳來「嘟——嘟——」的聲響，他為自己掙扎的情緒輕輕嘆一口氣。

「沒有辦法堅持到底的喜歡，只能算是半吊子的感情，根本沒用。」

想起施佳懿那嗤之以鼻的口吻，他不由得扯開一絲苦笑。

＊

隔天早晨，阿海比平常還要早出門，他騎著那台二手的一二五機車，在長人的身高壓制下簡直就像台小綿羊。拐個彎，阿海將昨天施佳懿硬塞給他的那雙咖啡色手套丟進舊衣回收箱。放手前，他還猶豫了那麼一下，說不上來，儘管將紙袋裡的物品扔掉是主人的意願，總覺得哪裡不對勁。

處理好紙袋，他繼續騎著機車朝公司前進，途中經過一座高架橋，如果時間抓得好，剛巧會有一班捷運經過。他喜歡看捷運細長的車廂在上面滑行的姿態，載滿和他一樣正在趕上班的人們，這會讓隻身在台北打拚的他多少獲得一點歸屬感。阿海的視力有一點二，在短短兩三秒鐘之間，還能清楚看見倚在車窗前的人們正在做什麼事，有的在閉目養神，有的在玩手機，有的什麼也不做，有的尚未完全清醒，表情還一片空茫。

進公司打卡時不到七點四十五分，阿海習慣早到，他自認笨手笨腳，必須先到辦公室確定今天有哪些事情要做，阿海是勤能補拙的類型。浩克也沒精明到哪兒去，卻有老神在在賴床的本事，經常在最後一刻才匆匆忙忙衝進公司。

施佳懿不久後也進來了，她和阿海對視一眼，阿海以為她會主動提起紙袋的事，不過施佳懿放好包包便逕自去泡咖啡，神清氣爽地和同事小惠聊天，好像壓根兒沒發生過昨晚那檔事。

午休快結束前，有個眼妝化得特別濃的女人氣沖沖走進企劃部，當時留在辦公室裡的人不多，她稍微搜尋一下，便找到待在座位上正準備享用銅鑼燒的施佳懿。

那女人踩著「噠、噠」響的高跟鞋，氣勢逼人地來到桌前，不發一語地將手掌按在桌上。施佳懿抬頭，見到是昔日同事，顯得無動於衷。不對，眞要說的話，這銅鑼燒是知名店家的招牌商品，先前網購今天才寄到，享用美食的時間被打擾，她不太高興，不過還是祭出一貫漂亮的笑臉，明知故問：「找我啊？」

「少裝蒜了，檔案呢？」

「什麼檔案？」

「捷飛公司的企劃書和 logo ！」

「不是在課長的電腦裡嗎？」

施佳懿開始慢條斯理撥開包裝紙，眼妝女氣急敗壞地提高音量，「不見了！今天早上我們要開會，才發現檔案不見了，我懷疑是妳偷偷把檔案刪掉的。」

「我？」她瞥了對方一眼，擱下銅鑼燒，「弄丟檔案，應該是課長的責任，怎麼會來怪我？妳認爲我會知道課長電腦的密碼嗎？」

「因爲……」

原本盛氣凌人的眼妝女突然欲言又止，狀似有什麼難言之隱。辦公室的人全都停止動作，屏息等待接下來的劇情發展。施佳懿神色自若，率先打破僵局，再度動手拆包裝紙。

「好吧！當初企劃書是我寫的，logo 也是我設計的，請你們課長來找我，我就可以考慮再重製一份給你們。」

透明包裝紙在她纖細悠哉的指尖發出輕微聲響，在眼妝女聽來卻異常刺耳，氣得她咬牙切齒。

「妳不要以爲繼續裝蒜就行！除了妳之外，不會有人幹這麼惡劣的事！」

一直笑臉迎人的施佳懿聽完她這句話，放下銅鑼燒站起來，犀利的眼神定在對方臉上，正色說道，「我告訴妳三個方法。第一，調出公司的監視器；第二，去查課長電腦那邊的指紋。如果這兩個方法查證後是我幹的，我就三跪九叩到貴部門去謝罪。再不然，還有第三個方法，叫你們課長來求我，本姑娘高興的話，也許願意幫忙，再重製一份檔案給你們。」

很顯然第一和第二個方法早就試過，而且完全沒有線索，第三個方法更是叫眼妝女惱羞成怒，嚷著「妳不要臉」便要衝上前！說時遲那時快，有隻大手掌及時阻止她，巨人般的手令她嚇得花容失色，用力扭動自己手腕。

「你、你幹麼？你哪根蔥啊？」

阿海不知何時出的手，他放開眼妝女，態度極為客氣，「我叫林裕海，算是帶施佳懿的人，她如果有什麼錯由我來扛。她說她沒做就沒做，我相信她。」

眼妝女正想發飆，誰知施佳懿望著他，蹦出一句，「為什麼？」

「嗯？」被當事人反問，阿海愣住，支吾起來，「這個……呃……怎麼說呢？」

「我們認識不到一個月吧？憑什麼要相信我？」

施佳懿的追根究柢等於搶走眼妝女的台詞，她只能氣呼呼瞪住阿海，看他要怎麼說。

阿海絞盡腦汁，最後徒勞無功地笑笑，「我不會說，可是，相信一個人需要理由嗎？」

那一刻，施佳懿眼底已經沒有眼妝女的存在，她凝視他，千頭萬緒。一旁同事因為阿海的挺身而出，激發他們同仇敵愾的精神，紛紛擺出「我們是同一國」的姿態。眼妝女眼看情勢對自己不利，凶狠地撂下「就不要讓我找到證據」便落荒而逃。

「我說，那個施佳懿離開設計部果然有什麼內情。」

浩克和阿海在茶水間泡三合一咖啡，浩克信誓旦旦地推理。阿海瞄他一眼，不怎麼在意，專心將咖啡粉倒進馬克杯。

「就算有，那也是她在設計部的事，跟現在沒關係。」

「小惠好像有朋友在設計部，我看叫她去探聽看看好了。」

浩克一想到這點子，顯得躍躍欲試，這時後方傳來一道嬌懶的嗓音。

「不用那麼麻煩，直接問本人好了。」

「豬頭，哪能直接問本……」他端著杯子回頭，撞見施佳懿帶著邪氣的笑臉，立刻嚇得跳開，「喔！出現了！」

「喂！小心……」

咖啡從杯中灑出來，濺到阿海。施佳懿不疾不徐走進兩人中間，伸出手，「我重新幫忙泡一杯吧！」

「不行不行……不是，不用不用……」

浩克用手掌護住杯口，從夾縫逃走，阿海還忙著擦拭褲子上的咖啡漬，偶然間抬頭，觸見施佳懿意味深遠的注視。

「怎麼了？」

「廠商打電話來，說現場布置和當初說的不一樣，要我們過去確認一下。」

「喔！好。」

阿海騎車載施佳懿前往新品發表會會場，途中曾對著轉陰的天空喃喃自語，「該不會快下雨了吧！」

他們到了會場才發現，所謂的「布置不一樣」不過是一個展示櫃擺錯地方，對方經理卻吹毛求疵地嫌東嫌西，硬是要拗阿海多給些優惠。阿海頻頻道歉，直線式思考的他也不懂轉彎，只會跳針般重複說「我沒有那個權限」。

施佳懿原本在樓梯間打電話向主管回報這邊的狀況，講完手機回到會場，阿海還像個點頭娃娃，鞠躬個不停。

她先置身事外地觀看，看著人高馬大的他向一個又矮小又不懂尊重的爛人卑躬屈膝，憶起稍早他面對那個眼妝女的正氣凜然，爲他感到不值。

施佳懿終於啓步朝他們走去。不曉得她是再也受不了阿海笨到有剩的交涉技巧，或是對那位矮小經理的厭惡，她的出面的確適時解救了阿海。

「前輩，怎麼說都是我們的疏忽，沒有理由再讓何經理爲難。」

看到甜美可人的施佳懿，何經理當下眼睛一亮，語氣自然更加婉轉，「咳！這個……疏忽是難免的，不過……」

「不行！即使是一點點的疏忽也不能容許。」施佳懿打斷他的話，並且轉向阿海，口吻強硬，「前輩，雖然很可惜，不過我認爲我們應該主動退出這次的合作，以表示公司的誠意。」

「啊？」

那是兩個大男人不約而同發出的疑問聲。阿海慌張地想反駁她的話，沒想到先被施佳懿的高跟鞋狠踩一腳，他痛得無語問蒼天。

施佳懿繼續對何經理說：「何經理，是我們公司不對在先，如果貴公司要跟我們解除合作，我們一定可以理解。至於違約費用我們可以另外談，這點不是問題。」

她的姿態雖然放得客氣柔軟，說話卻十分強勢，每每在何經理要提出質疑前，就槍先接下去回答，逼得那個不可一世的何經理開始支支吾吾。

「這個……其實也沒有那麼嚴重嘛！」他清清喉嚨，不很成功地擠出笑容，「我剛剛只是希望，大家合作彼此都要謹慎一點，盡量不要有什麼差錯。但是如果只有一點點，馬上修正回來就好啦！是不是？」

施佳懿就在等他這麼說！於是不吝嗇地送出一枚迷死人的微笑，「是啊！我就知道何經理是明理的人，我們公司如果能多幾位像您這樣的主管就好了。」

這件小風波順利落幕。他們準備返回公司，春末最後一道鋒面帶來了傾盆大雨，阿海趕緊把機車轉向路邊，和施佳懿站在一間歇業的早餐店門口躲雨。

這是天氣預報所說的豪雨，不一會兒工夫，路面便積著薄薄一層水光。阿海移動到施佳懿前方，掉頭要她站在後面。

「爲什麼？」

阿海並沒有回答，反倒提起她擺平何經理的神乎奇技，「妳說要終止合作的時候，我被妳嚇到心臟都快停了。喂，妳怎麼知道這招管用？」

「前輩。」她當他「朽木不可雕也」，「他們的產品發表會就在下星期了。請問他們有沒有那個美國時間再去找下一家廣告公司？和我們的違約金相比，他們發表會失敗的損失更大，諒那豬頭也沒膽承擔這個責任。」

他還是疑惑，「所以妳是用猜的？要是何經理眞的要解約呢？」

「就解約唄！一直跟豬頭打交道，勞民傷財。」

瞧她說得輕鬆，阿海不禁怪她草率，「妳做事太隨性了吧！如果有個萬一，對公司的影響有多大妳知道嗎？」

施佳懿反瞪他，「你這是什麼態度？不說聲謝謝也就算了，還一直碎碎唸。」

他閉上嘴，和她大眼瞪小眼地安靜片刻，很乾脆地說：「謝謝。」

阿海的坦率一向是施佳懿招架不住的死穴，他見她怔著，又說一遍，「謝謝妳幫忙。如果不是妳，剛剛眞的不曉得該怎麼收場。」

爲了掩飾自己的倉惶，她別開頭，「現在才道謝也沒什麼好高興的。」

「那妳到底是想怎麼樣啊……」

他咕噥幾聲，發現鞋帶鬆了，低身重綁。夾著雨滴的風迎面吹來，施佳懿身上的套裝馬上濕掉了。她摸摸落在臉上的雨水，再望向起身的阿海，他正昂頭打量雨勢。

說起來，阿海是她所遇到過的人當中身高最驚人的一位，這樣的身高有利有弊，比如他經常撞到不熟悉的門楣，又比如他可以爲她遮風擋雨。

不知怎麼，他胸前那片被雨水打濕的水漬落入施佳懿眼底，她覺得心裡有什麼也融化成水，再也武裝不起來。怪怪的，但好舒服。

想抗拒又沉溺的自己，她不太習慣。

「哇塞！今天的雨下得跟我們搭捷運那天一樣大耶！」

爲了製造話題，阿海提起那天在捷運巧遇的事。施佳懿瞟瞟他，有點心不在焉，阿海的體貼引發她一些感觸，爲了不讓古怪的心情持續下去，施佳懿選擇不和他四目相交，轉而面對滂沱大雨。

「我會進這間公司，是爲了設計部的課長。在我家第一次遇到他的時候就喜歡他了。他來找我爸，我無意間偷看到他的。」她兀自說起私事，「我會喜歡巧焙屋的菠蘿麵包，也是因爲他請我吃的關係。後來我們交往，就約定好要把巧焙屋的集點卡集滿，拿到貴賓卡，然後要常常一起吃菠蘿麵包。不過……」

「不過？」由於她毫無預警地講出自己的感情事，害阿海尷尬得不好意思回頭。

「他只去過三次，蓋過三個章，然後就懶得再為菠蘿麵包那麼辛苦。這也不要緊，因為我愛吃那些麵包，所以由我去完成集點任務也可以。但是就在快要拿到最後一個章時，那個衣冠禽獸劈腿了……啊！對象就是那天闖進我們辦公室大呼小叫的那個女人。」

「咦？」

「我對感情非常有潔癖，只要對方對不起我，我就不要了，那張集點卡也不要了。」

所以，她堅持讓只差一格就可以蓋滿的集點卡維持一欄的空白。

阿海不解，「那……那雙手套又是怎麼回事？」

施佳懿困惑一下，後來恍然大悟，「那是為了不留下指紋用的。」

「指、指紋？」

「你看嘛！既然他的人我不要了，那我的東西他當然也不能留著。所以那天晚上我就把企劃書和 logo 的檔案從他電腦裡面刪得一乾二淨。」

剛開始，阿海的腦袋轉不過來，過幾秒才和那個眼妝女衝進來嚷嚷的事串聯在一起，瞠目結舌大叫，「妳——」

她依舊笑得天真，「謝謝你幫我消滅證據啊！」

阿海從來沒聽過這麼讓他傻眼的事，「原來妳真的是凶手？」

「什麼凶手？企劃書和 logo 都是我一手包辦的，那廢物一點貢獻都沒有，我把自己做的東西刪除掉有什麼不對？」

初識施佳懿的時候，她刁鑽滑頭，這樣的女人後來會對阿海這傻大個愛得死心塌地，浩克原本還猜測會不會是她的什麼詭計。不過，愛上阿海卻是她這輩子未曾預料到的。

「妳居然還大言不慚地說犯人不是妳！」

「請你好好回想，我從頭到尾都沒否認過。」

「妳……妳……」世界上怎麼會有人這麼狡猾任性？他一時半刻竟吐不出半個字。

「我是看你當時出面挺我，有那麼一點點過意不去，現在才好心告訴你眞相。」

「妳應該過意不去的不是這件事吧？」阿海發火了，「明天廠商就要來開會，沒有企劃書和logo是多麼嚴重的事，妳不知道嗎？」

「就是知道啊！」她仍舊是「皇帝不急，急死太監」的從容，帶著半戲謔的笑。

阿海猛然抓起她的手，快步朝機車走去，「跟我回去，馬上把檔案還給人家。」

她踉蹌幾步，試著把手抽回來，「不要！放開我！我死也不交出去！」

「妳怎麼可以爲了私人恩怨把一堆人都拖下水？這件事一搞砸，受到牽連的不只是設計部的課長而已耶！」

「我才不管呢！你又不是設計部的人，插什麼手？呃……幹什麼啦？」

她奮力掙扎，因爲阿海正粗魯地朝她身上套雨衣，機車置物箱只有一件雨衣，他費了一番工夫才勉強施佳懿穿好，接著要她上車。

施佳懿抿緊唇，和他對峙片刻，毫不避諱地坦誠自己的想法，「你告訴我，那傢伙不仁不義在先，現在有機會捅他一刀，我爲什麼要收手？」

阿海眉宇蹙鎖，第一次大聲吼她，「妳是要跟別人比爛的嗎？」施佳懿被他嚇著，阿海痛心的眼神，彷彿作痛的是自己一般，「報復這種事，絕不會只有單方面受傷。要傷害別人，勢必得付出自己的一部分，不管手段是什麼，到頭來自己也免不了受到傷害。」

施佳懿不能體會他的話，卻因爲他此刻的神情和語氣怔住。阿海見她動也不動，暗暗爲自己的失態感到抱歉，他拿出兩頂安全帽，將一頂遞出去。

施佳懿盯著那頂安全帽，開始轉小的雨隨著風打在漆亮外殼上，又順著圓形弧度滑落。她看著，覺得心頭有某種東西也跟著隕落，她說不出那是什麼。

阿海不明白她的神情爲什麼驀然轉爲哀傷，拿著安全帽的手無路可退地晾在半空中。而施佳懿安靜一陣子以後，像個乖巧的孩子，自動伸出手將它拿走。

那個接近下班時間的下午，阿海騎車載著施佳懿冒雨飆回公司。施佳懿穿著雨衣，沒什麼大礙，阿海就慘了，全身上下就像剛跳入水池游泳爬上來一樣，他鞋子「啪噠啪噠」踩在大理石地面留下一灘灘水漬。

施佳懿上電梯前，從自己包包拿出一只隨身碟，裡面存有企劃書和 logo 檔案。不過她沒有馬上走進電梯，顯然還不是很樂意做這麼慷慨的事。

「我會陪妳去。」阿海以爲她有所顧忌。

「……到頭來，這隨身碟裡的東西比我還重要。」

「妳在胡扯什麼？」

「要得到一個人眞心的喜愛，應該是很簡單的事才對。但是對我來說，或許是世界上最困難的事也說不定。」說完，她黯然走入電梯，電梯裡原有的乘客一見到濕得滴滴答答的阿海，有兩三個趕緊退出去。

還沒走到設計部，遠遠就能看到裡頭亂成一團，有的人在搜尋電腦，期待或許能找到失落的檔案。有的人在聯絡設計師，看能不能趕出一個 logo 給他們。

施佳懿的出現，無疑是爲焦頭爛額的昔日同事帶來一線曙光，她直搗黃龍，走進課長的隔間辦公室。阿海則留在外頭，隱約看到曾讓她迷戀過的男人果眞有令女人一見傾心的外表，文質彬彬，笑起來還意外地陽光。

「佳懿！」他喜出望外，擱下講到一半的電話站起來。

她冷漠端詳他，似乎在享受前男友狼狽的模樣，接著將隨身碟扔在桌上。他像是溺水的人抓住浮木般一把抓走隨身碟，火速插入電腦，確定裡頭的檔案是企劃書和 logo，這才如釋重負。

「謝謝！太謝謝妳了，這眞的救了我一命。」

她冷眼看著他從起初的冷汗直流到這一刻誇張的熱情，不怎麼領情，「要謝就謝我後面那個雨人吧！是他堅持要我賞這個臉的。」

設計部課長瞧瞧門外正忙著擦掉臉上水滴的阿海，對他頷首。施佳懿擺出「沒事我走了」的率性，轉身朝門口走。

「佳懿。」他喚她，溫柔的語調，「今天晚上……一起吃個飯吧！」

已經走到門口的施佳懿止住腳步，定格兩秒鐘，順暢回頭，彎起一道他們相識以來最嫵媚的微笑，「吃屎吧你。」

今天過得格外漫長，大概是因為發生的事情太多了吧！阿海下班打卡時，禁不住感嘆。

「啊！結果忘記拿出來。」他走到一半忽然想起什麼，喃喃自語，「明天再說好了。」

再往前幾步，發現施佳懿還沒走，她抱著雙臂站在公司外的騎樓，看著被路燈照亮的分明雨絲。

隔著一段距離看她躲雨的纖瘦背影，那背影有點無精打采，讓阿海有了罪惡感。

他不發一語來到她身邊，和她對看一眼。施佳懿繼續面向毛毛雨，半晌才刻薄地開口。

「前輩，還需要我做什麼？到設計部賠罪嗎？」

她等了一會兒，等不到他回話，奇怪側頭，見阿海遞出一個菠蘿麵包，頓覺好笑。

「幹麼呀？你以為隨便一個……」

施佳懿不愧是老饕，單憑麵包的形狀和色澤便認出那是巧焙屋的菠蘿麵包。

「我早上去買的，結果一直忘記給妳。」

她慢吞吞接來，凹凸不平的金黃色外皮，在這個雨夜看來特別溫暖，明明距離出爐的時間已經很久了，卻還溫溫暖。

她躊躇半天，才輕聲問：「你特地跑去的？」

阿海搔搔頭，為自己的魯莽感到抱歉，「對不起，如果我知道那張集點卡有段故事，就不會隨便用掉了。我是想，只差一格就可以集到貴賓卡，不集可惜，所以……」

他於是又遞出一張光滑卡片，那正是巧焙屋的貴賓卡。

對她而言，那張卡片代表著一個夢想，能夠和心上人一起完成的夢想，戀情沒了，她也放棄了。如今阿海將那個夢想出乎意料帶到她面前，同時帶出了百感交集。

阿海不確定她有沒有在生氣，因此更爲小心翼翼，掏出另一張紙，「這是我向老闆要回來的，幸好當初有想到要要回來，我覺得……這是妳的勳章。」

所謂的勳章，正是那張略微破損的集點卡，最後一欄空白被蓋滿，三十個章，不多不少。

什麼勳章？你耍笨哪？施佳懿想要那麼損他，卻只是張著嘴，微微顫抖。

阿海輕輕將集點卡按在她額頭，說：「是妳努力去愛一個人的勳章喔！」

他指尖的溫度竟然穿透紙張印入她額頭，好燙，燙得眼眶都跟著灼熱起來。

「你丟掉不就好了……」她將那張集點卡拿下，淡淡抱怨。

「就算要丟，也不是由我丟。妳眞的不要了，就自己丟。」

老實說，施佳懿還眞的一度想賭氣撕爛那張紙，幾經猶豫後，她用力一推阿海高大的身軀，命令，「你轉過去！我不喜歡我吃東西的時候有人盯著我看。」

「喔！」

他聽話地轉身背對她，聽著身後傳來塑膠袋的窸窣聲，雨點稀稀落落，這些被放大的聲響突顯出沉默的尷尬，阿海只好隨便找話題。

「對了，妳說的這家菠蘿麵包眞的很好吃耶！我早上吃了一個，超好吃的！」

他能想得出來的語彙眞是詞窮得要命。施佳懿應該會這麼損他，但後方始終安靜。

「呃……還有啊！妳是怎麼知道設計部課長的電腦密碼？該不會是亂猜猜中的吧？」

因爲那個白痴沒有把前女友知道的密碼改掉啊！施佳懿還是沒有吐槽回來。

阿海開始有些坐立難安，他再次瞧瞧天空，雨勢小得只剩下一點細細雨絲而已，就算沒撐傘也無妨了吧！可是身後的施佳懿到底吃完了麵包沒有，是不是要等她出聲再走比較禮貌？她一直不吭氣，難道眞的很不高興？

「那個……我不會說大道理，不過，除了那張集點卡之外，將來妳一定還可以再擁有另一個新的紀念品。紀念品這種東西……不是愈多愈好嗎？」

這大塊頭眞的很不會說話耶……任憑她再怎麼努力，也無法成功說出半句嘲笑他的話。施佳懿只是緊緊抓著才咬下一口的菠蘿麵包，無聲哭泣。

不知是爲了那場不能開花結果的戀情，或是復仇計畫的一敗塗地，她只感到一陣強烈心酸從菠蘿麵包的香氣中發酵開來，散溢又散溢，散溢又散溢。

搭捷運返家的路上，施佳懿一如往常婉拒阿海的護送，一個人坐在搖晃的車廂，有點疲倦，有點恍惚，把四周乘客都當作不存在。她放空一會兒，跟稍早阿海想起菠蘿麵包一樣小小「啊」一聲，趕緊打開包包，從裡頭拿出一把黑鴉鴉的折疊傘。

那是阿海上次在捷運上借她的。她專注凝視那把沒有任何花色的傘，就跟阿海本人同樣樸實。一向自我中心的施佳懿，並不喜歡別人的事物在自己生活中佔據一席之地，不過既然對方是阿海……

在列車節奏固定的晃動中，她施加些力氣握住傘身，想著剛剛阿海說到關於紀念品的事，微微倚了頭。

「還是……不還給他了吧！」

第二章

一般的人，多多少少會有一種過去，一種不管再怎麼努力、再怎麼想不惜一切也沒辦法挽回的過去。因為無能為力，所以才把它放在心底，只要放在心底，就不會被發現，不會被提起，不會那麼痛苦……這些妳能懂嗎？

「早安！」

笑容可掬的施佳懿一進公司便一一打招呼，也收到不少回應，那當中混雜著男性同事的傾慕和女性同事的嫉妒。

「早啊！」

阿海總是比她早到，他待在位置上寫報表，跟著其他同事回頭對她笑。

那一笑，讓施佳懿站住。她從後方瞅住阿海埋頭寫字的背影，困惑地鎖眉，剛剛心臟揪了那麼一下是怎麼回事？

聽說設計部和捷飛公司的合作總算順利定案，設計部課長來找過施佳懿幾次，名義上是要感謝她出面幫忙而猛獻殷勤，狀似想吃回頭草。不過這個前男友在施佳懿心中的形象就像中了什麼劇毒，以極快的速度惡化腐敗，地位一落千丈，比螻蟻還不如，如今她單是看見他都嫌礙眼。

唯有和美食爲伍的時光才是令人愉快的。她用纖纖手指剝開一層層鋁箔紙，巧克力香氣瞬間沁入嗅覺，濃度百分之八十的巧克力，對她來說最剛好，啊……光憑這味道就曉得一定入口即化。

「喂！」

頭頂被一疊文件輕拍一記，施佳懿住手，板起臉瞪向阿海。他不等她抱怨，先聲奪人。

「吃吃吃，第幾個了？第十個？」

「十一個。不管我吃第幾個，關你什麼事啊？」

「整間辦公室都是妳拆包裝紙的聲音，吵死了。」

施佳懿停頓一下，拉開抽屜，拿出一對耳塞，遞向阿海的方向，抿嘴笑，「不用客氣。」

爲了食物爭吵，差不多是鄰座的這兩人每天固定上演的戲碼。

「哎唷！整間辦公室最吵的就是你們兩個啦！」

正互槓到不可開交，浩克適時介入，交給他們一份差事。

最近部門接到的一件案子是要幫一家知名蛋糕店做試賣，阿海負責會場布置，原本答應幫忙的花店臨時反悔，現在必須趕快另找花店頂替。

「上來吧！」

坐上機車的阿海交給施佳懿一頂安全帽，那頂表面有些磨損的白色安全帽儼然成爲施佳懿專屬的外出用具。她照例嫌了幾句安全帽的土氣，搭住阿海的肩跨坐上車，一時之間，被手指底下硬梆梆的觸感嚇得抽回手。

那溫度提醒了她，那個雨天，阿海透過集點卡印在她額頭上的暖意。

「怎麼了？」他回頭。

她卻閃避，不知所措的手偷偷在背後攢了攢，「沒……沒有。」

奇怪，心又揪了一下。

阿海的機車在台北的車水馬龍間鑽行，直到一個漫長的紅燈前才停下。

對面大樓有一大面廣告螢幕，正在強力放送目前最夯的礦泉水廣告，就是由擁有最性感背部的男藝人在海邊所拍攝的那支廣告。這不是海報，所以能夠見到那位藝人帥氣的盧山眞面目。他原本是無名小卒，因爲演出一部偶像劇中痴情的情敵一角而爆紅，最經典的畫面便是他用赤裸的背部爲女主角擋住噴濺過來的火花，至今還在女性觀眾間傳爲佳話。

「喂！」

施佳懿不客氣地朝阿海的安全帽敲去，他才回神，後方車輛早已不耐煩地按喇叭，阿海趕忙催動油門前進。

施佳懿從斜後方打量他側臉的表情，亂嚴肅的，不像平常那個憨憨的阿海。

「你對那個藝人有興趣啊？」她直接問。

「嗯？不是啦……」他稍微回一下頭，笑咪咪解釋，「那個廣告裡有海，我老家就在海邊，所以特別懷念。」

他開始告訴她關於海邊老家的點滴。說他有個年近八十歲的健朗阿嬤，父母在大陸工作的緣故，他從國中起就和阿嬤一起住。他還說，像廣告裡那麼熱的大白天，一般不會有人在沙灘打球，不然不消十分鐘就會中暑了。去海邊，還是清晨去最好，可以看見海平面的日出，不過，他最愛的還是海上繁星。

施佳懿想，這個人真的很不懂得怎麼跟女孩子打交道耶！淨聊些在海邊的瑣碎生活，還有阿嬤多凶多愛講大道理，這樣怎麼把得到妹嘛？難怪到現在都沒有女朋友。

儘管暗地裡爲他搖頭嘆氣，施佳懿倒也安分聆聽。她喜歡看他說起老家時那傻氣的笑臉，彷彿還是那個在海灘奔跑的孩子；她也喜歡聽他轉述阿嬤那一大串做人的格言，活脫是個嬤寶，肯定是個孝順的人吧？她還喜歡……等等，喜歡！喜歡？

「Shit!」

她不自覺罵出聲，把講得正起勁的阿海嚇了一跳。

「怎、怎麼了？」

「呃……突然想到今天早上忘記做的一件事。」

她信口帶過，阿海想了想，體貼咕噥，「要上廁所就說一聲啊！」

不是啦——眞是個大木頭！

從網路上查到的花店，他們拜訪過七成左右了，可是沒有一間合適。有的規模太小，肯定不能接下這份工作。有的被施佳懿打槍，理由是看店裡擺出的花束和花籃，就知道這家店的品味難登大雅之堂。

因此，耗了大半天，合作的花店還是沒有著落。頂著豔陽，他們杵在街頭，漫無目的環顧四周，台北市到底有多少花店？又有多少花店能符合他們的需求？說不累是假的，至少肚子開始餓了。

「給你。」

一顆被磚紅色鋁箔紙包裹的巧克力送過來。他看看嘴裡早已吞進一顆巧克力的施佳懿，又敬佩又沒轍。

「妳是不是有個哆啦A夢的口袋？爲什麼隨時隨地都可以變出食物來？」

她含著濃郁的巧克力，笑而不語。

現在這麼乖，滿可愛的啊！

那個念頭才閃過，阿海立刻收回視線，質問自己在胡思亂想什麼。

施佳懿皺起眉頭，「看什麼？」

「嗯……沒有啊！妳進食的樣子滿可愛的。」

他老實招供，卻惹惱了她。什麼進食？又不是動物，對女生怎麼可以講進食？就算是說她可愛，說她可愛……

臉上一陣管控不住的燥熱，她火速轉頭，交叉雙臂，「我討厭被說『可愛』，又不是小孩子。」

要說『漂、亮』。」

他覺得她拗得有趣，「妳討厭的事情眞多。妳有喜歡的事嗎？吃東西不算。」

當他提起「喜歡」兩個字，她的目光不由自主游移到他等候的笑臉上，一瞬間，竟莫名害怕自己的某些思緒會被解讀出來！

「啊！有了！」

急於轉移注意力般，施佳懿突然筆直伸出手指向馬路對面。阿海順勢望去，有一間名叫「六個腳印」的花店，招牌畫有六枚足跡狀的黑色腳印。店面窗明几淨，整體感覺不錯，最重要的是，擺在店外的花束成品，叫人一看就喜歡。

施佳懿覺得它的店名有意思，「不像花店的名字呢！」

阿海聯想到什麼似的，還在發呆。她催促，「要不要去看看？」

「喔……嗯！」

過了馬路，才走近，迎面撲來淡淡花香，不是一堆香氣亂七八糟混在一起的味道，而是更井然有序的。施佳懿也不會形容，總之這家店給人的印象又清新又舒服。

如果可以，希望就是它了。她私心屬意。

「你好！」

施佳懿先進去，好聲問候。阿海跟在後頭，冷不防撞上掛在門口上方的吊籃，裝滿泥土的吊籃劇烈搖晃一下，馬上掉落，花店老闆和剛回身的施佳懿同時驚呼！

幸好，種植鈴蘭花的吊籃不偏不倚落入阿海的大手掌，平安無事，大家這才鬆口氣。

施佳懿朝他跑回去，「你在幹什麼？哇……額頭好紅。」

下一秒，她發現他根本沒聽見她的話，阿海睜大的雙眼定焦在稍遠一點的地方。她掉轉視線，找到花店老闆。老闆是女性，一位清秀素顏的女性，梳著柔順的公主頭。她有嫻靜的氣質，聰慧的眼神，年紀和他們相仿。

不到美豔的程度，但是漂亮，是會讓阿海想也不想就脫口而出的那種漂亮。

花店老闆並沒有像阿海那麼驚訝，而是掛著雲淡風清的笑意深深望住他。

「好久不見，阿海。」

返回公司後，阿海向部長報告合作的花店已經找到了。

施佳懿留在座位熟練地打合約，偶爾抬眼，瞥向前方把部長整個遮住的阿海身影。

一定有鬼！肯定有鬼！她從沒見過阿海那個大木頭露出那麼複雜的表情。他棲息在花店老闆身上的眼神飽含情感，足足停留了一分鐘之久才恢復說話能力。僅僅是簡單的老友寒暄，對他而言卻像是艱難萬分。

許靜，他這麼稱呼她，溫柔的嗓音。

表明來意後，許靜翻閱店裡的行事曆，再三確認，才承諾可以接下這次的案子。談公事前，她先幫阿海檢查額頭上的大腫包。

她彎腰站立，阿海筆直而坐，僵硬成一個木頭人。被晾在一旁的施佳懿冷眼觀察這好笑的一幕，忖度他們之間八成不只是朋友這麼簡單。

「我打過電話去你家，電話號碼是你阿嬤告訴我的。」許靜一面上藥一面說，她輕細的聲音有著超齡的沉著。

「我知道，我、我室友有告訴我。」

她停停手，故意追究，「但是你從來沒有回電話呢！」

阿海活像個做錯事的孩子，頭低得厲害，「對不起，我……」

我我我！跳針哪？不會推說最近很忙、號碼弄丟了嗎？施佳懿聽得都有點火氣了。

許靜看透他不會撒謊的個性，體貼地為他找到理由，「還沒準備好跟老朋友聯絡吧！」

他不語，安分得像隻被馴服的野獸，讓她把藥塗好，稍後，才主動問起她的事。

「妳什麼時候到台北的？」

「四個月前，我住在我阿姨家。」

「這間店是妳的？」

對於他口氣中透露出的驚嘆，許靜輕輕笑兩聲，「跟朋友合資的，我阿姨也贊助了一些。」

她示意要他看正在幫客人包花束的合夥人，也是一位年輕女性，體型微胖，很會哈啦。

阿海順勢望去的同時，這才注意到施佳懿滿臉不耐煩，大剌剌朝他投射過來。他趕緊回到正事上，確定好合作概況，然後和施佳懿返回公司。

路上，阿海完全陷入自己的思緒，沒吭半句話。

向部長報告完畢，他走回座位，途中被同事小惠逮住。小惠是兩個小孩的媽了，對受傷這種事特別敏感、熱心，阿海額頭那明顯的腫包令她大驚小怪。

「這個一定要持續擦藥才行喔！不然會愈來愈腫，而且很難消。我跟你說，『喜療妥』的凝膠最有效！」

「喔……沒關係啦！瘀青而已，我常常撞來撞去。」

他摸摸額頭，啓步往前走，觸見施佳懿揣思著什麼的眼神，開口問：「幹麼？」

「沒幹麼。」她繼續打字。

「……怪里怪氣。」

才坐下，旁邊飛來一塊橡皮擦，他及時閃過，正要怪她作亂，施佳懿先一步嗆來。

「再怪也比不上你。」

「妳在說什麼？」他愛理不理地開始整理桌上文件。

施佳懿靈活的眼珠子轉呀轉，坐在椅子上的身體朝旁邊傾斜過去，小聲問：「喂，前輩，剛剛那個人是你的誰？」

啪！施佳懿看著那疊文件掉落在地，又和慌張的阿海對看一下，等他笨手笨腳把好幾張紙一一撿齊，索性也跟著蹲到地上幫忙，嘴上還不忘追問：

「是同鄉？高中同學？一起長大的老朋友？」

「都是啦！」他低著頭，佯裝現在撿文件比較重要。

「那，也是初戀情人？」

這個問題一出口，止住了阿海忙碌的動作，也止住施佳懿逗弄他的興致。

阿海抬起臉，沒有任何表情，「這跟妳沒關係吧？」

她閉上嘴，將手中文件擱在他桌上，坐回自己座位，目光重新移到電腦螢幕。

不對，不是什麼表情都沒有。他剛剛的表情其實稍早前也曾閃現過。就在那間花店，當許靜轉身去櫥櫃找藥膏時，他望著她微跛的步履，不仔細看並不會發現和一般人不一樣的步履，悄悄露出傷痛的神情。對了，是傷痛，不嚴重，但也不是短時間內能夠癒合。

＊

「有啦！我有吃，我沒有常常吃外面的東西，真的，我會自己煮，我沒有亂煮……真的啦！阿嬤。」

斜躺在沙發上的浩克從雜誌中拉高視線，瞥向電話機旁的阿海不斷重複剛剛的對話，然後見怪不怪地將雜誌翻到下一頁。

阿海則繼續和難纏的阿嬤耗，「啊？喔……有，我遇到阿靜了，她很好，對，花店也很好，生意不錯，我們公司這次還要跟她一起合作，會啦！我會照顧她。阿民……阿民也很好，他現在好像很有名，到處都可以看到他的廣告，真的，妳看電視就會看到啦！戶口謄本喔？好，我找一找，找到再寄回去。」

就這樣又講了十幾分鐘，阿海才掛電話。

浩克放下雜誌，信口問：「你有朋友拍廣告喔？」

「嗯……嗯！」他避重就輕地笑笑，「我們很久沒聯絡就是了。」

浩克還想再問，阿海已經轉身走進房間。

他的房間很簡單，一張單人床墊擺在角落，中間一張和式桌，靠牆兩旁分別是衣櫥和書櫃，就這樣。

阿海的爸媽在他國中時便到大陸投資做生意，將阿海託給阿嬤帶，阿海大學畢業後，父母希望他可以搬到大陸一起住，他卻表明不希望離阿嬤太遠，可是也不能不工作，於是便孑然一身到台北打拚。

他平常省吃儉用，一個月固定回老家一趟，將一部分薪水交給阿嬤，在同事眼中是個不懂玩樂的異類。

他在書櫃上上下下翻找戶籍謄本，一個不小心，把其他書一併弄掉了。阿海閃開腳，攤開的書本內頁印有幾張相片，他一眼就認出那是高中畢業紀念冊。將它拿起來的時候，還是忍不住翻到他班級的那一面。

許多張再熟悉不過的面孔在他捧抱的手中笑著、跳著、作怪著，他看呀看呀，不自覺笑出來，直到視線在一張合照上停住。

是他和許靜，還有堂哥的三人合照。許靜在中間，兩個男生宛如護花使者分侍兩旁。許靜一點兒都沒變，不論多麼高興，多麼激動，臉上漾起的依舊是沉穩寧靜的弧度，猶如漣漪般輕淡易逝，彷彿即使好幾年好幾年過去，她都會是這個樣子。

「喔喔！怎麼是妳！」

外頭響起浩克驚恐的叫聲，將阿海自回憶中拉出，丟下紀念冊衝出房門。

「浩克，怎麼……」

浩克以退避三舍之姿縮到冰箱前，直挺挺瞪住門口人影。施佳懿隻手扠腰，環顧室內一圈，發現阿海後，淡聲招呼，「午安。」

「午什麼安？今天是我們兩個男人的休假時光，妳不好好坐辦公室，跑過來幹麼？」

浩克一副地盤被侵犯似地張牙舞爪。事實上他多少耳聞施佳懿怎麼把設計部搞得雞飛狗跳的，從此便對她嚴加防範。

施佳懿心知肚明，還故意笑嘻嘻的，「打擾了，不過，我也不是自願要來，實在是因爲前輩的手機打不通啊！」

「啊！」阿海掏出褲子口袋中的手機，「沒電了。」

浩克立刻凶巴巴提醒，「不會打我們這裡的電話喔？」

「那個也試過了，可是一直在通話中，不知道是哪位在長舌呀？」

浩克只好無言地轉向阿海，阿海不好意思地搔頭，走到她面前，客氣問道，「有事嗎？」

施佳懿八成爲了他昨天的冷言冷語而記恨，不怎麼客氣，「有兩件事。第一件是會場的鑰匙。聽說廠商要求增設監視器，我要去開門。」

「喔！那，第二件呢？」

她躊躇起來，漫不經心晃晃旁邊，才說：「第二件等一下再說。」

「一起說有什麼關係？」儘管嘴上小小抱怨，阿海還是開始動身找鑰匙，「妳等我一下。」

他再度走進房間，施佳懿打量起客廳擺設，不一會兒就覺得無聊了。見她啓步朝阿海房間走，浩克一個箭步擋在前面。

「男未婚，女未嫁，不要隨便走進男生房間啦！」

「哎呀！難得有女生來，不是應該要覺得驕傲嗎？」

「喂！人家阿海等一下要去跟那個許靜見面，妳這樣闖進去不是會造成誤會嗎？壞了人家好事怎麼辦？」

許靜？花店老闆那張沒什麼表情變化的臉立刻浮現在施佳懿腦海。她半套話地問：「他們……確定是男女朋友的關係嗎？」

「呃……這個……」原本口無遮攔的浩克又變得退縮，「是不確定，不過，阿海在電話裡跟她約定要見面的時候，看起來滿緊張的啊！就像要去跟喜歡的女孩子約會那樣的緊張喔！」

哼……喜歡的女孩子啊……

施佳懿嘁嘁嘴，不管浩克的抗議，逕自踏入房間。阿海還在翻箱倒櫃尋找鑰匙，嘴巴喃喃唸著「明明放在背包啊」。施佳懿站在門口，迅速將他房間掃視一遍，簡單樸素，乾淨整齊，簡直就跟他這個人如出一轍嘛！不僞裝，不欺騙，這樣很好啊！

才這麼想，她的嘴角輕輕上揚，一轉身，從對面穿衣鏡照見自己莫名開心的模樣，馬上斂起所有表情，皺皺眉頭。

爲什麼她的心臟最近偶爾會因爲這個大木頭「撲通撲通」的？更重要的是，撲通撲通也就算了，她還不討厭，不討厭。

施佳懿心情複雜地垂下頭，不意瞟見掉在地上的畢業紀念冊。她好奇撿起，攤開的那一頁正好是阿海的班級，那張三人合照很顯眼，她第一眼就發現。

看到青澀的照片，才眞正感受到阿海和許靜眞的相識很久了，那個她所不認識的阿海，許靜肯定清楚了解。

「啊！」

紀念冊被搶走了。阿海不太高興，她卻故意鬧他。

「看一下有什麼關係？跟初戀情人合照不是很棒嗎？」

「不是妳想的那樣……喂！」

施佳懿探身想趁機盜取他手上的紀念冊，阿海連連閃躲。

「不然還能怎樣？高中時代不就是男生愛女生，女生愛男生？」

「就跟妳說不是那樣，喂！妳不要……」

他們連續攻防數次，一個不小心，她失手將紀念冊撥落，看著那本紀念冊第三次掉在地上，阿海也不再有動作。

施佳懿小心翼翼瞧向他，嗚哇！變臉了……

他罕見地臉色一沉，彎身將紀念冊拿起來，對著些許磨損的封面緘默片刻，再轉向施佳懿，用她從沒聽過的嚴肅音調，含融壓抑的憤怒，大聲說：「像妳這樣總是自私自利過著嘻嘻哈哈生活的人也許不能懂，但一般的人……多多少少會有一種過去，一種不管再怎麼努力、再怎麼想不惜一切也沒辦法挽回的過去。因爲無能爲力，所以才把它放在心底，只要放在心底，就不會被發現，不會被提起，不會那麼痛苦……這些妳能懂嗎？」

她緊抿著嘴，感到非常不愉快。她不喜歡他這樣咄咄逼人，不喜歡他好像在指責她什麼，她更不喜歡他那漠然到極點的語調！

「……我要走了。」

她忍住那些緊繃到快爆炸的情緒，低聲說完便走出去。可是不到五秒鐘又快步走回來，狠狠瞪他一眼，從包包掏出什麼東西就朝阿海的床墊使勁扔，之後，才眞的離開。

目睹她這一連串怪異行徑，等到大門重重關上後，浩克才去看那個被丟在床上的東西到底是什麼。

阿海走近，那是一條尚未拆封的藥膏，他照唸上頭的藥名，「喜療妥？」

「她幹麼給你這個？」

「不知道……」阿海也是一頭霧水，將藥膏翻來覆去，終於找到用法，「去瘀消腫……啊！」他慢了半拍想到自己額頭，恍然大悟，「這就是『第二件事』嗎……」

施佳懿剛進門那猶猶豫豫的神情，還有最後憤而離去的氣勢，現在回想起來都有跡可循。這個施佳懿，眞的是他這輩子所遇過最難理解的人了。

許靜的花店「六個腳印」離阿海公司並不算太遠，平日就只有她和合夥人夢露當家。

這間店面比較特別的是，店內沒有擁擠凌亂的花花草草，而是將花材有條不紊安置在店內兩側，讓中央騰出一個大空間來。另外，牆壁和天花板漆上淡藍和深藍顏色的油漆，大概是這個緣故，製造出空間寬廣的視覺效果。整齊乾淨的印象受到不少女性顧客青睞，許靜保守地說，店內生意還過得去。

「抱歉，只能請你來我們店裡坐，這間店剛起步，我走不開。」

許靜端來一壺花茶和兩只杯子，阿海趁她倒茶的時候觀察這間店，客人雖然不能用絡繹不絕來形容，但一個鐘頭內或多或少一定會有客人上門，沒間斷過。

「我才抱歉，這麼晚才主動跟妳聯絡。」

他不爲自己找藉口，直接道歉。許靜了解他的個性，笑而不語。喝下半杯茶後，她問道：「阿海，你覺得這間店怎麼樣？」

「呃……很棒啊！眞的。」他眞誠地表示意見，之後有些吞吐，「不過，大家本來都認爲妳會去做律師或醫生那一類的工作，沒想到妳眞的開起一間花店了。」

他還記得許靜曾經私底下告訴他，海邊沒辦法種出漂亮的花，看不到什麼花海，甚至要找到一間花店也不容易，所以，將來她要開一間花店。

對於阿海的敬佩，她倒不以爲然，做了一次深長的呼吸，鬆下肩膀，好像剛剛走完一段很長的路，「不過，雖然當初盡力地想和海邊老家有所區別，到頭來，現在這間店還是被我不小心裝潢成大海的樣子。」

一開始阿海不解，等到再次將這間店細看一遍才明白她的意思，粉刷成一片藍的花店十分有海洋味道。

其實，就算沒有這些蔚藍顏色，單是和許靜在一起，望進她清澄穩靜的眼眸，在她遞來茶杯時不經意滑落到他面前的長髮，隱隱聞得到她慣用的洗髮精香味，這些小細節都能野火燎原地燃起關於那片大海的回憶。

慶幸的是，想起來的大部分是美好的片段，因此，他經常在忙碌的城市中悄悄回味，又因爲種種美好只能追憶，他在沉浸在過去的片刻裡，心，輕輕發著疼。

「對了，我再幫你上藥吧！還腫腫的。」她伸出手，小心觸碰他的額頭。

「我、我擦過藥了，我同事……給了我一條藥膏。」

「啊……上次跟你一起來的那位小姐嗎？」

「嗯。」

「很難得看到你跟女生那麼要好呢！以前在學校明明不太和女生講話的。」

「哪有要好？」他激動起來，態度不若稍早前的緊繃，反而滔滔唸起施佳懿這個人，「她只會找我吵架，超任性的，又貪吃又狡猾，我從來沒遇過那麼我行我素的人。」

「呵呵！但是以前根本沒辦法想像你會跟女孩子吵架呀！」

這時，許靜的合夥人夢露突然爆出誇張尖叫，就像粉絲遇上大明星那樣，她對著電視興奮地又叫又跳。

阿海和許靜同時轉頭，原來電視正在重播前陣子當紅的偶像劇，那位後來竄紅的男藝人所飾演的男配角正爲了女主角擋下一記拳頭。

這一幕，叫夢露和她正在接待的女客人都暫停所有動作，痴痴地把那感人的片段看完，接著熱烈討論起劇情來。

許靜回過頭，習以爲常地笑，「她很迷呢！有那個人的海報、剪報和ＤＶＤ，還參加什麼影友會。」

阿海看著自己和許靜杯子裡的茶，誰都沒有再動作，任它冒著裊裊白煙，直到那些白絮帶離些許溫度，他才吐出意味深長的嘆息，「人生眞的很妙。有時候一些意想不到的發展，是從前想也沒想過的，後來卻像命中註定那樣成眞了。」

許靜似乎懂得他在說什麼，「但是也有些時候，一回頭，才發現一切都沒變，一直都在那裡喔！」

然而她的話，他卻怎麼也無法參透。

「對我來說，阿海都沒變呢！我想，我大概是想見見一直都沒變的阿海，我才主動找你。見到你眞的跟我想像中一樣，不知道爲什麼，在這個陌生的台北，有一種安心的感覺。」

她在說那些話的時候依舊保持與世無爭的淡定，阿海無法猜到她此刻的言語以及表情有沒有什麼特別涵意。也許什麼意思都沒有，但他就是怎麼也體會不了，最了解許靜的人並不是他。

話說施佳懿離開阿海的公寓以後，便直接到會場去，監督工人把所有增設的監視器都架好，已經是下班時間。正要離去，又發現廁所的水管破裂，大量自來水不斷地冒出來，溢出廁所，朝會場漫去。

她先打電話叫水電工來修繕，自己趕緊把會場物品移到安全的地方，等到淹水問題全部解決，看看牆上時鐘，早已超過八點了。

施佳懿沒遇過這種屋漏偏逢連夜雨的衰事，一邊氣呼呼把物品歸位，一邊痛罵場地疏於保養還敢出租。搬到一半，遠遠聽見擱在桌上的手機作響，她猶豫一秒，決定先把眼前的工作搞定再說。

經過半小時，手機又響，剛剛還推得動的桌子現在怎麼也移動不了。施佳懿正在氣頭上呢！她重重扔下桌角，氣沖沖走去抄起手機，看也不看便作勢要往外丟，阿海正好進來了。

「嗚喔！」

阿海嚇得退後，施佳懿也及時收手！她怔怔望著他手機還貼在耳畔的模樣，改看自己手機螢幕，原來這兩通來電都是阿海打的。

她狐疑瞥了他一眼，問：「幹麼？」

「妳才在幹麼？為什麼不接電話？」

她嘟起嘴，沒好氣，「有空我就會接。話又說回來，你來做什麼？」

「看妳回去了沒有。」

「有沒有回去跟你有什麼關係？」

她還在為稍早被他凶而生氣。阿海不跟她爭，拎高手上的袋子，「吃飯了嗎？我買了飯糰。」

是、是沒吃晚餐啦！而且經他這麼一提，肚子居然開始強烈發餓！

阿海見施佳懿頑固地動也不動，索性從袋子拿出一個飯糰塞到她手上，「一起吃吧！都快九點了。」

爲什麼他會曉得她還在會場？爲什麼明明電話沒接通，卻還是跑來了？爲什麼粗枝大葉的他，會想到她或許還沒吃晚餐呢？

那些問題她沒有問出口，只是想呀想呀，心頭暖呼呼的。

施佳懿接下那個便利商店的三角飯糰，怎麼辦？好高興哪……一個不經意，她發現阿海還留在她身上的目光，連忙拆開包裝紙，故意抱怨。

「說起飯糰，還是要吃我們公司轉角那間店賣的飯糰，人家的米是用日本的新潟米，海苔特別用溫火烤過……」

「是是是，吃人家的飯糰還踐得二五八萬。今天就將就一下嘛！」

阿海拿她沒轍，施佳懿顯得很得意，喜孜孜地吃起飯糰。哇……好好吃喔！以前她從不會把這種便利商店賣的三角飯糰放在眼裡，不過現在她卻一口接一口把它解決掉。阿海看她吃得津津有味，笑了笑。

他們吃完飯糰，阿海注意到會場某些物品被移動了位置，問明來龍去脈以後，起身要將它們搬回原來的位置。

「不用了，你今天不是休假嗎？」

她沒來由變得懂事，叫阿海受寵若驚，「這案子是我負責的，怎麼可以丟著不管。」

「哎呀！可是前輩不是還要跟花店老闆約會嗎？」

原來她的好意是爲了酸他。阿海悶悶走到一旁，動手搬桌子。

「見過面了，還有，那不是約會。」

「那算什麼？只是寒暄嗎？前輩，到底怎麼樣才算是約會呢？」

「妳很煩耶！」

他被鬧得很無奈，施佳懿便乖乖走來和他一起搬桌子，搬到一半，手機鈴聲又響起，她很自然地放開手走去拿手機，桌腳差點砸中阿海。

「喂！施佳懿！」

沒理會他抗議，施佳懿瞥過來電顯示，「嘖」一聲，很乾脆切斷來電，回來繼續搬桌子。

阿海納悶，「幹麼掛人家電話？」

「是那個人渣前男友。手機還留著他的號碼是爲了方便過濾來電，不然我早就想把他的資料刪得一乾二淨。」

她說得不痛不癢，又表現出極度厭惡，阿海對於她的無情感到訝異。

「之前要妳把檔案還給他的時候，妳還一副很難過的樣子，現在這麼快就恢復啦？」

這個低能的問題讓她報以憐憫的微笑，「前輩，每天想送我回家的男人一堆，我何必執著在一根回頭草上面呢？」

「沒必要說得那麼絕吧？畢竟是交往過的人，難道一點都不會捨不得？」

施佳懿反瞪他一眼，認爲他的想法才是不可思議，「我這個人一向往前看，留戀過去是膽小鬼才會做的事。」

這是第二次了，阿海覺得施佳懿的話扎心。乍聽之下只是一個年輕女孩自我的宣言，不過，總能刺得他隱隱作痛。

她察覺他有些分心，壞心質問，「怎麼了？你又想說我自私自利，然後……還有什麼來著？」

「拜託，妳還在記恨啊？虧我剛剛還覺得妳不錯。」

她一頓，感到心臟撲通跳得好大聲，下意識悄悄遠離他一點，以免被聽到。

「什、什麼不錯？」

「就是不留戀過去這件事啊！我覺得這樣很了不起。」

阿海走到看台搬架子，他徒手搬運那麼重的東西，既認真又辛苦的，施佳懿在一旁愈看愈臉紅心跳。這樣不妙，爲什麼心情這麼不聽話呢？被那個大木頭稍微稱讚一下，就像個笨蛋似的高興起來。爲了對抗這份古怪的心情，她只好另外找事做，面向監控螢幕，這樣總可以眼不見爲淨了吧！

「對了，謝謝妳的藥膏，浩克也說很好用。」

「浩克？」他若無其事地道謝，施佳懿卻警戒起來，「爲什麼他會說好用？」

「妳走了沒多久他就撞到桌角，超級誇張的黑青喔！我就把藥膏給他用了，他說要留著慢慢擦。」

「給他？爲什麼要給他？」

由於她提高音量，阿海一整個莫名其妙，「因、因爲他撞得很嚴重啊！」

「就算他撞到內出血也不能給他啊！那是我給你的耶！」

「妳幹麼那麼生氣？不過就是條藥膏……」他眞覺得這女生脾氣晴時多雲偶陣雨耶，「不然，我給妳錢嘛！當作我跟妳買的。」

「問題不在這裡！本小姐這輩子親自到藥局買藥的次數，可是五根手指頭就能算出來喔！你竟然……竟然……算了！」

她不願意把話講完，忍住怒氣，掉頭爬上鐵梯。阿海見狀，追過來阻止。

「妳要做什麼？」

「螢幕上沒有這支監視器的影像啦！我去看看。」

「太危險了，我來啦！」

的確，以阿海的身高，只需要踩上三個階梯，差不多就能摸到天花板的監視器，但施佳懿也不是普通的倔強，她一口氣爬到頂端，高傲地說：「不用了，既然你還在休假，我自己搞定也是應該的。」

「爲什麼話題又轉回來？而且妳到底在生什麼氣啊？」

「沒有生氣，我只是不想跟你呼吸同一層空氣而已。」

他小聲碎碎唸，「就算沒爬到梯子上，也吸不到同一層空氣吧！」

「喂！我聽到了喔！」

她丟來的警告令阿海哈哈笑兩聲，走到監控螢幕前，「妳調整看看吧！」

「什麼嘛！你只會對花店老闆客氣而已！」

她也抱怨得小聲，不過阿海還是聽見了。施佳懿轉動監視器角度，又重新開關機幾次，都沒能讓螢幕跑出畫面來，阿海則在底下研究電腦設定。他們一來一往地互相比對，在一次沉默中，他驀然這麼說：「我是喜歡許靜。」

施佳懿住了手，登時感到胸口一陣不易察覺的難受，慢吞吞轉向他。他正抬著頭，對她咧開清朗的笑。

「不過，她喜歡的人不是我。」

哇哈哈！那是施佳懿在心底本能地握拳歡呼。不過，表面上她裝作平靜。

「喔……你被甩啦？」

「也不算是，我連提都沒提過。」

她原本想順勢糗他，然而，觸見阿海落寞的側臉，於心不忍了。

「你爲什麼……突然跟我說這種事？」

他望著溫順許多的施佳懿，想半天，最後告訴她，「妳很直率，不知道爲什麼，跟妳講過之後，心裡也跟著舒坦多了。」

好狡猾喔！不要在她還生氣的時候稱讚她啦……

由於自己矛盾的心情，她懊惱地步下梯子，一個不小心，高跟涼鞋滑了一下，整個人往下摔，直接摔進阿海臂彎！

正巧朝這邊走來的阿海及時接住她，她驚魂未定緊抱住他頸子，緩緩睜開眼，後腦杓被阿海半責備地推一把。

「搞什麼啊？早就說過很危險了吧！」

阿海比她高出許多的緣故，施佳懿環著他頸子，根本踩不到地，活像隻抱著樹不放的無尾熊。她透過散落在眼前的髮絲愣愣看著空蕩會場，心臟忽然不撲通撲通了，應該說，它漏跳一拍，什麼都聽不到了。

阿海輕輕將她放下，施佳懿有些呼吸困難，彷彿領悟到什麼，而他卻不明白。

「怎麼了？受傷了嗎？」

「不……沒有受傷。」

阿海見她沒事，便去檢查螢幕影像，總算大功告成。

他沒來由想起一樁無關緊要的事，「對了，上次妳溜進設計部的時候，爲什麼沒被監視器拍到？」

她正忙著整理儀容，「因爲我有監視器分布圖啊！知道怎麼走才不會被拍到。」

「爲什麼妳會有那種東西？」

「前輩，女人多多少少要有些祕密，才顯得更美麗，對吧？」

原來笑容不只是施佳懿那姣好五官的裝飾，更是她高深莫測的記號。對阿海而言，和他一來一往鬥嘴時的施佳懿很好懂，除此之外，她簡直就像外星生物一樣，難以理解。

他們離開會場的時候，時間已經過了晚上十一點。除了偶爾經過的車輛外，只剩施佳懿高跟鞋踩在紅磚道上的清脆聲響。今晚的夜空清爽，明月高掛，面對如此純淨的光景，她伸起懶腰，爲一天下來的忙碌呼出大大長嘆。

阿海朝走在前頭的施佳懿揚聲問：「喂！很晚了，妳家在哪裡？我送妳回去吧！」

她回身，倒退著走，笑得頗有雨後的晴朗，「不用了。」

他不懂爲什麼她的心情又轉好，卻鄭重強調，「我不是要追妳啦！」

她噘一下嘴，以爲她又要吐槽回來，不過施佳懿的好心情仍在持續當中，她輕快轉個圈，不答應也不拒絕，「不然，下次吧！」

「誰在跟妳約下次？我是因爲今天太晚了……」

「今天不行，要是和你一起待下去，我怕對心臟不好。」

「啊？」

「拜拜，前輩。」

她舉手揮一揮，便啓步朝捷運站走，走不到五步，直覺性回頭，發現阿海還留在原地目送。

「前輩，我們不是說再見了嗎？」

「是啊！不過，至少看妳走到捷運站吧！」

她頷首，繼續往前走，可是很快又轉過身，「我不喜歡有人看我走路。」

「妳走妳的，哪來那麼多規矩？」他頓覺有趣，笑著趕她走，「快走啦！不然我眞的要送妳回去了。」

她調皮一笑，前方綠燈正好在閃爍了，才快步穿越馬路。等到抵達對面街道，施佳懿再度望向馬路另一端，阿海果然還像忠狗般守在原地，一和她四目交接，就傻氣笑笑。

隔著月光的距離，他在夜色中頎長的身影化作一股暖流，順著交接的視線滑入她心底，滿滿的，滿滿的。

剛才因爲擔心而緊抱住她的力道，到現在還炙熱地印在她肌膚上，膨脹發燙。

阿海見她杵在原地不再走，大聲喊來，「一直這樣下去，妳永遠都到不了捷運站喔！」

她輕輕地笑，有一種衝動……

「阿海！」施佳懿將手放在嘴邊，用力喊出去。

這是她第一次喚他「阿海」，他有點反應不過來，但還是認眞回應，「幹麼？」

有一種衝動，宛如〈卡農〉的旋律，隨著急促的呼吸，在她胸口不斷迴旋反覆，不停連綿推進，此起彼伏。

她停止不下。

「除了吃東西，我也有喜歡的事情喔——」

他怔一下，依稀聽見「喜歡」兩個字，望著她明亮的笑臉，不確定地問一次，「妳說什麼？」

施佳懿深呼吸一口氣，不管一旁剛好路過的一對老夫妻，使勁朝馬路對面大喊。

「我說，施佳懿小姐，很喜歡林裕海先生！」

別說那對嚇得瞠目結舌的老夫妻，阿海本人更是早就呆掉了！

不知道是因爲生平第一次有女孩子告白的關係，或是施佳懿怎麼看也是全世界最不可能喜歡上他的人，又或者是這天外飛來一筆的「喜歡你」……慢慢會意的阿海就跟壞掉的機器人沒兩樣。

看著對面整個僵住的阿海，施佳懿知道這大木頭總算聽懂她的話，因而淘氣地挑高嘴角。

她也是剛剛才察覺到，那撲通撲通的衝動，正是喜歡上一個人的預兆喔！

第三章

可是，感動就像浪花，是一時的情緒激動，澎湃，美麗。偏偏浪花很快就會碎掉了，早知道，當一條安靜的小河就好，起碼可以細水長流。

很久以後，施佳懿這麼說過。

星期一，對上班族而言是最黑暗最不值得期待的日子。浩克拖著懶洋洋的步伐走進辦公室，睜著惺忪睡眼和同事簡單寒暄。坐好，才發現阿海不在位置上。

「咦？阿海還沒來嗎？」

他問，大家都搖頭。這就怪了，平常阿海一定比他早到公司，今天該不會要破了他進公司以來的零遲到紀錄吧！

正猜著，遠遠便聽見阿海的聲音，放大的音量似乎跟誰起了爭執。

「放開我！這樣成何體統！妳太過分了……」

當阿海連跌帶撞地逃進辦公室，所有人全都傻眼了！

掛在阿海手上的不是別人，正是那個眼睛長在頭頂上的大美人施佳懿。她牢牢挽住阿海手臂，阿海為難的抗議對她來說根本無關痛癢。當她注意到大家驚奇的目光，這才幸福洋溢地打招呼。

「早安！」

「早什麼安！不要拉我！」阿海三番四次想把手抽回來，但他動作不可能太過粗魯，因此宣告徒勞無功，只好轉向浩克求救，「喂！幫幫忙……」

浩克還回不了神，「你們這是在演哪一齣啊？」

「她一大早就在停車棚那裡堵我……不要拉拉扯扯啦！這裡是辦公室，妳不怕被人看到啊？」

阿海原先是向浩克告狀，後來實在受不了施佳懿的黏，繼續跟她奮戰。

施佳懿總算鬆開手，不過她不是在意阿海的話，反而遊刃有餘地表示，「讓辦公室的同事知道了更好。親愛的同仁，請告訴你們在公司的親朋好友，這位林裕海是我施佳懿看上的獵物，誰都不准出手。」

「獵……妳太沒禮貌了吧！」阿海的下巴簡直要掉下來了。

浩克則抱起雙臂讚嘆，五體投地，「這是何等霸道，又叫人羨慕的個性啊……」

辦公室同仁見到這對冤家逆轉性的發展，紛紛報以半開玩笑的祝福，鼓掌和口哨聲此起彼落。

小惠平時雖然八卦，可這個時候卻還謹慎地挨到施佳懿身旁確認。

「佳懿，妳是眞的喜歡阿海啊？不是開玩笑吧？」

「我怎麼可能會拿這種事開玩笑！」她收起前一秒的笑臉，嚴肅地握起拳頭，「我說過，我對喜歡的事物一向全力以赴！」

小惠訥訥地點頭，一釋懷，轉身便嚷嚷著大家一定要去唱歌慶祝一下。眼下的氣氛弄得阿海又急又氣，當下對施佳懿下戰帖，要和她到頂樓談談。

以阿海對施佳懿的了解，她這麼皮，肯定是想到什麼鬼主意耍他，只是這次玩得太過分了，他絕對要好好教訓她不可！來到無人的頂樓，阿海滿腔怒火，施佳懿面帶嫻靜的微笑望著他，和平常有點不太一樣，她溫柔的眼神飽含期盼，全心全意投注在他身上。

一瞬間，阿海有些迷惘了。

「呃……那個，關、關於妳說喜、喜歡我的這件事……」

「是眞的喔！」

彷彿早已洞悉他的困惑，施佳懿朗聲回答。如此一來，阿海更慌張，完全不敢和她對視，猛搔著那顆一片空白的腦袋。

「妳……是不是哪裡搞錯了？再怎麼想都不可能啊。」

施佳懿先是要吸收他的話一般靜止，隨後認眞地反問他，「你覺得不可能是指哪一個部分呢？如果是指不會有女孩子喜歡你，那我會跟你說，世事難料。如果是指施佳懿不可能喜歡上你，那就太失禮了。關於愛上阿海這件事，可是讓我非常引以爲傲的。」

對於表達自己的感情，她從不含蓄，也不畏縮，或許正是如此，阿海才拿她沒辦法。

「謝、謝謝……」除了道謝，他簡直害臊得無地自容。

「不用客氣，因爲，我說喜歡你，並不是爲了要聽你道謝。」她按住被大風吹亂的長髮，卻藏不住熠熠煥發的自信光芒，「現在不喜歡我也不要緊，總有一天，我一定會讓你無法自拔地愛上我。」

他一向把她當作妹妹看待，一個鬼靈精怪又難搞的妹妹，除此之外，沒有其他想法，即使在那個大膽告白的晚上過後，這想法依然沒變。然而此時此刻，聽著她無所畏懼的預言，看著她神氣凜然的表情，阿海忽然覺得感動。

施佳懿常常讓他覺得感動。

可是，感動就像浪花，是一時的情緒激動，澎湃，美麗。偏偏浪花很快就會碎掉了，早知道，當一條安靜的小河就好，起碼可以細水長流。很久以後，施佳懿這麼說過。

上次和「六個腳印」花店的合作十分成功，別緻的花卉擺設頗受好評，廠商相當滿意。企劃部開會當中，部長瞇起眼，回想花店名字，「我看，這次再交給他們做好了，就是上次那間花店啊！是……那個……『三個腳印』來著？」

六個腳印啦！再怎麼樣，腳印都應該是雙數吧！托著腮梆子的施佳懿在心底吐槽完，驀然停住轉筆的手，憶起許靜走路的樣子，以及阿海面對她微跛的步履所流露出的痛苦神情，哼……絕對有內情！

「部長。」她舉手自薦，「那間花店我知道，由我去接洽好了。」

她的自告奮勇，大家當然樂意接受，阿海也是，不過他立即嗅出不對勁的氣息，緊接著舉手，「部長，我也去。」

狀似被壞了好事，施佳懿小小「呿」一聲。

「喂！妳剛剛『呿』了一下對吧？妳到底在打什麼鬼主意？」

在辦公室外的走廊，施佳懿和阿海一前一後地快步行走。

她回頭，笑盈盈地，「我哪有在打鬼主意？話又說回來，你那麼急著跟來，是不是喜歡跟我寸步不離啊？」

她說著說著，雙手便勾住他。這舉動叫阿海猛然退後，整個人撞上牆！

施佳懿愣愣止住動作，阿海還一副面對毒蛇猛獸的戰戰兢兢。

「我……我警告妳，不可以再隨便這樣搭來搭去，妳是女生，矜持一點會怎樣？」

「我矜持過了。」

「什麼時候？」

「嚴格說起來，今天以前。」

「那今天爲什麼不繼續？」

「我累了。」

和施佳懿溝通的結果，啞口無言的往往是阿海。

前往「六個腳印」的路上，兩人還為了施佳懿的手該擺哪裡而爭鬧不休。

她強詞奪理地堅持，要是不抱著阿海的腰，就不敢坐機車。阿海凶了她幾次，不停扭動身體想把她的手甩開，危險駕駛了一陣子，最後還是一路紅著臉騎到花店去。

今天花店附近特別熱鬧，不少路人情願在在大太陽底下佇立，更有機車騎士直接把車子停在路邊，妙的是，他們全聚焦在同一個方向。

阿海和施佳懿跟著看過去，前方有個小公園，公園出現幾名忙進忙出的工作人員，移動的攝影機，白閃閃的打光板，還有一位導演和兩三名熟面孔的演員。

「在拍戲啊！」施佳懿見怪不怪了。

阿海卻像個土包子，直勾勾望住頭一次見識到的拍戲現場，又驚又奇。她覺得他這模樣特別討人喜歡，於是體貼地等了他一會兒，直到一聲歇斯底里的尖叫穿透周邊車水馬龍，才把他喚醒過來。

那個可怕叫聲來自夢露，她就站在店外，興奮到快休克了，圓嘟嘟身體隨著她的跳動活脫是顆布丁般震晃著。

阿海這高個子進店之前還特地向她點頭，她也視而不見，想必那些演員當中有她的超級大偶像吧！

「阿海，施小姐。」

許靜在店裡專心包紮花束，並不受外頭影響，只在發現他們蹤影時才稍稍露出訝異的神色。

「那個……」阿海指指外頭。

許靜也瞧瞧門口夢露那踮高腳的背影，一如往常的泰然，「半小時前來的，來了之後，這邊就變得好熱鬧。」

他頷頷首，還是顯出幾分顧慮，「那妳沒出去看看？」

「沒有，我對那個沒興趣。」

她又開始動手包紮花束，輕鬆的談吐間透露出若有似無的閃避。

施佳懿噘起嘴，她一點都不喜歡現在的氣氛。那兩人的對話雖然很普通，可是她不是笨蛋，感覺得出來，阿海和許靜正在說著只有他們才知道的事。他們一起長大，擁有共同的祕密和過去，一想到這裡，施佳懿感到一把會把體內氧氣燒盡的火正熊熊焚燒著自己。

「阿海，別忘了部長交代的正事。」

她出聲提醒，阿海這才「啊」一聲，趕緊拿出公司資料。施佳懿趁他們在談合作，藉機打量許靜。精明如她，很少遇到摸不透的人，但許靜不一樣，算不上是城府深，可也不是能夠一眼看透。

許靜意識到施佳懿緊迫盯人的目光，停頓一下，困惑轉向她。

「老闆，妳的腳受傷，這麼久都還沒好啊？」

反正施佳懿也沒有躲躲藏藏的打算，直接開門見山，卻惹來阿海又驚又急的瞪視。

「喔……」許靜的表現也大方，她低頭看看自己左腳，回答道，「這是舊傷，好多年了。」

「這樣啊！是怎麼傷到的？」施佳懿對阿海的反應視若無睹，追問下去。

「是骨折，當時醫生沒有處理好，所以有點後遺症。」說到這裡，她帶著微笑反問：「這讓妳覺得很奇怪吧？」

「我奇怪的不是妳的腳，妳的腳很好。我奇怪的是阿海為什麼每次一見到妳的腳都一副很內疚樣子，是他害的嗎？」

「喂！妳……」阿海再也不能坐視不管了。

許靜卻先制止他，「沒關係。倒是你，阿海，我還寧願你跟施小姐一樣，不用在意我的腳傷，想說什麼就說什麼。」

現、現在是怎樣？原本曖昧兮兮的這兩人，這會兒又變成老師和學生的關係，阿海居然乖得差點沒去面壁思過！把這微妙轉變都看在眼底的施佳懿眞是愈來愈糊塗了。

許靜面向施佳懿，平心靜氣地解釋，「我和阿海是從小一起長大的玩伴，不會把這種事放在心上的。」

不過妳也沒繼續講腳傷的事了啊！施佳懿儘管有幾分怨言，倒也順著她轉移話題。

「那你們一定很要好囉？」

「嗯……算是吧！以前會一起複習功課，還會一起坐車到隔壁縣市去看電影，大概就是一般學生會做的事。」

「看電影？是兩個人一起？還是還有其他人？」

聽到這裡，阿海不得不又起身抗議，「妳問這麼細想幹麼？」

「又不是不可告人的問題，爲什麼不能問？」

「這跟不可告人沒關係，而是妳這樣問很奇怪！」

他們再度鬥起嘴，許靜則開始瀏覽訂單項目，她應該是那種周遭都已經亂得雞飛狗跳，還能怡然自得做自己事情的那種人吧！

關於這次訂單，許靜態度幾分保留，坦言相告，「這次花材的數量比上次多很多，我沒把握可以接，以前也沒訂過這麼大量的貨……」

總算甘願回到工作崗位的夢露卻不這麼認爲，見到偶像的興奮感轉換到她對工作的幹勁上，

「沒做過就更要試試看啊！妳看！這次的合約金也跟著水漲船高！我們的店剛起步，這筆資金很有幫助耶！」

阿海跟著鼓勵，「對啊！許靜，難得我們部長想再跟妳們合作第二次，我覺得這個機會要把握住，對不對？」

他轉向施佳懿徵求認同，她卻一派不予置評的冷淡。

「我不知道。要把握也要懂得量力而為，是不是？」

她潑的冷水讓夢露當下悻悻然醶回去，「現在來找我們的不就是你們嗎？」

當阿海觸見施佳懿姣好的臉蛋先是沉了一下，接著浮現出皮笑肉不笑的笑容，警覺到她又要作亂，馬上出面攔擋，「總之，請妳們考慮一下，我們是很有誠意來……」

話沒講完，門口突然闖進一群人，夢露一看，再度尖叫，差點沒暈過去。原來是在公園拍戲的劇組裡兩個工作人員攙著現今的當紅演員關子民走進來。

一位像是他助理的女性焦急地說明來意，「不好意思，你們有冰塊嗎？我們有人被燙傷了。」

原本只能在電視螢幕才能見到的關子民，如今出現在這裡，不眞實的氛圍之下沒幾個人反應得過。許靜先回神，不吭一聲走進房間內找冰塊。

這慌亂的一刻，著急的劇組和被熱情衝昏頭的夢露是察覺不出來的。打從那位俊俏演員踏入這間店起，阿海和許靜的動作就變得緩慢，只有他們的眼神依然流動，望著演員關子民，而關子民也望著他們。不過短短幾秒鐘的時間，施佳懿卻從他們彼此凝視的神情中猜到某種相似的情感，她說不出那是什麼，太複雜了。

「小安，我沒事啦！讓我在這裡休息一下就好，幫我跟導演說一聲。」

關子民在一張板凳坐下，對他的助理小安這麼交代，臉上親切的微笑根本看不出他受傷。小安有點神經質，再三確認他的傷勢並不嚴重後，用力點頭，然後又對找來冰塊的許靜說了好多遍「不好意思，麻煩妳了」，便匆匆忙忙跟著另外兩位工作人員出去。

「六個腳印」裡頭剩下阿海、施佳懿、許靜，和魂魄早已出竅的夢露，當然還有那位狼狽卻不失帥氣的關子民。

聽說關子民在一場小爆破中不慎誤傷右腿，原本應該會是夢露搶著要幫他療傷，不過她因爲high過頭，根本沒有能力做任何事，好像這輩子只要能眼巴巴守著關子民的一舉一動就心滿意足。

「先沖水吧！」許靜擱下冰塊，來到他面前。他抬頭看她，許靜巧妙避過，轉而對阿海說：「阿海，幫個忙。」

阿海很快來到關子民身旁，和許靜一人一邊攙扶，燙傷的腿令他起身的時候劇烈作痛而下沉，那個時候，爲了撐住他，他們三個人順勢緊靠在一起。袖手旁觀的施佳懿發現始終表現鎭定的許靜忽然爲難起來……不對，比較像是難爲情，那麼冷若冰霜的人也會難爲情啊！

沖完冷水，他們扶關子民回座，誰知他突然鬆開許靜那邊的手，一把抱住阿海。許靜怔一下，阿海也是。

「原來你到台北了，兄弟。」

當阿海聽見他的話，從起初的發愣，到下一秒激動地反勾住他的背，將臉埋入關子民肩頭。

施佳懿張開嘴，訝異著這樣脆弱的阿海。想必對方一定是他極度想念的人吧！才會將累積好幾年時光的話語化作激烈的無語。

許靜在一旁望著他們，抿起淡得幾乎不著痕跡的微笑，看起來挺欣慰的。

其實他們早就相識的嗎？施佳懿才這麼想，掉頭去看招牌上的店名，「六個腳印」，啊……原來是暗指他們三個人，一定是的。

「晚點再敘舊吧！先讓我把他處理好。」

許靜端著一個急救箱打斷他們，闕子民放開阿海，頗為無奈，「幹麼把我講得好像物品一樣？」

「不然你是什麼？」

她若無其事蹲下身，迅速在棉花棒上上好藥，然後朝他的傷口塗抹。那力道八成不輕吧！闕子民一下子痛得跳起來。

「喂！妳是故意的吧？」

許靜定睛在他痛苦的表情上一會兒，才以正常力道繼續處理傷口，「是故意的沒錯。不過比起當年在海邊被你放鴿子，這應該不算什麼吧！」

她不經意提起一件往事，這讓阿海瞥向他們的方向。原本油腔滑調的闕子民也稍稍收斂，他垂著眼，乍看是無聊地翻看自己的手，接著拉開一絲苦笑，「妳果然還在記恨。」

「放心，到剛剛為止。」

許靜起身，端著急救箱走進房間。

闕子民向阿海簡單打聽他們的近況，互相交換聯絡方式，這才注意到施佳懿。他仔細端詳這位靈巧漂亮的女孩子，不很確定地問：「我們……是不是在哪裡見過面？像是酒會之類的？」

她不動聲色片刻，忽然挨到阿海身邊，抱住他手臂，嬌笑答道，「那是什麼陳腔爛調的搭訕哪？我就免了，人家已經心有所屬。」

「妳……」

阿海漲紅著臉想把她的手甩掉，但施佳懿抱得緊，他只能拖著她在小小的花店亂竄。

無視於這位當紅偶像，施佳懿反而黏住阿海不放，這新鮮的光景令關子民覺得有趣而發笑，「哈哈！阿海，恭喜你了！從來沒追過女生的你，現在居然有女生愛你愛得這麼大方，真是一絕！」

阿海邊逃邊怪他，「你在說什麼風涼話？快幫我把她拉走！這樣成何體統啦！」

「躲我躲成這樣，你才成何體統呢！」

關子民不介入他們小倆口的追逐，站起來搖搖手說：「你們慢慢玩吧！我要回去了。」

「咦？」阿海霍的煞車，也不管後方追撞上來的施佳懿，擔憂詢問：「你可以嗎？還是先去醫院一趟比較好。」

「這小事，沒問題的。」他頓頓，朝房間內部看了一眼，「幫我跟許靜道個謝。」

如果只是放個急救箱，也該出來了。但房門口始終寂靜。

也許許靜並不如她表面上那麼平靜吧！

阿海百感交集地目送關子民離開。事實上也沒能目送太久，他一踏出店門，立刻被守候已久的影迷和劇組團團包圍住。

還有很多話想說，還想再多聚一聚，阿海硬是壓下那些不捨的情緒，選擇沉默，默默確認久違的關子民安好無恙。

好久不見了，兄弟。

這場意外的好友重逢，原本應該值得高興，卻又因為種種顧忌使得阿海陷在沮喪的矛盾裡。他停好機車，和施佳懿一前一後朝公司步行。

路旁有一排行道樹，枝葉的陰影在他們身上閃爍滑過，她抬起眼，看他頭頂好幾次就快要和樹枝擦撞，忽然開口，「喂，海邊也聽得見蟬鳴嗎？」

「嗯？」他回頭，不太確定她問了什麼，「蟬？」

「你聽，最近漸漸聽得見蟬鳴了，夏天快到了吧！」

她停下腳步，望向馬路中央的行道樹，在車流間飄出悠哉的吱吱響聲，聲勢還不大，但天氣的確逐漸變炎熱了。

阿海跟著看了一會兒，又問：「然後呢？」

「總覺得蟬鳴和海搭不上什麼關係，海邊到底能不能聽見蟬鳴呢？」

「嗯……」他努力回想，這明明是個普通的問題，他卻從未認眞想過，「或多或少會有吧！」

「那麼，在兩百六十萬人口的台北市遇到故鄉好友，和在海邊聽見蟬鳴，哪個機率大呢？」

「啊？」他丈二金剛摸不著頭緒，「妳到底想問什麼？」

施佳懿扠起腰，緊迫盯人地逼視回去，「當然是想問你，難得遇見老朋友，怎麼一點也不高興的樣子？你根本不是耍酷的料。」

他被說中心事，閉上嘴，心虛起來，「我很高興啊……」

「那就坦率地表現出來又怎麼樣？你也眞奇怪，一般人如果跟大明星是好朋友，早就四處宣傳了。不像你，之前還裝得好像不認識他一樣。」

就算對方是喜歡的人，該教訓的時候，施佳懿還是不心軟。

「能夠見到阿民，我雖然很高興，可是，我不知道他是不是也同樣樂意見到我。當初他一個人到台北，就是想離開老家，離得愈遠愈好，所以，和他相認也許會讓他覺得很困擾……」

在他這麼煩惱的時刻，誰知施佳懿劈頭就罵了回去，「你白痴啊？你管那個什麼阿民怎麼想！眞的心裡高興，就天經地義地高興！一天到晚跟著別人的想法團團轉，你是寵物嗎？」

見識到施佳懿刀刀見血的魄力，他反而噗嗤一笑，「有的時候，聽妳講話就好像在上課一樣，那句成語是怎麼說的……『如雷貫耳』？」

「我才不要配上那麼不可愛的成語呢！」她彆扭地臉紅起來。

「不過，謝謝妳，高興的時候，是該高興才對。」

她凝望他投射過來的溫柔笑臉，出了神，彷彿自己是受到褒獎的孩子，悄悄得意著、歡喜著。

「那個關子民是個什麼樣的人呢？感覺和你是南轅北轍的類型，很難把你們聯想在一起耶！」

她的直言，反而令阿海高興，抱著懷念之情說起好友的事，「我們兩個眞的差很多。阿民是我堂兄，他爸媽在他很小的時候就過世了，所以他等於是讓阿嬤帶大的。阿民他啊，比我還外向，很會玩，也很愛玩，點子特別多，又會講話，超級受女生歡迎……」

聽到這裡，施佳懿禁不住打岔，「通常這種人一定都不愛念書吧！」

「呃……他是常蹺課啦！不過我功課也不好啊！我們當中最會念書的就是許靜，她當了好幾次班長。」

「不用說也知道。」關於許靜的好，她故意假裝一點興趣也沒有。

阿海沒能發現她的敵意，興致勃勃地說下去，「當初知道阿民上電視演戲很意外，可是其實也沒有那麼難以相信，因爲他天生就很適合走這條路。妳知道嗎？他高中的時候，曾經在一天之內收到五個女生的情書耶！阿民從以前到現在都很能吸引別人的注意。」

「哼！是喔！」

「幹麼一副不屑的樣子？妳不相信啊？」

「沒有啊！我是在想，再能呼風喚雨的人，還是會有漏網之魚嘛！」

「漏網之魚？」

「我呀！」她的笑容隨著那雙閃耀的眼眸亮了起來，「我不就喜歡上你了？」

「……」

他頓時變得窘迫，不僅如此，臉頰還開始發紅，卻不是因爲炎熱的緣故。在一陣無話可說的尷尬後，阿海說句「該回去上班了」，便趕忙走在她前頭。

施佳懿偷偷抿住一抹笑意，朝那個狀似落荒而逃的背影看哪看哪，冷不防喊道：「嘿！這個星期天一起去看電影吧？」

他納悶回頭，又被弄得一臉狀況外，「妳幹麼突然提到電影？」

她跑到他身邊，撒嬌賴皮，「剛剛花店老闆說你們一起看過電影嘛！那我也要。」

「都是幾百年前的事了，更何況，我爲什麼非要跟妳一起看電影不可？」

「難道你只願意跟那個花店老闆看電影嗎？好啦！這個星期天一起去吧？」

「我哪有那麼說？我星期天要加班啦！」

「那下星期。」

「下星期我會回老家。」

「下下星期？」

「下下星期要去廠商那裡，妳忘了嗎……啊——妳什麼時候又抓住我的手？」

不知何時，阿海的手臂已經被施佳懿舒適地勾住，他使勁力氣要把她的手扳開。施佳懿則因為他的三推四阻而感到不耐煩，索性直接敲定時間。

「不管！這星期加班總不會加到晚上吧！我跟你約晚上七點在公司大門口見。」

「妳怎麼可以隨便……」

「就這樣，一定要來喔！」

她自動放開手，葉葉樹蔭溜出她的米白色裙襬，在沒來得及攔住她之前，施佳懿已經繞過他後方，跑進公司，留下錯愕的阿海。

※

後來，不論阿海怎麼向施佳懿抗議她的獨斷獨行，或是堅決表明自己絕對不會赴約，她都充耳不聞。就這樣，星期天到了，阿海到公司加班，趕著部長指派的案子，在休息的短暫空檔，他會不經意看看鄰座。桌面收拾得乾淨整齊，電腦螢幕靜悄悄漆黑著，書架旁擺置時下流行的一盆圓形仙人掌。施佳懿不常為仙人掌澆水，只在想到的時候才會把馬克杯的水分倒一點給它。她聚精會神地拿捏水量，那溫馴模樣總令他出神。

短短澆水的三秒鐘，施佳懿似乎什麼也沒想，阿海也是，他覺得自己是那株放空的植物，等著一點一滴被灌滿。直到施佳懿不期然掉頭，對他無意義地笑笑，他才愣著！

安靜下來的施佳懿偶爾會讓他有和許靜相似的錯覺。許靜總是專注在自己的事情上，通常是手中書本。她將自己關在自我世界的時候，也是最無防備的時候，一直看著她，彷彿就能看見她所有的情感、所有的思緒。能攪擾她的只有童心未泯的關子民，他會搶走她的書，會扔寄居蟹到她鉛筆盒裡，每當許靜生氣地怪他幼稚，將他趕走以後，很快又兀自沉澱下來。有時阿海眞寧願關子民不要出現，如此一來，他才有片刻機會窺探許靜的一顰一笑。

曾經有一次許靜抬起眼，發現他，並不怪他擅意的注視，反而輕輕彎起嘴角。縱使他知道那只是一種良善的反射性動作，阿海依然覺得胸口飽滿，方才觸見許靜和關子民打鬧時所湧起的空虛便暫時被驅散了。

阿海神遊得有點久，他強迫自己回到公事上，面對密密麻麻的數據，怪起自己不該心不在焉。差不多到了平常下班時間，阿海的工作也剛好告一段落。他回到公寓，浩克已經買好香噴噴的滷味約他一道吃。

他猶豫半天，才老實說出和施佳懿那無厘頭的約會。浩克再次欽佩施佳懿的霸道無人能及，接著問起他下一步行動。

「那你還不趕快準備？」

阿海反彈很大，「我怎麼可能去？去了不就代表我對她有意思嗎？害她誤會更深怎麼辦？」

面對他的激動，浩克「喔」一聲，掉頭夾起一塊豆干，繼續看新聞。

「說的也是，別去。」

這結論下得乾脆，阿海不再接腔，也不再碰滷味，他的視線雖落在電視畫面，心思卻緊跟著時間一分一秒地忐忑不安。

如果約定的七點鐘到了，施佳懿沒見到他的人，會不會一直等下去？應該不會吧！她那唯我獨尊的大小姐脾氣怎麼可能容忍痴痴等待這種事呢？可是，那丫頭個性也不是普通的固執，萬一她堅持要不見不散呢？

不行不行！絕對不能對她掉以輕心，要是以後她纏人的工夫變本加厲怎麼辦？

阿海就這樣陷入去或不去的無限迴圈，一個鐘頭的時間對他而言簡直度日如年。吃飽開始看起球賽的浩克冷眼掃向焦躁的他，直到阿海終於跳起來，奔向門口，落了一句「我出去一下」。

浩克早已預知這樣的結果，擺擺手，「慢走。」

阿海騎著機車以最快速度趕到公司門口，但再快也已經超過八點了。他停住車子，尋向公司前方廣場，昏暗的空曠中，那盞路燈的白光顯得格外孤清，淡淡照出四周寂靜。

「不在……」

他慢慢走到廣場中央，環顧四周，這裡除了他之外，再沒有其他人。確認過手錶上的時間，他心想，果然不會有人願意在這裡等上一個鐘頭吧！

心情有點複雜，因爲施佳懿沒有久候而放心，又因爲沒見到她的人而有一些……失落感。

他吐口氣，拿出手機撥打她的電話，不料那一頭是關機狀態，是氣到不想接電話嗎？

「不用管她啦！你本來就沒有跟她約，是她自己擅作主張，她就算在那裡等到天荒地老也不關你的事。」

回到住處，浩克極力開導不放心的阿海，當他說到「而且你不是希望施佳懿別再纏著你嗎」，阿海這才快速抬頭附和，「這、這是當然的啊！」

「那不就得了。」

他勉強被說服，心想反正明天遇到施佳懿之後就可以問清楚了。

然而到了隔天，施佳懿沒有來。隔天的隔天，還是不見她的蹤影。

那株原本應該生長在沙漠的仙人掌，如今在電腦螢幕旁也生氣蓬勃地伸展無數根小刺，幾天沒澆水，仍舊綠得亮眼。

阿海自那棵植物移回視線，途中，和斜對面的浩克對上，他也朝施佳懿桌上瞧一眼，再聳聳肩。

向來對工作很有幹勁的施佳懿已經連續請假一個星期了。第一天，小惠曾經好奇地向部長打聽，部長只說她請假。第二天沒見到人，隔壁部門的同事找不著她，又問部長，部長還是說她請假。第三天，小惠和一些同事猜測她八成請長假出去玩了，那之後，就沒人再追問她沒來上班的事。

阿海卻無法跟他們一樣一笑置之，他在午休時間和浩克一起吃飯，忍不住提出心中疑慮。

「施佳懿一直沒來，你說她會不會出事？」

「出事？出什麼事？」

浩克雖然也在意，但回話時還是猛嚼滿口炒麵，阿海的炒飯則一口也沒動，他憂心忡忡做出幾種猜測，「像是……星期天晚上要來公司的路上出車禍，所以她才沒有來赴約？」

「笨蛋，她是搭捷運通勤的，除非捷運翻車，不然哪來的車禍？」

「不然，自己一個人在公司外面等的時候，被誘拐還是綁架之類的？她手機一直關機耶！」

「喂！真的這麼嚴重的話早就上報啦！」他吐槽完阿海，隨即搔搔下巴，又興沖沖直晃手上筷子，「喂喂！你看，會不會是像電視劇演的那樣，她在下著大雨的晚上痴痴等著你，結果後來著涼，重感冒了。」

「你說的才最扯啦！那天天氣好的很，哪來的雨？」

浩克掃興地兩手一攤，埋頭吸入好幾根麵條。他勸阿海不用擔心，也許施佳懿眞的一如小惠所言，快快樂樂度假去了。

阿海心想也對，那位大小姐行事本來就毫無邏輯可言，就算突然接到她電話說她正在巴黎的香榭大道逛街，也不足爲奇。即便理智是這麼說服自己，當他將文件交給部長簽核時，還是不自覺脫口而出，「部長，請問……施佳懿有沒有說她什麼時候會回來上班？」

剛過半百的部長從文件中抬頭，推推眼鏡，笑笑，「也對，夥伴一直沒來，很困擾喔？」

「呃，我不是那個意思……」

沒等他講完，部長又自顧自讀起文件，無關緊要的，「我想下星期應該就會來了吧！」

「那，請問是她本人親自打電話請假的嗎？」

「嗯……是人事部轉告的，來。」他將簽好的文件遞向阿海，揚起「辛苦你了」的上司笑容。

部門裡的職員請假一個星期不算小事，部長卻表現得老神在在、漠不關心，再追問下去反而有囉嗦之嫌。阿海只好無功而返，才坐下，浩克立刻用 skype 傳送訊息過來，附上一個驚恐的表情。

「該不會是上次的設計部事件被發現是她動的手腳，鬧到人事部去，所以要把她關禁閉吧！」

阿海想要回嗆他想太多，可是雙手才放在鍵盤上，怎麼也敲不下一個字，面對浩克那不無可能的字句，一陣不安湧上心頭。說起來，當初是他強迫施佳懿去設計部交還檔案的，如果她因此出事，他也難辭其咎。

看看其他同事照著往常步調在工作，好像施佳懿的消失對於這個地方並沒有絲毫影響。阿海也想樂觀以對，但施佳懿的狀況未明，他偏偏就是無法放心。

阿海拿著部長簽過的文件來到停車棚，半路上，曾經轉向那排蓊綠的行道樹，蟬鳴的聲勢隨著氣溫扶搖直上，今天聽上去莫名有幾分空洞。他站著聽了一會兒，暫時將不明的原因擱下，文件放進置物箱後便拿出一頂白色安全帽，遞向旁邊。

「哪！給……」

他望著空無一人的身旁，住了嘴，緩緩將手放下。

「咦？為什麼要我陪你去她家？」

一下班，浩克馬上被阿海逼著上機車，阿海一面戴安全帽一面解釋，「突然去人家家裡，很失禮嘛！兩個人一起去探望，感覺比較名正言順一點。」

「嘿嘿！我看你是怕一到她家，羊入虎口，會被她撲倒吧！」

阿海從人事部那裡問到施佳懿的地址。還是小惠聰明，她謊稱有施佳懿快到期的帳單要寄給她，人事部才願意提供資料。

浩克坐在後座，看紙條上書寫的地址，「喔！她住劍潭啊！阿海，你聽過公司的傳言嗎？施佳懿從不讓人送她回家。」

「喔！聽過啊！她說又不是沒手沒腳，幹麼要別人送。」

「可是最詭異的是，也沒人知道她家住哪裡，有必要搞得這麼神祕嗎？」

「嗯……大概是想省麻煩吧！追她的人真的很多。」

「所以說你真的是個超級大異類！人家都自動送上門，你還避之唯恐不及。」

「哎唷！感情的事哪有那麼簡單。而且，施佳懿八成是鬧著我玩的吧！過一陣子沒興趣了，就會恢復正常了。」

到現在，他還是把施佳懿當作一個愛玩的妹妹，就像每次回到海邊老家，和他比較熟的女高中生也喜歡有意無意鬧他一樣。阿海很清楚，那不過是女孩們在享受和異性互動的樂趣罷了，並不是什麼刻骨銘心的情感。有一天，一定會像被橡皮擦擦拭過的鉛筆痕跡一樣，突然淡得彷彿不曾存在過。

照著地址走，在劍潭地區轉來轉去，終於找到目的地。兩個大男人杵在摩托車上，對著眼前的住宅，定格半天，接著，很有默契地再把紙條看一遍，確認這裡就是地址上所寫的地方。

「不會吧！」

浩克一聲驚呼，下巴都快掉下來了。阿海則說不出話，他仰頭丈量眼前的豪宅，隱密地座落在一個安靜社區裡。客廳有一大面高達兩層樓的落地窗，看得見只會出現在外國電影中的迴旋樓梯，富麗堂皇地在水晶燈的照射下蜿蜒。

他們被外傭請進去之後，誠惶誠恐地坐在和他們年薪差不多價位的高級沙發上。

浩克不斷向阿海耳語，「她該不會是有錢人家的大小姐吧？雖然脾氣很大小姐，可是平常根本不用名牌的東西啊！她還會去吃路邊攤耶！」

「我……我也不知道……」

這裡高貴典雅的裝潢擺設建構出和他們不同世界的氛圍，光是客廳那好幾件看不懂貴在哪裡的藝術品，就足夠讓兩個基層的白領族肅然起敬。

如坐針氈的阿海眼神四處逡巡，牆上掛有幾張家族相片，有的是施佳懿在國外海灘和騎馬場的獨照，有的是家人合影。她應該是獨生女，怎麼看就只有父親、母親和施佳懿三個家庭成員而已。

咦？說到她父親，總覺得有點面善呢！

阿海正想叫浩克一起確認，樓上有人開門出來，而且就停在門口說話。說話的人正是施佳懿，她十分生氣，從房間一直罵到房門外，和她對話的人並沒有跟她一樣激動，以致於聽不到對方在說什麼。

「保護過度也要適可而止啊！我已經一個星期沒去公司了，該拿什麼理由請假呀？不要！我才不要去美國的分部呢！這個也早就說過了，我就喜歡在這裡工作！啊？你還提那個垃圾前男友？當初是因爲他的緣故進去的沒錯，不過我們早就分啦！嗯？現在……現在另外有喜歡的人，所以要繼續待下去。」

聽她說到這兒，浩克下意識轉向阿海，阿海和他對視一眼，很不自在。

「說到這個，我還沒找你算帳呢！是不是你多管閒事，把那個廢物找來了解狀況？這樣不就讓他知道我是誰了嗎？託你的福，他現在又回頭來纏我了，我最討厭別人這樣！不過呢，只要你再讓我回去上班，我就可以不再跟爸爸計較。」

浩克用唇語唸出「爸爸」兩個字，又搖頭嘆息，「多麼大逆不道的女兒啊……」

施佳懿開始走動，因爲她故意用力踏出氣壞的腳步聲，同時撂話，「總之，我明天就回去上班，明天喔！」

她的身影在下一秒出現在二樓半開放式的迴廊，阿海因此「啊」了一聲，她彷彿聽見那小小的聲響，停住，側頭望下去，正好和阿海面對面，兩人同時愣住了。

他緩慢地從沙發起身，但目光還是牢牢聚在施佳懿身上，她也沒移開分毫，神情微妙，先是訝異他的出現，然後有點無措，輕輕蹙起眉頭。

方才完全拿施佳懿沒辦法的父親，此時黯然從她身後隱沒而去，浩克眼尖，本能地立正站好。

「董、董事長！」

那位大人物只給他一瞥，便落寞地轉進其他房間去了。

而阿海並沒有發現什麼董事長，他仍舊和施佳懿不知所爲地相望，可是施佳懿嘴一抿，掉頭奔向樓梯！她跑的速度飛快，一下子便飄至一樓，在他還來不及看清楚她綻放的笑臉前，施佳懿已經撲向他，緊緊摟住他頸子！

那擁抱既突然又強烈，她閉著眼，一句話也不吭，但滿足的神情說著這幾天所累積下來的委屈都在這一刻得到釋放。

「呃……」

阿海反應不過來，不知道應該先說什麼好。低頭看看伏在自己肩窩上的施佳懿，頓時感到放心，幸好她平安無事。接著，他捫心自問，除了安心之外，好像還有一種更深刻的情緒猶如鑽井一般地探入體內，酸酸的，沉甸甸的，糾在一起。

每當他想起施佳懿，或是僅僅聽見她名字，那種情緒就會變得強烈起來。

爲了擺脫古怪的感受，他輕輕推開她，說明來意，「妳一直沒來上班，所以，我跟浩克過來看看。」

一提到這個，她精神就來，哇啦哇啦地說明來龍去脈，「我那天超倒霉！星期天晚上在公司外面等你，結果被我爸逮到，他平常那個時間不會在公司的。我怕在那裡跟他起爭執會被你撞見，只好先暫時和他一起回來，哪知道居然把我禁足！禁足耶！連手機和電話都收走喔！現在是什麼時代？怎麼還會對女兒做這種事？」

浩克在一旁吐槽，「妳的過分程度也沒比妳爹差呀！」

「話又說回來，你在擔心我嗎？還是開始想念我了？」

施佳懿心情轉變得快，馬上又是一張陽光笑臉，還順手挽住他。阿海緊張看向董事長消失的二樓，奮力要拉開她的手。

「我、我哪有！妳不要說著說著就黏上來好不好？被妳爸看到怎麼辦？」

「啊！對了。」原來施佳懿並沒有忽略浩克的存在，她在混亂中不忘親切地提醒他，「今天的事如果說出去，就馬上開除你喔！」

浩克一聽，不平衡大叫，「妳這是哪一國的差別待遇啊？」

其實，浩克的處境還算幸運，因爲凡是知道施佳懿祕密的人，都從公司裡被滅口。好比那位所謂的垃圾前男友，早在兩個星期前就被發配邊疆，調到越南廠去了。

浩克還是不解，「妳也眞怪，讓大家知道妳爸是董事長又不會怎樣！」

這一次，施佳懿停頓得特別久，她自動放開阿海之後，慢慢道出原委。她說，他們並非一開始就是大富大貴的人家，在她國中之前都還是個普通的小康家庭。後來，爸爸投資電子產品和房地產，天時地利人和的作用之下，生意從此順遂，到後來甚至成立公司。她還說，國中的年紀已經懂得分別人情冷暖，所以對於接踵而來的阿諛奉承她反感透頂。

講到這裡，施佳懿吐出一口長氣，失望地托起下巴，「剛開始有幾個不錯的男人追我，我滿高興的，也對他們其中一些人有好感，可是後來才知道他們全都是看上我們家的錢。那種感覺超差的，好像自己是次等貨一樣。」

阿海憶起他要施佳懿去設計部歸還檔案前，她曾寂寞地說：「要得到一個人眞心的喜愛，應該是很簡單的事才對。但是對我來說，或許是世界上最困難的事也說不定。」

難怪，她將公司的利益當作自家玩具，就算有所毀損也不放在心上。難怪，她能夠輕易拿到整間大樓的監視器分布圖，並且來去自如。

「雖然生活變寬裕了，不過，嗯……也不是盡遇到好事……」她沒說完，有一半思緒似乎被拉進過去某些不愉快的記憶。阿海略帶同情地等待她，誰知施佳懿眼珠子呼溜一轉，閃亮亮地定睛在阿海臉上。

「但是阿海不一樣！即使你不知道我是誰，還是對我很好，比那些臭男人都還好。所以，光是遇見你這件好事，就可以抵消掉以前幾百件不好的事了。」

「呃……這個……」他詞窮得望向浩克求救，他卻只顧著竊笑又豎起大姆指，阿海只能硬著頭皮回話，「妳、妳說得太誇張了啦……」

「對了，阿海，星期天晚上你到底有沒有去公司啊？」

「咦？」他窘迫地支吾，嚥下一口水，正色道，「當然沒有，打從一開始我就沒答應過要跟妳看電影不是嗎？」

浩克瞧他說起不流利的謊話，識相地保持緘默。施佳懿小嘴嘟得老高，氣憤地扠腰抱怨，「你怎麼這樣？萬一我爸沒來，我不就一直傻傻地站在那裡等你嗎？」

「妳這人怎麼有理講不清？妳不要去不就好了。」

「不行！我一定要跟你看一次電影。」她興奮期待，「我們下次再約吧！」

不久，阿海和浩克準備離開，施佳懿才送他們到門口，阿海便說到這邊就可以了。她這次願意聽話，微笑著站在門口目送他們。

穿越寬廣的庭院時，浩克開始發表感想，「這施佳懿真不簡單，你那個謊話對她根本不痛不癢。」

「……嗯。」

老實說，那當下阿海有些五味雜陳。他希望施佳懿從此對他死心，又因爲她並沒有受到傷害而暗暗鬆一口氣。

他在心裡大罵自己到底想怎麼樣的同時，回頭，燈火輝煌的宅邸映入眼簾……是太過刺眼了。

「爸爸是董事長啊……」

戴好安全帽後，阿海載著浩克駛離這個高級社區。

施佳懿還待在門口，原本賣力揮動的手逐漸放緩，最後，她倚著牆，出神凝望早已空無一人的黑暗巷弄。

「原來沒有來啊……」

第四章

他忽然無法想像會有那麼一天，當他回頭，而她不在那裡。

阿海面對眼前那扇門，艱難掙扎，終究敗給內心的苛責，把門打開。

「嗨嗨！午安。」

捧著一個大購物袋，施佳懿整張元氣十足的臉幾乎被擋掉一大半。

躺在沙發上的浩克一見到是她，一時緊張，滑落在地，以驚恐的表情轉向阿海。

「有什麼事啊？」阿海跟在她後頭問。

她把這裡當自家一樣順暢地朝廚房走，「我突然想做菜給你吃，就把我們家冰箱的東西搜刮過來了。」

「做菜？」

「妳這女人太厚臉皮了吧！你有沒有問過我們廚房借不借用……」浩克爬起身開罵。

這時施佳懿從購物袋拿出一個真空包裝的透明袋，問：「這種干貝需要先泡水嗎？」

一聽到「干貝」，號稱是「海鮮控」的浩克趕緊衝過去看包裝，上頭一堆日文，裡面裝滿白白胖胖的干貝，「哇塞！是北海道的耶！」

「好像是某家公司的副理送給我爸的。」她隨便回憶一下，然後和善邀請，「浩克也一起吃吧！我也準備了你的分喔！」

「是喔？」他態度一轉，豎起大姆指，「妳不錯嘛！很上道喔！廚房想用多久就用多久。」

「喂！」阿海怪他胳臂往外彎，連忙追進廚房，試圖阻止施佳懿，「不用麻煩了，午餐我們自己會解決。」

「不麻煩啊！浩克，請你把他帶走一下。」

那個平常最防著她的浩克用最快的速度架走阿海，還不忘提醒，「我看到還有生蠔，麻煩記得用烤的。」

「你這叛徒！」

就這樣，阿海孤軍奮戰無效，被趕出廚房，讓施佳懿在裡頭爲所欲爲。

只不過，一個鐘頭過去了，遲遲未上菜。原本頻頻朝廚房張望的浩克最後都在沙發打起瞌睡，就在阿海第三次想進去詢問需不需要幫忙時，施佳懿總算端出第一道菜。

「這簡直是五星級的菜色嘛！」

活過來的浩克對著滿桌山珍海味躍躍欲試，阿海也看傻了，對猛灌水的施佳懿說：「太多了，我們吃不完啦！」

她喝完水，不理會阿海的話，顧著用手搧風，「天啊！我沒想到煮一頓飯會這麼費工夫，都沒有坐下的機會，腳好痠喔！」

她正抱怨著，旁邊的浩克突然「噗」地好大一聲，把剛送到口裡的生蠔噴出來，大叫：「這是什麼鬼呀？」

她不高興，「眞失禮耶！」

「鹹得要命，又乾乾癟癟的，妳到底烤多久？」

「我討厭生蠔軟綿綿的，而且一點味道都沒有，當然要加鹽巴啦！」她住了口，見浩克滿臉痛苦地又把一口絲瓜炒干貝吐出來，轉而躊躇，「有那麼難吃嗎？」

「豈止難吃，簡直是殺人未遂！我說妳啊，自己做菜都不試吃的嗎？」

「因爲步驟都沒錯，就不覺得味道也會跑掉啊……阿海，眞的有那麼難吃嗎？」

阿海不知被什麼嗆到，摀著嘴咳嗽，聽見她的問題，勉強發出沙啞的聲音，「還、還有進步空間啦……」

她聽完，動手夾了一塊生蠔送入口，頓時因爲難吃的口感，立即吐在衛生紙上。

浩克見狀，逮到機會虧她，「妳喔！明明是個大老饕，怎麼廚藝這麼悲慘哪？」

施佳懿八成太過氣餒而沒有回話，阿海暗暗撞他拐子，要他別再落井下石。稍後，施佳懿打起精神，開始動手整理碗盤。

「我請你們出去吃吧！這些不要了。」

浩克喜出望外！

「喂！」阿海上前阻止，壓下那些即將被她端去倒廚餘的碗盤，「好不容易才做好的，又不是不能吃，不要這麼浪費啦！」

施佳懿蹙起眉頭，瞟他一眼，「怎麼你的話聽起來挺叫人不爽的？」

「我……呃……我的意思是……」

「算了，這種東西怎麼可以給你吃？太丟臉了。」

「這有什麼好丟臉的？我又沒有說不吃。」

他們還爭執不下，施佳懿忽然鬆手，整盤熟透的蝦子差點飛到浩克臉上。阿海發現她露出痛苦神色，還一邊按住手腕，於是強硬地抓過來探視。

只見皮膚一片紅腫。

她有點難爲情地收回手，「不小心碰到烤盤，忘記它很燙……啊！我先沖過水了。」

他望著她的強顏歡笑，有些心疼，有些不捨，卻不曉得該怎麼表達才好。他拉著她到客廳坐下，翻箱倒櫃，找出一罐名不見經傳的藥膏，他說那是阿嬤給他的特效藥。

「以前我們燙傷，阿嬤都是用這個幫我們擦傷口，很有效，第二天就不會痛了。」

他一面絮叨，一面萬分謹愼地用棉花棒將褐色藥膏抹在她的傷口，想了想，話題又回到那慘不忍睹的午餐，「我阿嬤常說我很好養，什麼都吃，所以才會長這麼高。所以，妳煮的東西我等一下也可以全部吃完，其實沒有那麼難吃，妳不要聽浩克亂說。世界上有很多人沒有東西吃，不可以浪費食物。」

她聽了，打從心底開心，想要一如往常纏住他，證明他眞的對她好。然而，聲音才到咽喉，驀止住。因爲不願驚擾此刻的感動，不想打斷他的體貼，她沉靜下來，屏息，凝視他認眞的側臉，就連阿海過於專注而微微鎖起的眉宇，都滿滿佔據她眼底。

這一分一秒，宛如某個安靜午后從窗口流進的樂音，是哪戶人家彈起的鋼琴單音，輕輕錚錝幾下。不曉得它打哪開始，又在什麼時候結束，就是這樣意外的欣喜，讓她寧願用一輩子的時間來交換這一寸光陰。

本來鬱悶啃著焦掉豬肋排的浩克，偶然觸見施佳懿微妙的轉變。強勢的她，在阿海看不到的片刻裡偷偷靦腆，偷偷歡喜，只是一個愛戀著阿海的普通女孩。

阿海貼好紗布，抬頭，撞見她仍駐留的視線，問：「怎麼了？」

「……有的時候我會想，幸好我不是男生。」

「爲什麼？」

「如果我是男生，而你是女生，那麼你一定很快就會被我撲倒。」

阿海嚇一跳，立即退得老遠，唯恐她當眞。施佳懿笑嘻嘻轉身走回廚房。

「既然你誇下海口，那就要眞的把那些菜都吃光喔！下次我會練好了再來。」

他目送她的輕鬆背影，垮下肩膀，「還來啊？」

合力將那頓難以下嚥的午餐解決後，施佳懿離去前，對阿海說出她的即興想法，「下次你回老家，帶我一起去吧！」

「啊？爲什麼？」

「我想，你阿嬤一定最了解你喜歡吃什麼，所以向她討教準沒錯，就這麼說好囉！」

她再度隨便立下一個沒得到首肯的約定，蹦蹦跳跳地走了。

阿海好困擾，跌坐在沙發上，「怎麼又這樣啊……」

「有什麼關係？就帶她去一趟嘛！」

浩克正在找胃藥，沒頭沒腦應他這一句。阿海滿訝異的，反問：「你幹麼突然幫她說話？」

浩克想了一下，「咕嚕」一聲吞下胃藥，「雖然那頓飯徹底失敗，不過她帶來的材料都不便宜，總不能白吃白喝吧！就當作還她人情。」

浩克的話不無道理，但阿海還在等，他似乎還有話想講。

「……而且，那丫頭好像眞的很喜歡你。」

「嗯？」

「我本來以爲她只是一時興起或是想惡作劇才纏著你。不過，」浩克對阿海露出一個不知該替他無奈還是爲他慶幸的笑，「她大概是眞的喜歡你吧！」

自從得知藝人關子民和許靜是舊識，夢露整天纏著她，要她多說點關於關子民的大小事，身家背景、喜好厭惡，甚至學生時代的考試成績都追根究柢。

她還怪許靜不夠意思，居然隱瞞這天大消息這麼久。

「我跟妳不一樣，他對我來說只是一個老朋友，有什麼好說的？」

然而許靜冷淡的回答並沒有澆熄夢露追星的熱情，最後不得已，只好任由她在工作時間忠心地擠在圍觀的路人中，看劇組拍戲。

這一天，店裡特別忙，許靜忙得焦頭爛額，好幾次探頭想把夢露叫回來，可是一想到關子民這個名字也會跟著回來打轉，寧可打住。

趁著中午好不容易的空檔，許靜獨自捧著兩把大大的花束離開花店去送貨。走上店外的斑馬線時，一度敵不過好奇心驅使，微微轉向熱鬧的公園方向。

關子民暫時沒戲，坐在椅子上休息。

一直曝曬在烈日下，體力再好的人也會受不了，他手拿一條毛巾，時而將臉埋在其中，時而閉目養神。再次睜開眼，老遠瞥見路上的許靜，緩緩放下拿著毛巾的手。

他欲言又止的注視，許靜察覺到了，這四目交接卻不在她預料中，因而慌張別開雙眼，加快腳步，其中一把花束上的小卡片就在那個時候被風帶起，一轉眼，已經落在她身後的白線上。

許靜回身，走到馬路中央，撿起那張又快要再飛走的卡片。綠燈所剩餘的秒數只有十秒，她想儘快走到對面人行道，可是再快，微跛的左腳硬是拖慢步伐，爲了不讓手上的兩把大花束跟著掉下，她也不敢輕舉妄動。

就在號誌燈轉爲紅燈之際，有隻手魯莽地將她拉去，一把拉上人行道！許靜從花葉中望出去，有點嚇到了，不是因爲身後呼嘯而過的車輛，而是那股刻不容緩的力道，和那張來不及收拾著急的面容。

他們之間的距離突然拉近，使得時空也跟著被壓縮過似的，許靜一時分不出他們到底分開多久，若說那一年的青春歲月昨天才發生過，她也會相信的。

許靜和關子民在措手不及的對視中，有過一陣不知該說什麼的尷尬。是許靜先抽回視線，淡淡道聲謝，他才恢復原來的玩世不恭。

「這兩束花加起來都比半個許靜大了，這樣怎麼走路？」

還不是因爲你把我同事迷得暈頭轉向的關係？許靜第一個念頭想這麼回話，不過她不是會隨便把別人牽扯進來的人，嘆口氣，瞧瞧劇組方向，好多粉絲正朝著這邊議論紛紛。

「你就這樣跑過來，不會太招搖嗎？」

「英雄救美，可以幫我的形象加分，對不對？」

他笑得迷人，許靜的神情卻又冰封起來，她再次道謝，掉頭離開。關子民目送一會兒，其實不到五秒鐘的時間，對他來說竟有一個世紀那麼漫長。她的背影熟悉、纖弱而堅定，從前在教室外的走廊經常見到。可是她的腳步很陌生，不自然的步伐好像某一根腳骨生鏽卡住了，總是叫他不忍卒睹，多看一眼，心臟就絞痛一下。

他啓步奔去，趕上她，在許靜來不及開口前，拿走一把花束。

「要送去哪兒？應該不會太遠吧！」

「不用了。」

「反正我現在很閒。」

他吊兒郎當地搔頭，任性走在她前方，許靜沒轍，只好默默跟上，他們並肩走了一段三百多公尺的路。

「這個星期天我要和阿海回老家，你也一起來吧！」她難得主動邀約。

關子民想也沒想，痞痞地回話，「我很忙，忙得連睡覺的時間都沒有。」

「這兩三年當中，一定可以找到時間回去一次的吧？少對我說那種沒有說服力的藉口。」

他原地佇足，面對她一如往昔的聰慧、不容妥協，興起幾分懷念之情。

「我還不能回去。」

「那麼，什麼時候才能回去？」

他仰起頭，丈量前方的高樓大廈，然後高舉手中花束，神氣凜然地說：「等我買到一棟豪宅，那時候就會回去。」

許靜聽完，吃驚地微微張著嘴，想不到他會說出這種膚淺答案。

「豪宅？你在開玩笑嗎？這跟你回去看阿嬤有什麼關係？」

「我不是爲了再被嘲笑住在破房子才回去的。」

他微慍的眼神蜇伏著一道年少時代就有的叛逆。許靜的態度不禁些許軟化，甚至帶著歉疚。

「你知道我爸說那些話不是有心的。」

「我沒有針對他，相反的，多虧有他，才有現在的我。」他笑了，笑得凜冽，「我不是從前那個我了。」

許靜看著他，很久很久，才輕聲說：「你是很不一樣了。可是……」

「什麼？」

「我比較想念從前的關子民。」

她快速拿下他手中花束，掠過關子民離開。而他不再追上，雙手用力拳握，他極度厭惡這種挫敗感。每當他想試著接近她一些，許靜那好像什麼事都比他成熟的姿態，總叫他裹足不前。

＊

當施佳懿發現許靜也要和阿海一起回老家的時候，嘴巴張了半天也合不攏。

她私底下拉著阿海質問為什麼許靜也跟來，阿海卻一派理所當然，「我們老家在同一個地方啊！」

原本以為會是兩人獨處的時光，如今破滅了。施佳懿心情已經夠陰天，四個鐘頭的火車座位偏偏又和許靜坐在一起，阿海則坐在她們兩人前排。幸虧他高，還能見到他肩膀以上的身影。

列車行駛半個鐘頭後，許靜第三次看向一臉氣鼓鼓的施佳懿，終於發問。

「妳是不是很想和阿海坐？」

施佳懿的頭飛快離開支撐的掌心，對於許靜的直接感到意外。算了，這也省得遮遮掩掩，她展開笑靨，「是的話，妳是不是要和阿海換座位？」

「不行，這樣只會害阿海尷尬。」

「妳……」施佳懿本能地想反嗆回去，又不想在許靜面前失態，於是保持臉上的笑意問道，「俗話說，君子有成人之美，對不對？」

許靜秀氣的嘴角也淺淺回她一彎弧度，「現在的坐法是最平衡的狀態，是不是也有句話說，『凡事以大局為重』？」

施佳懿當下倒抽一口冷氣，瞥過頭不再吭聲了。這……這女人果然不是省油的燈啊！

週五晚上，他們三人從台北搭火車到台東，再坐公車回到阿海老家，許靜下公車後便和他們分道揚鑣。

她在離開前，阿海曾過去和她說一些話。說了哪些話，施佳懿當然聽不見，她固然想表現出滿不在乎，視線卻無法從他們身上轉移。

兩個青梅竹馬長大出社會後，彼此一段時日不見，現在一起踏上老家的土地，看得出阿海滿腔激動，又害怕太過唐突，而將許多話硬生生吞忍下去，在一些不著邊際的寒暄後，才和許靜輕聲道再見。

施佳懿知道他們兩人和關子民之間曾經發生過某件事，那件事並不愉快，甚至還使得他們三人失聯了好一陣子。她想知道那件事到底有怎樣的過去，不過即便是被她問到了，那也不是屬於她的回憶，她無法介入分毫。

阿海朝她走來時，注意到她略微沉重的神情，不禁問：「怎麼了？」

「沒有。那麼，現在我們該往哪邊走？」

她異常乖巧，阿海不太習慣，心想該不會是行前的約定奏效了吧？

「不可以對阿嬤不禮貌，不可以胡言亂語，最重要的是，絕對不可以動手動腳！」

那是阿海答應帶施佳懿一起回老家的條件。初聽之下，她不怎麼樂意，最後勉勉強強才答應。

路上，施佳懿多半新奇地左顧右盼，阿海則善盡職責向她介紹附近的鄰居，以及他曾經在什麼地方發生過什麼樣的趣事。

有些從小看阿海長大的老鄰居發現他身邊的大美人，兩眼爲之發亮。

「阿海！那是你女朋友嗎？」

還來不及否認，施佳懿已經先探頭嬌笑，「阿伯！看起來像嗎？」才說話，立刻遭到阿海嚴厲的瞪視，她小聲嘀咕，「這又不算胡言亂語。」

他們步行不到十分鐘，便來到阿海老家。出發前，阿海就先預告過，他們家不大，四十幾年的老房子了，住起來並不舒適。

「我家以前也算小房子啊！三十幾年的公寓，走沒幾步就可以撞到人，滿熱鬧的。」

坦白說，阿海滿喜歡施佳懿那麼不計一切地看待他，他所在意的事，她完全不放在心上。他也心疼她無意間透露出家庭比從前還疏遠的寂寞。如果施佳懿沒有先開口向他告白，他一定會對她更友善。

阿海老家是這附近唯一的平房，相當好認，去年颱風天阿海還爬上去修理磚瓦屋頂，偶爾會有觀光客當它是罕見的古蹟，在門前拍照起來。

「阿嬤！我回來了。」

聽見門口的招呼，從廚房走出一位忙著擦乾雙手的老婦人，瘦瘦的，若不是駝背的緣故，個子應該不算矮，一頭不知是幾年前燙的灰白捲髮，一見到阿海便笑得開懷。

「都這麼晚了，吃飯了沒有？」

「有啦！不是說會在火車上吃嗎？」

他們都用有海口音的台語對話，阿海接著把施佳懿介紹給阿嬤認識。

「阿嬤，妳好，我是佳懿，謝謝妳讓我這幾天在這邊打擾。」她用甜死人不償命的聲音和笑容向阿嬤問好。

事實上，阿嬤打從他們一進門，便注意到這位早聽說阿海會帶回來的女孩子，現在可以正大光明地打量她，精明的目光中透露出對於他們彼此關係的存疑。

「妳好，妳好，阿海沒跟我說妳這麼漂亮，坐車坐很久喔？」

「是很久，不過剛好可以補眠。可以到海邊玩，我高興得好幾天都睡不著呢！」

「對，對，阿海說妳這次想到海邊玩，看看想去哪裡，盡管叫阿海帶妳去。」

聽到阿嬤支票開得這麼大，阿海頓覺不安，那種客套話可是會被施佳懿拿來壓榨他的耶！

誰知施佳懿開口更正來意，「阿嬤，我這次來不是爲了到海邊玩啦！我是想跟阿嬤學作菜。」

「喂！妳……」

阿海禁不住大叫，被阿嬤反睨一眼後，阿嬤開口問：「妳想學做什麼菜？」

「什麼都可以，先從阿海最喜歡的那一道開始。」

豪邁的答案害阿海毫無防備地臉紅起來！阿嬤先是狐疑地看看兩人，然後再次將眼前這位看似乖巧，其實並不好搞定的女孩子審視一遍，也把客套話收起來了。

「爲什麼會想學阿海喜歡吃的菜呢？」

「因爲我做的菜好難吃，可是又想做菜給喜歡……嗯！」說到一半，嘴巴被阿海強制性摀住，她掙扎一下，用力甩開他的手，「你幹麼啦？」

「不是說好不能胡言亂語嗎？」

阿嬤懶得管他們打情罵俏，反正大概也看得出箇中蹊蹺，她招呼他們到廚房吃麵，說是消夜。

餐桌上，阿嬤目不轉睛盯著電視上的偶像劇，就連預告也看得認眞，儼然是忠實觀眾。施佳懿認出那正是由關子民主演的戲，看完，阿嬤驕傲地詢問他們，阿民表現得不錯吧？

接下來得意洋洋報告存摺簿又多出一筆可觀的新帳，匯款人是關子民。

阿嬤頗為欣慰，「這孩子現在應該過得不錯，總算苦盡甘來了。」

她還說，阿民給她的錢她一毛錢都不會花，這些要存到將來讓阿民娶老婆用的。

阿海柔聲附和，談及關子民如日中天的知名度，當然也少不了許靜合夥人夢露的瘋狂行徑，聽得阿嬤心花怒放。

施佳懿從旁瞅住阿海和阿嬤聊天的側臉，讀出一絲淡淡憂傷。

他們祖孫二人開心談著一個不在這裡的人，一個不知道在這裡消失多久的存在，只有電視螢幕上的影像和存摺簿上顯示的名字聊以安慰，未免諷刺。

稍晚，關了電視，阿嬤叫阿海幫忙把施佳懿的行李拿到她的房間放，施佳懿扔下洗到一半的碗跟上去，劈頭就問：「你的房間在哪裡？」

他立刻警戒起來，「妳問這個做什麼？我、我晚上會鎖門啦！」

「我只是想參觀你的房間，幹麼那麼疑神疑鬼？」

遭她抱怨，阿海感到慚愧，哪知施佳懿趁機溜進他房間，快速環顧一遭，注意力停棲在兩張單人床上。

「我可以睡另一張床啊！」

「不行。」後面傳來阿嬤的聲音，她還忙著收拾餐桌，嘴巴卻堅定地告知規矩，「那是阿民的位置，誰都不能動。」

前一分鐘還慈眉善目的阿嬤，現在沒來由嚴厲起來，令施佳懿有些無所適從。她瞧瞧阿海，阿海用眼神示意她別多嘴，然後帶她到阿嬤的房間去。

阿嬤睡的是雙人床，擠一下應該無所謂。阿海把行李放好，點燃蚊香，施佳懿早已料到他有話想說而坐在床沿，仰頭等候。

「那個……我阿嬤剛剛不是針對妳，她從很久以前就堅持要把阿民的東西維持原狀，連我也不能隨便亂動。」

她掛著笑，一點兒也不介意，「阿嬤好像很疼那個阿民喔？」

「阿民是她從小帶大的耶！而且……我伯父、伯母在他很小的時候就車禍過世了，我阿嬤當然更疼他。」

「有件事我想不通，你們是堂兄弟，爲什麼姓卻不一樣呢？」

「阿民跟著我阿嬤的姓啦！她捨不得阿民被有前科的父母拖累，在伯父、伯母過世後就改了他的姓。剛不是說過嗎？阿嬤很疼他。」

「你在吃醋？」

她話鋒轉得快，阿海因爲反應不及而愣住。

「現在待在阿嬤身邊的人明明是你，可是她卻一直惦記那個遠在台北的孫子。不管你爲阿嬤做再多事，也比不上存摺上的數字。是不是這樣啊？」

起初，他開口想反駁什麼，幾經猶豫，還是放棄了。他跟著坐在她旁邊，望望牆角的小鐵盤升起裊裊驅蚊的白煙，懷舊的香味悠悠圍繞在這個好幾年不曾改變的房間。

遠處的海浪聲，潮濕的晚風，蚊香，陪伴這幢逐漸老去的屋子度過好幾個夏天。

只是這些年是空寂了點。

「我對阿民並沒有任何怨恨的意思喔！也很清楚阿嬤爲什麼會那麼護著阿民。阿民因爲從小沒有父母，經常被同齡孩子嘲笑，有時大人也會拿這一點數落他。阿嬤覺得阿民後來變得叛逆不能全怪在他身上，她常常要我多幫他一些，只是後來……我幫過頭了。」說到這裡，他大概想起一件煎熬的往事，沉默得特別久，「阿民一向比我聰明，我算是……『資質駑鈍』吧！做什麼都不得要領，所以，阿民比較討人喜歡是正常的。」

他對她扯出一道自我解嘲的苦笑，施佳懿竟嗤之以鼻。

「吃醋就吃醋，你為什麼要講那麼多理由來掩飾這種心情呢？吃醋不就代表喜歡那個人嗎？你喜歡你阿嬤，這樣不是很好？甚至，你大可以跟阿嬤抱怨為什麼她都只疼阿民。」

他一方面覺得不可思議，一方面又笑著說：「那樣太沒志氣了啦！」

施佳懿並沒有馬上回話，她抬頭看自家所沒有的蚊帳，興味地伸手拉了拉。

「你是因為那種無聊的志氣才不敢向許靜告白的？還是因為資質駑鈍啊？」

她的切入點總是那麼突如其來，尤其還扯到許靜。

「反正，妳又想說什麼膽小鬼之類的話吧？」他有點賭氣，「不是每個人都能跟妳一樣，想說什麼就說什麼。」

「嘿！當我說我喜歡你，那個時候你覺得討厭嗎？會寧願從來不認識我嗎？」

「咦？這、這個……怎麼說呢？」他招架不住，「是……不至於到討厭的地步……不過，有時候會有點困擾……」

「所以囉，」她微偏著頭，認真又有誠意，「如果你真的跟許靜告白，她一定也不會討厭的。」

「……」他也認真打量她半晌，問：「妳這是在鼓勵我去告白嗎？」

她看出他的疑惑，於是恢復淘氣，晃起雙腳，說：「對呀！你告白被拒絕之後，或許就可以對許靜徹底死心了吧！」

「那萬一她接受了呢？」

他難得故意逗她，看她嘟起嘴的氣怨模樣有說不出的可愛。不過，施佳懿瞪他一會兒，還是給了一本正經的回答，「如果她接受，那我就不要了。」

「啊？」

「正因為失去了，所以更要有志氣。」

那是阿海第一次意識到，原來施佳懿也是會放棄的，並不是像忠狗那樣會一直原地守候。

他想說些玩笑話虛應過去，卻被五味雜陳的情緒弄得笑也笑不出來，直到施佳懿眨著雪亮的眼眸困惑回望，阿海才回神，起身。

「妳休息吧！晚了。」

「嗯，晚安。」

他回頭，再次看向坐在床沿的她，嘴角淺淺懸著恬淡微笑，還有幾許漫長車程所造成的疲倦。

他忽然無法想像會有那麼一天，當他回頭，而她不在那裡。

「晚安。」

翌日一早，施佳懿跟著阿嬤上市場買菜，她們出門時，阿海還沒起床。

「肉粽？」

一聽到阿海愛吃的食物，施佳懿雙眼瞪得老大。阿嬤呵呵笑幾聲，要透露什麼大祕密般挑高眉梢，「光是肉粽還不夠，阿海吃的粽子裡我都會包兩顆蛋黃。」

「什麼？」

「不知道爲什麼，那孩子就喜歡粽子裡的蛋黃。蛋黃酥啦、鳳梨酥啦那些東西裡面的蛋黃他都沒興趣，就只喜歡包在粽子裡的蛋黃，所以我都會特別幫他包兩顆進去。」

施佳懿的頭轉向一邊，皺起眉頭，「眞是天下事無奇不有耶……」

她們回到家，阿海正坐在家門口的水泥門檻，無聊地把玩一顆消氣的籃球，見到她們回來，扔下球跑來。

「妳們去哪裡了？」

阿嬤沒理會，只命令，「東西多，幫忙拿到廚房。」

施佳懿路過他身邊時，用力搥他一下，「你幹麼沒事挑那麼難搞的食物啊？粽子？」

起初他一頭霧水，後來會意，追上去抗議，「阿嬤！妳怎麼可以隨便就跟她講？」

阿嬤擺擺手，笑他的狼狽，「喔？這有什麼好不意思的啦！」

後來阿海被趕出去自己想辦法打發時間，施佳懿留在廚房跟著阿嬤學做粽子。她掏腰包買了一堆可觀食材，看起來有失敗再重來的氣勢。

料理食材的時間，阿嬤先打開話匣子，「昨天讓妳跟老太婆擠一張床，睡得還好嗎？」

她神清氣爽地應話，「很好呀！跟阿嬤一起睡，反而讓我想起一些小時候的事，本來我都快忘了，昨天晚上想起來之後，滿高興的。」

「喔？」阿嬤本來是想主動打破沉默，沒想到這女孩這麼健談，反倒叫她好奇，「是什麼樣的事啊？」

「我阿嬤在我出生前就過世了，所以我對阿公比較有印象。雖然是這樣，不過我也只見過他兩次。他身體不好，好像有很多病，一個人住在鄉下……總之，每次去，他都躺在床上，不太講話，旁邊的人話也不多，大家心情都很沉重。後來還來不及去探望他第三次，阿公就去世了。」

聽到這裡，阿嬤不禁竊竊瞅住她說到有點出神的側臉，想不通這回憶到底哪裡值得高興。

施佳懿的精神集中在手中鹹蛋的蛋殼，興致高昂地說下去，「床上病奄奄的阿公和旁邊表情凝重的家人，都讓我有點害怕，所以會想辦法轉移注意力。於是第一次去探望阿公的時候，我就發現他的床頭櫃有一個火柴盒，現在大概已經買不到了。盒子是紅色的，上面有一隻黑猴子，寫了一些字。隔了一年第二次去，發現那個火柴盒還在那裡，當時覺得好不可思議喔！它大概一直都沒被動過吧！就這樣一直躺在原地。」

由於她驚奇的模樣太生動，連阿嬤也不知不覺融入情境，而試著回想那古早產品，「火柴盒嗎？」

「是啊！後來我爸媽工作變得很忙，大家相聚的時間跟著變少，每次我一想到那個火柴盒，就會想起我們去探望阿公時大家難得在一起的畫面。又或者每當我懷念起我們聚在一起的時光，就會想起那個火柴盒。」她歇一歇，掉頭對阿嬤呵呵笑起來，「哈哈！我怎麼講得顛三倒四，阿嬤一定聽不懂吧？」

她是聽不太懂，可還聽得出這女孩對於家人無法經常相聚的遺憾。在她到來之前，阿海曾打電話報備過，他說這位同事假日都一個人在家，所以想帶回來一起過週末。一想到這裡，阿嬤趁施佳懿專心撥蛋殼時看了她三次，才開口確認，「施小姐，妳是我們家阿海的女朋友啊？我從來都沒聽他提過……」

她放下手，笑笑，「叫我佳懿就可以了。我跟阿海不是男女朋友，是因為喜歡他才想學做他愛吃的菜。」

她的大方著實叫阿嬤開了眼界，唸著時代眞的不一樣了，不過她後面講得更小聲的那一句話卻一字不漏地飄進施佳懿耳中。

「我還在奇怪阿海什麼時候對阿靜沒意思了呢！」

說完那句話，她發現施佳懿的動作略顯僵硬，趕緊尷尬地堆出笑容，「不過，將來的事很難說，對不對？」

「不用在意我。我在想，如果連阿嬤都看得出阿海喜歡許靜，那麼他一定是眞的很喜歡她了。」

她懂事的表現叫阿嬤放寬心，不久又輕聲嘆氣，「那兩個孩子都喜歡許靜，眞不知道是不是跟兄弟血緣有關。其實，許靜如果跟阿海在一起，對她來說是比較好的，阿海老實，腳踏實地。一般來說，女人嫁丈夫，這一點最重要，是不是？」

不過轉眼之間，阿嬤好像忘記要顧慮施佳懿的感受。施佳懿倒也明理，她曉得阿嬤並不一定是要問到一個答案，她只是感嘆的成分比較多。

阿海是好人，好人卻不能回應每一個人的感情。

施佳懿微微一笑，「阿海很好。」

第五章

她輕輕呼出類似嘆息的氣，輕輕說出一個無奈定理，「愛情這種東西，不是努力就可以得到的啊！」

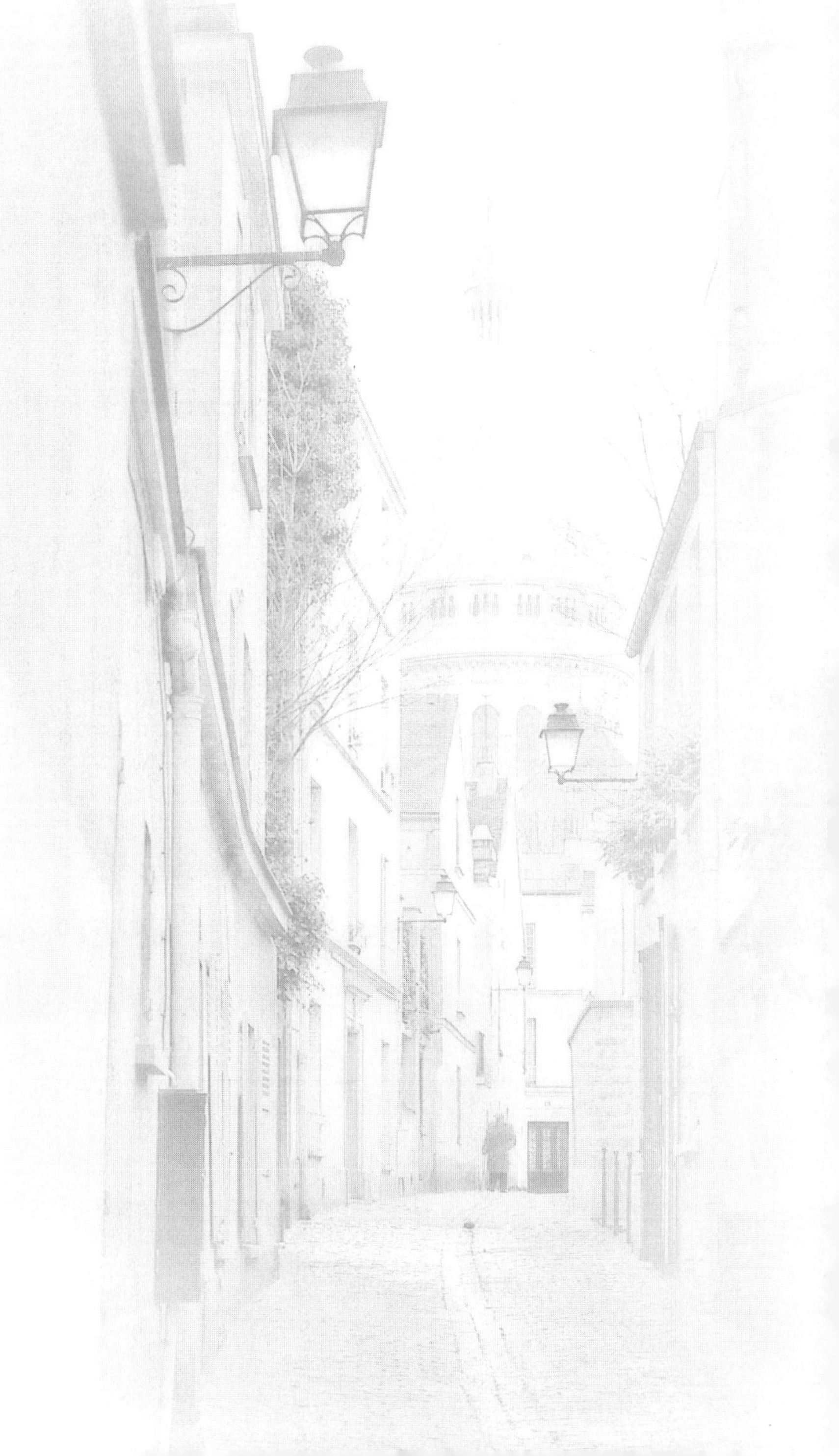

週六下午，阿嬤將勤奮學藝的施佳懿趕出廚房，要阿海帶她出去走走，她說難得到海邊一趟，怎麼可以一天到晚都窩在家。

求好心切的施佳懿拗不過阿嬤堅持，和阿海一起來到海邊。假日的海灘比平日熱鬧，觀光客不少，只要施佳懿經過，他們的目光便紛紛跟著她移動，好像被什麼集體遙控了一樣。

「阿海！阿海！你看！」換好泳裝的施佳懿興高采烈跑到阿海身邊，轉一圈，「好不好看？」

她穿的是普通比基尼，可是因爲身材玲瓏有致，臉蛋漂亮甜美，還是耀眼得奪目！

阿海身穿便服，沒有下水的打算，施佳懿一挨近，他立刻轉移視線，十分不自在。

「好……好看吧？」

「爲什麼用問句？」她雙手用力將他的臉轉向自己，「好好地看清楚呀！」

他掙脫她的手，退到三公尺之外，「妳有什麼毛病啊？」

「人家精挑細選好久，才決定穿這件的。你好歹要睜大眼睛看清楚呀！」

「我不要……哇！妳幹麼啦！」

爲了躲開施佳懿，他死命地逃，最後被她連推帶拉，雙雙摔進海水中。

儘管阿海之前抵死不從，後來也和施佳懿玩得很瘋，阿海沒帶換洗衣物，最後只能全身濕透地離開海灘。

海風陣陣，施佳懿不放心，指著搭起棚架的攤販，「去那邊買套衣服穿吧！感冒怎麼辦？」

阿海探頭一瞥，一套衣褲大約三百塊有找，不算貴，但他還是邊擰乾衣服邊拒絕，「不用了，海邊風大，吹一吹很快就會乾。」

「可是……」

「接下來妳想去哪裡？」

她住了嘴，明白他不會接受這種奢侈的提議。想了想，說：「學校，我想去看你的學校。」

阿海並不認為他的學校有什麼好逛，但施佳懿興致勃勃，只好順著她。

比起大都市，這邊的校園顯得落後老舊，對施佳懿而言很新鮮，一路纏著他問東問西，他也因為念舊的心情而細心說明。以前的教室在這裡，他和關子民一起掃過這邊的廁所，和誰在體育館後面打了一場不分輸贏的架……

那些他所絮絮叨叨的回憶當中，許靜的名字頻頻出現。她從小是一個品學兼優的好女孩，這是大家都曉得的，現在施佳懿還知道生性調皮的關子民總是與她唱反調，而阿海則是雙方冷戰期間的和事佬。

他們三個人之間的感情相繫相依得像海灘交錯的六個腳印，又撲朔迷離得好似隨時會被下一道浪潮全部帶走一樣。

阿海帶她參觀他們高三那年的教室，發現教過自己的導師正迎面走來，對施佳懿說一聲「我過去找一下老師」便快步跑去。施佳懿見他們興奮地聊起來，逕自轉進教室。

她瞧瞧創意十足的壁報，摸摸一排坑坑洞洞的桌面，推推沒關緊的窗戶，忽然住手，把臉湊近窗櫺，漆成青綠色的木製窗櫺上有好幾道學生用美工刀刻劃的文字和圖形，或許是好幾屆學生累積下來的傑作，而她定睛在幾乎快被磨平的痕跡上。

有一把小小的情人傘，傘柄右邊寫上「許靜」，左邊的位置空白。

施佳懿端詳許久，陷入沉思，這時，聽見外頭阿海在找她了。

他走進教室，灑進室內的陽光柔和，照在端坐於靠窗位置的施佳懿身上。撇去臉上淡妝和時髦衣裳不說，看上去倒是有幾分學生樣，一和他四目相交，便露出青澀的燦笑。

施佳懿是個世故的女孩，唯有面對阿海時，偶爾會出現現在這種毫無防備、明亮直接的表情，像春天的草原，彷彿只專屬於他。他出神凝望一會兒，暗暗將這份殊榮藏在心底。

「妳在幹麼？」

「無聊嘛！想看看你的教室。」

「教室還不都一樣。」

才不一樣，不是每間教室都會出現「許靜」的名字。

一時興起，他在她隔壁位置坐下，和她好玩地互視一眼。施佳懿雙手筆直擱在桌上，指尖彈琴般地敲出幾個音，突發奇想，「眞希望時光倒流，然後我們是同班同學，這樣多好！」

「我怎麼覺得，班上如果有妳這號人物，肯定會天下大亂。」

「天下大亂有什麼不好？一直按步就班地過日子才可怕呢！」

「好巧，這樣的話，阿民也說過。」

施佳懿不樂意見到他觸景傷情，於是拉開椅子起身，表示要離開。

「接下來妳還想去哪裡？」

「我想回去幫阿嬤準備晚餐了，向她學學怎麼作菜。」她腦子一轉，又說：「回程順便帶我去看許靜的家在哪兒吧！」

「啊？爲什麼要去看她的家？」

「我跟她好歹也算認識，都大老遠跑到東部來，就順便看看嘛！」

阿海拗不過她的伶牙俐齒，況且施佳懿似乎沒有要打擾許靜的意思，這才勉爲其難答應。

去許靜家不算順路，他們步行一陣子，終於見到三層樓高的平房，四周是方形的水泥廣場，廣場又用磚牆圍起來。

許家門內門外都沒見著人影，他們在距離十公尺的路邊安靜等待幾分鐘，施佳懿先啓步繞著圍牆慢慢踱步。轉個角度，她發現平房後方還有一棟小倉庫，已經廢棄了的。

它的外觀嚴重焦黑，沒有門，屋頂破了一個大洞。

千瘡百孔的醜陋黑樣，毫無生氣，會令人聯想到恐怖片裡經常出現的場景，叫施佳懿打心底不舒服。

「那是？」

順著她疑惑的目光，阿海猜她問的正是那棟經過祝融肆虐的屋子，微微變了臉色。

「許靜的爸爸喜歡釣魚，那裡面以前專門放釣具。」

「既然都燒得亂七八糟了，爲什麼不拆掉？」

「……」

「喂，爲什麼？」她不放過他。

就算沒有施佳懿的追問，回憶也不會輕易罷休。他牢牢注視那幢彷彿還聞得到焦味的廢墟，輕輕說：「伯父大概是故意的吧！爲了懲罰凶手，要讓他們良心不安。」

他透著憂傷的神情，有似曾相識的感覺。

「凶手跟你有什麼關係？」

他掉頭看她，看她始終是那麼專注在自己身上的眼神，沒來由想知道它會不會有改變的一天，

「我就是凶手。」

初聽之際，施佳懿想噗嗤一笑，笑他哪是當壞人的料。然而她很快憶起阿海好幾次透露出不爲人知的懊悔和落寞，逐漸意識到這倉庫與那件令他傷痛的往事有關聯。

「怎麼？你放的火啊？」

「不是，雖然不是，但是我……」

他望著面不改色的施佳懿，想不透爲什麼一直深藏心底的祕密，現在會這麼自然而然地告訴她。也許是因爲舊地重遊的緣故，也或許，照武俠小說的說法，她屬於亦正亦邪的人，比起一般人，就某方面而言……她會更加包容任何事也說不定。

他在這個路過許靜家門外的平凡午后，向施佳懿說起那段年少無知的往事，就像說著從哪兒聽來的故事一樣。

只是這個故事還沒有來到結局，就算是，也未必會是美好的尾聲。

阿海先提到關子民的身世，關子民的父母有前科，後來死於車禍，因此他從小便註定擺脫不掉被左鄰右舍指點和排擠的命運。而許靜，是少數會對他一視同仁的好人之一，她對他溫柔，也對他嚴厲，即便有過無數次的吵架和冷戰，關子民很喜歡她，喜歡很久了。

「我約她下個星期五考完以後到海邊見面，我要告訴她。」

關子民從水面浮出臉來的時候，阿海見到他的哥兒們在海水的沐浴下好耀眼！充滿自信，快樂洋溢，好像他已經擁有了許靜這個眞命天女。

那次在海中游泳，他沒有跟阿海說到底要告訴她什麼，阿海什麼都明白。

他擠出笑，祝關子民順利，然後潛進海平面底下藏起悲傷。

如果沒有意外，關子民和許靜應該早就交往了。

「所以，後來出了什麼意外？」聽到一半，聰明的施佳懿便問起重點。

那是一個跟往常沒兩樣的日子，阿海、關子民和許靜在放學後如果沒有特別的事，通常都會一起回家，三個人一起路經海邊。其實走馬路更方便，只是也說不出理由，特地拐到海邊那裡走上一段路似乎是他們不言而喻的默契，綿延的沙灘，交織的六個腳印。

許靜家先到，她爸爸剛好在外頭曬釣魚用具，發現與她同行的人，露出明顯的不悅之色。他一向不喜歡關子民，認為他那叛逆的劣根性遺傳自他有前科的父母，時常要許靜離他遠一點。關子民對於他三不五時的冷嘲熱諷往往不甘示弱，兩人起口角是常有的事。

那天，他們吵得愈來愈激烈，焦急的阿海和許靜怎麼勸也勸不動，許靜的爸爸在盛怒下說他沒出息，一輩子註定要跟他阿嬤一樣守著那棟破房子。

關子民緊咬住唇，氣得漲紅臉卻不吭一句，許靜過來向他道歉，他頭也不回地拔足狂奔，跑得飛快，一口氣躍入海中，將自己沉在海水中好久，久到險些沒了氣。

夜裡，阿海就快入睡時，忽然聽到另一邊單人床傳來關子民毅然決然的聲音。

「我一定要讓他好看，非要讓他好看不可。」

阿海以為他在說學校哪個惹到他的同學，睡眼惺忪問道，「誰啊？」

「還有誰？許靜的爸。」

阿海頓時睡意全消，霍地起身，坐在床上的關子民正沉穩望著他。

這並不是關子民第一次說氣話，可是要不了多久，阿海便了解他這次是認真的，而且心意堅決。

關子民要給許靜的爸一個教訓，十幾歲的毛頭小子想出一個幼稚的點子，他要放火燒那間寶貝倉庫，嚇嚇他。

「放火？你瘋啦？那不是鬧著好玩的耶！」

阿海被他嚇得魂不附體，關子民見狀，反而笑嘻嘻。

「就說是要嚇嚇他而已，哪可能會放什麼大火？不過最好能燒掉他一兩根寶貝釣竿，還有那些醜得要命的標本。」

接著他問阿海願不願意助他一臂之力。

「你幫了吧？」

沒等他說下去，施佳懿搶先接話，見到阿海一臉被逮個正著的眼色，她既輕蔑又驕傲。

「你們男人不是最講義氣的？如果當時關子民又說個幾句『不幫也沒關係，就算只有我一個人也要去做』那一類激將法的話，你能不幫嗎？」

故事的發展幾乎都被她猜到，阿海不得不對她的聰慧佩服得五體投地。

當時縱然再怎麼不認同關子民的做法，最後阿海還是選擇幫他這個忙。

之前聽許靜提過，星期天他們會去外婆家，到傍晚才會回來。關子民和阿海當天到附近埋伏，親眼看著他們家的車子駛離視野以後，才開始行動。

阿海負責在許家大門外把風，他生平第一次做壞事，緊張到心跳都快停止了。關子民則翻牆進去，潛到倉庫外頭，用報紙點燃了火，扔向倉庫門口！

整間倉庫都是木造房子，風向又順風，小小的火苗轉眼間便一發不可收拾地蔓延開來。失控的火勢，是關子民始料未及的。他呆了兩秒，第一時間試著用附近水龍頭接著水管滅火，可是徒勞無功。

「阿海！阿海！」

聽到關子民氣急敗壞叫喚自己，阿海趕緊翻牆過去，這一看，被燒得劈里啪啦響的火勢嚇到了！

兩個六神無主的孩子根本沒辦法對付這火勢，關子民索性丟下水管說：「算了！走吧！這間破倉庫燒掉又不會怎麼樣。再不走，別人就要發現了！」

被自來水和汗水弄得渾身狼狽的阿海喘著氣，不能反應。他打心底認為應該徹底滅掉這場火才行，可是也很清楚，如果他們被抓到，那一切都完了。

就在他們相偕要逃走之際，聽到一個不應該出現在這邊的聲音。

倉庫裡有人在呼救。

故事說到這兒，本來還漫不經心的施佳懿不由得汗毛直豎，連她也料不到這樣的急轉直下。阿海見她臉色發白，哀傷笑笑。

「是許靜。那天她有點感冒，留下來看家，想去倉庫找東西。」

「那，她的腳……」

「她從倉庫閣樓要逃下來時摔倒骨折，後來醫生又沒處理好，就變成妳現在看到的後遺症。」

衝進燃燒的火場，冒著隨時可能被濃煙嗆傷或是被倒塌的房頂壓上的危險，阿海和關子民總算找到跌在地上的許靜，她害怕得發抖，卻一滴眼淚也沒掉下。

一想到若是他們早走一步，聽不到許靜呼救，許靜或許就會葬身火窟。阿海在事隔多年以後仍舊為了這一分可能性自責萬分。

雖然兄弟倆合力將許靜救出來，許靜的家人還是氣炸了，村子裡的人當然也同仇敵愾，兩個男孩在那一陣子天天都承受所有最不堪的辱罵。阿嬤賣掉她作為嫁妝的金飾，再加上她不是很多的存款，還掉給許家的賠償金，原本還過得去的生活頓時陷入困境。

火不是阿海放的，他的處境不多久便漸漸好轉。關子民就不同了，他成了全村的大罪人，人人喊打的過街老鼠。

事發當天，阿海先跳出來頂罪，說火是他放的，才說完，立刻狠狠挨了關子民一拳！

「不要連你都可憐我！」

關子民那雙羞憤的眼神，至今阿海還歷歷在目。

「我不是想當什麼大聖人，我只是想……阿民平常已經被大家看不起，如果又多了這一項罪名……我好笨，好像傷害到他了。」

真的很笨，認罪是關子民當時唯一能保住一絲尊嚴的路，如果再被阿海奪去，他不就什麼都沒有了？施佳懿本來想這麼罵回去，不過一觸及他懊悔不已的表情，話又嚥了下去。

「後來，那個星期五在海邊的約定，許靜去了嗎？」

他們已經走到海邊，遊客的人數減少很多，零零星星散布在沙灘上。阿海猶能記得那個約好的星期五，海邊反常地空無一人，異常的淨空光景，只有許靜孤單的身影。

她拄著枴杖從醫院溜出來，獨自站在沙灘上等候，沉靜的面容，直挺的背脊，一如往常。

「幫我跟她說，我不去了。」隔了好幾天，關子民終於願意開口跟他說話，他沙啞說著，失去一切的表情，「去不了。」

簡單的一句話，讓阿海杵在不遠不近的堤防上動彈不得。

許靜在海邊站了多久，他就站多久。

直到再也不能耗下去，阿海終於硬著頭皮過去跟她說，闕子民不能來了。

許靜聽完，靜靜看著阿海，他則不敢觸及她的面容，一眼都不行。

「我知道了，謝謝你來跟我說。」

她大概有對他笑一笑，阿海也不確定，許靜的一顰一笑本來就是輕飄得不著痕跡。當她轉身開始移動她自己尚未復原的腳和那副拐杖，阿海默默跟在後頭護送，心裡好著急。

他想，是不是該幫闕子民想一個漂亮的理由？一個不會讓許靜覺得受傷的理由。他又怪自己腦袋太笨，絞盡腦汁還是一片空白……

忽然，前方的許靜蹲了下去。阿海愣得打住腳，看她蹲在海邊的背影微微抽搐。

她的身體縮在一起，像牆角無助的小貓。印象中，許靜就是那個沉著中帶著幾分威嚴的班長，現在這個女孩根本不是許靜。

她正在哭泣，以一種激烈的方式宣洩情感。

他沒聽見她的哭聲，卻能清楚感受到她的心痛，被極力壓抑在那纖瘦顫抖的身軀內。

他很明白她是爲了闕子民才如此傷心，一股油然而生的憤怒使然，阿海怪起闕子民將這麼棘手的難題丟下，自己卻一走了之。

那一天，許靜的背影讓阿海痛恨著闕子民，他暗暗告訴自己，如果闕子民守護不了，那就由他來吧！他要待在許靜身邊，要讓她遠離難過的事，甚至，他願意把自己完好無缺的腳送給許靜。

當然阿海並沒有對施佳懿說這麼多，他只講到在村子再也沒有容身之處的闕子民獨自到台北一面念完大學，一面參加各種徵選，最後終於從某位歌手的MV逐漸發跡。

施佳懿才不在乎闕子民的際遇呢！她只聽到許靜的腳會留下永遠治療不好的後遺症便氣炸了！

這簡直太不公平了！除非她也被阿海害得斷一隻手、一條腿什麼的，不然在阿海心裡的分量怎能跟許靜相比呢？就算她再怎麼努力，也沒辦法讓阿海像掛念許靜那樣把她放在心上。

阿海注意到她微慍的神情，還莫名其妙，「妳在生什麼氣啊？」

「你還是放棄吧！」

「放棄什麼？」

「許靜。」她其實沒打算要說這些話，至少不是在這個時機、這麼翻攪的情緒下。她就是管控不了，「不管再怎麼聽，這一直都是關子民和許靜的故事，沒有你介入的餘地。」

果然，阿海的臉色變了，變得相當難看。重新沉住氣後，他盡量溫吞地應話。

「這不關妳的事。」

這當然不關她的事，打從一開始，她就是個局外人，根本無法打破那三個人之間的羈絆。因此，這簡直是刺中她的痛處。

「跟志氣無關，也不是資質駑鈍，一直痴痴守在許靜身邊卻沒有進一步行動，是因爲你早就知道許靜喜歡的人不會是你，你早就知道了。」

阿海停止所有動作，望著她，實在難以將她甜美的長相和那麼鋒利的語調聯想在一起。施佳懿的話經常讓他有忠言逆耳的痛，只是這一次還多了難堪，無地自容的難堪。

「爲了妳自己，也不惜對我說那些話嗎？」

「我不是爲我自己，我是對你虛假的道貌岸然看不下去。利用許靜腳傷的藉口，美化自己想跟她在一起的想法，期待有一天她會喜歡你……但是不管你再怎麼堅持也是徒勞無功的，許靜等的人不是你。」

「妳懂什麼？妳憑什麼斷言所有的努力會徒勞無功？」

「因爲我愛你，就像你不愛我一樣堅定！」

就在他們幾乎要吵起來的那一刻，世界又忽然安靜下來。

阿海怔怔望著她含著篤定和悲傷的神情，說不出一句話。她輕輕呼出類似嘆息的氣，輕輕說出一個無奈定理，「愛情這種東西，不是努力就可以得到的啊！」

阿海混亂了，前一秒鐘對施佳懿的怒火還在扶搖直上，下一秒又被她弄得充滿罪惡感，他搞不懂這是她又在算計什麼的手法，或是還有其他更無辜的理由才使得她情緒大起大落，而且，他頭一次認識這麼會跟他吵架的女孩子。

「我不想跟妳說了，回去吧！」

他乾脆眼不見爲淨，啓步往前走。誰知施佳懿在這個時候鬧起彆扭，在後頭宣告，「我現在不想跟你一起回去，你先走吧！」

阿海回頭看了她一眼，一把無名火又燒起來，這次要壓下去還眞有點費力。

「妳又不認得路。」

「我又不是小孩子。」

「……隨便妳。」

不願引發下一波爭吵，他決定先遠離她，反正再待下去八成只會鬧得更不愉快而已。

阿海負氣走開，他愈走愈遠的時候，曾經回頭瞥瞥施佳懿，想確定她是不是後悔了。不過她只是頑固地交叉雙臂，瞪著別處。

阿海眞的頭也不回地離開。起初他想直接回家，後來又不想在生氣的當頭和施佳懿碰面，所以繞去其他地方。不管怎麼漫無目地地走，他總是待在能夠看到海的地方，有時會停下腳步眺望閃閃發亮的水面。也許什麼也沒想，也許其實千頭萬緒，他面向遼闊的太平洋，直到那輪燃燒的夕陽再一次無法挽回地沒入海底。

「阿嬤。」

天都暗了才回來，阿海有點心虛，走進廚房，阿嬤正將清炒高麗菜起鍋，問他怎麼玩到這麼晚。他支吾其詞地坐下，順便四下找尋施佳懿的蹤影，不在，關在房間裡生氣嗎？

「嗯？」他趕忙坐正。

還在搖頭晃腦，阿嬤已經端著菜過來，「阿海啊，我問你。」

害怕被第三者聽見般，阿嬤刻意壓低聲音，含笑問道，「那個佳懿……是不是有錢人家的小姐啊？」

「嗯……算、算是吧！怎麼了？」

「難怪，我看她切菜的樣子就像不常進廚房的人。」她笑著，回想早上在廚房中的手忙腳亂，「空心菜切得有長有短，好像很怕生的魚，肉絲切到最後都連在一起。」

「是喔……」

他聽得出來，施佳懿在廚藝上彆腳，卻挺得阿嬤的緣。深怕阿嬤聊著聊著又會扯到男女感情的事上，他隨手翻翻一本不該出現在餐桌上的筆記本，順口問：「這是什麼？」

阿嬤已經回到瓦斯爐前熱湯，回頭瞧一眼，又笑出來，「是佳懿的筆記本啦！我在作菜的時候，她在旁邊把我的話抄下來，害我好緊張。」

「筆記本？」

「對呀！她好認眞喔！一邊看我煮，一邊問我問題，有的問題我都不知道該怎麼回答。我煮幾十年了，有些事都靠直覺，哪能講得清楚……哎唷！我第一次煮飯煮得這麼有壓力。」

阿海看她半抱怨半得意地笑著，也跟著咧開嘴角，然後打開筆記本。裡面有施佳懿稍嫌潦草的筆跡，書寫著柴米油鹽的順序和用量，一行又一行，記錄得相當仔細。

他閱讀的速度不自覺放緩，有一部分思緒被吸入字裡行間的時空，那個時空浮現施佳懿埋頭記下作菜訣竅的側影，印在白紙上的藍色墨水隨著她的情感、他的情感……暈散開來，然後以羽毛般的力道拓印在紙絮上。她的筆記細心，他也看得專心，特別是頁面中不時就會出現的「p.s.」。

p.s. 阿海喜歡甜一點，可以多放一匙糖。

p.s. 阿海偏愛焦一點，多煎半分鐘，要出現焦黃的顏色。

p.s. 阿海討厭韭菜，不能放。

那些帶點孩子氣口吻的筆記不知怎麼讓他難爲情起來。從以前到現在，阿海沒有什麼戀愛經驗，這是他第一次感受到原來被女孩子深深放在心上的感覺是什麼，有些高興，暖烘烘的，像是在寒冷的冬天裡，施佳懿將雙手呵暖了，再頑皮敷到他臉上的觸感。施佳懿實際上並沒有這麼做過，不過，怎麼說呢……他就是忽然有這種錯覺，施佳懿溫柔捧著他的臉，然後溫柔地笑了。

阿海闔上筆記本，不自然地問起施佳懿是不是在房間。

沒想到阿嬤反而露出比他更吃驚的表情，「怎麼會問我？她不是跟你一起回來的嗎？我以爲她先回房間，所以才沒看到人。」

「她、她還沒回來嗎？」

「沒有。」阿嬤擦擦手，走過來關心，「爲什麼你們沒有一起回來？她在哪裡？」

阿海登時解釋不清，索性掏出手機撥打施佳懿的號碼，不一會兒，便聽見她慣用的鈴聲在某個角落響起。

她的手機正安穩地躺在床頭櫃上充電。

「我出去找她一下！」

沒等阿嬤接話，阿海再度跑出家門。他想施佳懿鐵定是迷路了，那個倔強到不像話的大小姐！

首先，阿海當然回到他們分手的那個堤防，但那裡沒見到施佳懿的蹤影，於是他沿路找回去，許靜的家、學校、戲水的海灘。在這些他們曾經到過的地點都沒有著落之後，他開始朝沒去過的地方尋找，積極詢問店家、攤販和路人，走著走著又跑起來，他甚至找到車站那裡去，售票人員卻說沒見過那樣的女孩子。

阿海再度回到鄰近老家的郊區，看看錶上時間，快八點了，路燈一盞盞亮起的視野冷冷清清的。正值盛夏時序，他的汗水隨著好幾段路的奔跑而滴滴淌下，也許有部分是焦急所逼出來的。海邊觀光勝地不乏喜愛搭訕的不肖男子，在他們眼中，施佳懿簡直就跟上等獵物沒兩樣。

這時，有人騎著一輛中古機車慢吞吞過來，阿海認出他是初回老家第一天遇到的阿伯，將施佳懿誤認是他女朋友的那一位。

「阿伯！阿伯！等一下！」他衝上前，攔住機車，把阿伯嚇得雙手猛握，拉出刺耳的煞車聲。為了打聽施佳懿的下落，阿海拚命想出關於她的許多特徵。

「阿伯，你有沒有看到昨天跟我一起回來的女生？就是頭髮長長捲捲的，今天穿一件紅色衣服和牛仔褲，呃……眼睛大大的，大概這麼高，長得很漂亮，笑起來很可愛，講話又很甜……」

他語無淪次地講到一半，發現阿伯正用一種狀況外的神情盯著他，那種表情好奇怪，好像他問了一個白痴問題。阿海一頭霧水，阿伯這才指指他後方，老神在在的。

「不就在那裡嗎？」

阿海快速掉頭，施佳懿就站在距離他們不到三公尺的地方，拿著一雙驚奇的眼神和他對望，接著，她雙頰漸漸浮現美麗的紅暈。

阿海整個人僵住不說，他的臉直紅到耳根子去！剛才還大聲嚷嚷那些「漂亮、可愛」的字眼還在腦海，在空曠的海邊餘音繞樑。阿伯搖搖頭，一副不懂現在年輕人在想什麼，騎著引擎砰砰響的老機車走了。

薄弱的日光燈下又恢復早先的冷清，不一會兒就連老機車的聲音也遠去，只剩下他們兩人尷尬對視。

「……不是說自己不是小孩子嗎？」半天，他只想得出這句話作為責怪。

「有個路人把你當作別的同名同姓的林裕海，把我指到別的路去。我繞半天覺得不對勁，偏偏海邊的路都長得一樣，又沒記你家地址和電話……我也是好不容易才回到這裡的！」

她的咕噥絲毫沒有示弱的意思，阿海了解她不可能低聲下氣的個性，也沒打算繼續虧她。

「喂，回去了啦！阿嬤一直在等妳。」

他轉身往前走，施佳懿跟上幾步，這才看見他的背影在燈光下暈開一大片陰影，再仔細看，是未乾的汗漬黏住了衣服，貼在他高大的身軀上，很難不去注意到。

她還記得那個雨夜阿海所給的菠蘿麵包，神奇觸發她心臟奮力的跳動，分不清楚那一刻是快要換氣過度或是屏氣窒息，只覺燙熱的胸口緊緊揪著，渴望從他那裡得到更多，而不只是麵包而已。

而這一次除了高興到快滿溢出來的心情之外，還有強烈的內疚感。

她愈是對他內疚，就愈喜歡他。

「對不起，我不是故意要說那種話……不對，我是故意說的沒錯，不過，我不該說的。」

阿海回頭，對於她眞心的坦白揚起眉毛，「這是哪門子的道歉？」

她曉得他沒在生氣，轉爲調皮，「相當有誠意的道歉不是嗎？」

他咧開一口白牙，笑一下，「不用道歉啦！雖然我是很生氣，不過妳的話好像在後面推了我一把，跨過一道本來怎麼也過不去的關卡，所以，也輕鬆多了。」

「關卡？」

阿海在開口前猶豫了一下，「我的確老早就知道許靜喜歡的人是阿民。現在，雖然還沒能好好想一想是不是該放棄，但是在這之前，我會繼續喜歡她……我想，我大概就是妳所說的死心眼吧！」

原來他方才的猶豫是顧慮到她。施佳懿的心作痛，它經常痛著，猶如無藥可醫的宿疾一般，但依然試著讓自己看起來毫髮無傷，她抿抿唇，直視他深情流露的黑眼。

「你就繼續喜歡下去吧！那跟我無關，死心眼的……不只有你一個。」

施佳懿的「勇敢」，一向是阿海最敬佩的優點，現在聽起來格外叫人心疼，他在她身上看見痴傻的自己，不知道該拿她怎麼辦才好。

有過那麼一些時候，他甚至會希望自己也能喜歡上她。

「如果，我說如果，有一天我喜歡妳了……我怕我的感情不能和妳一樣。」

「你只要愛我就可以了。」她輕輕回應，無比虔誠。

而，有更多時候，他困惑著自己或許眞的愛上她了，當施佳懿帶給他無限的感動，好飽滿。

阿海低下頭，看看她的手，在來不及思考下一步動作時，他已經一把牽起她的手，專注凝視他們相握的手，然後開始拉著她往前走。

這個舉動在施佳懿意料之外，她愕然地被拖了幾步，回神，當確實感受到另一個人的體溫包覆住自己手指，才羞澀臉紅。

「我是、是怕妳又亂走，海邊很大，小孩子要牽好。」

他硬是不去看她，笨拙解釋這次的牽手。施佳懿忍住嘴角上揚的彎弧，來到他身邊。

「現在是四個腳印耶！」

「嗯？」

「你看。」

他看見他們後方印在沙灘上一串交錯的腳印，慢了半拍才曉得她指的是他們兩人的足跡。

施佳懿臉上溫柔燦亮的微笑，一如倒映在海面上的明月，隨著每一次浪潮的沖刷，從前六個腳印不復存在的遺憾被一點點地帶走……如今這一分這一秒只有他和施佳懿，以及和她牽手的小小快樂，是清晰無比的。

他是眞心感到快樂，每一次和施佳懿在一起，她的開朗和堅強總會有意無意塡補他內心因爲自卑或寂寞而掏空的殘缺。

一想到這裡，他望望身旁的施佳懿，似乎感受到他的目光，她也抬頭回望，笑一笑。這一笑藏著可愛的靦腆，她很快就移開視線，回到他們幾乎一致的腳步。

阿海靜靜和她牽手走了好長一段路，心裡卻害怕終將必須放開這隻手的那一刻。

由於擔心返回台北的時間太晚，星期天中午阿海他們就得搭車離開老家。施佳懿雖然試作一次阿海專用的肉粽，不過味道和粽子形狀根本達不到她的理想，只肯讓阿海嚐一口，其他全部銷毀到自己的肚子中。

阿嬤送他們到門口，阿海便要她進屋休息，他說反正下個月會再回來。

「那，佳懿，歡迎妳下次再來玩啊！」

阿嬤伸手拍拍施佳懿手臂，她反握住阿嬤，熱情回話，「一定會！阿嬤有好多菜我都還沒學到呢！」

被捧得宛如大師，阿嬤樂得呵呵笑，「哎唷！那些都是家常小菜啦！哪裡需要學？」

「我要學的是阿嬤的味道，那不是到處都有。」

聽她這麼說，阿嬤感慨起來，又輕拍一次她的手，嘮叨唸道，「阿海自己在台北打拚，我一直很擔心他不懂得照顧自己。請妳幫我多盯著他，三餐要按時吃，不要吃一些有的沒有的，很多東西都沒有營養……」

交代到一半，阿海覺得被當成小孩子而不好意思地抗議，「阿嬤！」

阿嬤凶巴巴瞪他一眼，轉向施佳懿時又面露笑容，「對了，我昨天找到好東西要給妳。」

兩個年輕人很好奇，只見阿嬤從口袋掏呀掏，掏出一個火柴盒。施佳懿眼睛一亮，嘴巴立刻張成O形。

阿嬤將那個古早的火柴盒安放在她掌心，「我昨天想到家裡好像還有妳說的那種火柴盒，眞的就讓我在櫃子裡翻到了。來，給妳。」

阿海並不曉得火柴盒的故事，百思不解，施佳懿卻呆呆的，不若先前爲了討阿嬤歡心的機靈，她慢慢收下火柴盒，盯著它許久，直到雙眼似乎泛出一丁點淚光，才輕輕對阿嬤說：「謝謝……」

「不用謝，小東西，妳拿去，拿去。」

後來他們前往公車站的路上，阿海詢問關於火柴盒的故事，施佳懿卻答非所問地讚嘆，「你阿嬤人眞好。」

「她很凶。」他哀怨地嘆氣。

「我常常想像，如果我有阿嬤，應該就會是像她那個樣子吧！」她望著晴朗天空喃喃講完，面向阿海，率眞而坦白，「謝謝你帶我來老家，我知道我的要求無理取鬧，不過，能來這一趟眞的太好了。」

她沒來由正經八百地道謝，阿海不太習慣，「不、不客氣，這又沒什麼。」

施佳懿雙手背在身後，俏皮歪個頭，「我知道你的過去啦！這是最大的收穫。」

「即使是並不光采的過去？」

「哈哈！你以爲我要從你的過去來判斷你是好人還是壞人嗎？」她笑他的無知，「知道過去，是爲了要更認識你這個人，連自己的心上人都不了解的話，不是很遜嗎？」

她理直氣壯地說完，便逕自朝公車站牌走。白皙的手輕鬆背在身後，踩著散步的速度踱步，長髮隨著陣陣海風時而往後飛撒又迅速扯回。他凝神看著，彷彿時間就凝結在這一刻也無所謂。

「喂！妳到底喜歡我哪一點？」

驀然揚聲的問題讓施佳懿嚇一跳，回頭，拿著又驚奇又困惑的神情面對他半晌。

「……不知道。」

就不知道。說完，她又啓步走了。似乎沒有提到任何重點，但，又似乎什麼都說了。

他們並肩佇立在站牌，注視姍姍來遲的公車由遠而近地駛來，施佳懿突然問起許靜的行蹤。

「她不跟我們一起回去嗎？」

「她昨天晚上就回台北了，聽說店裡有急事。」

「哼哼！」她不客氣地展現愉快心情，故意挑釁，「你一定很失望吧？不能跟許靜窩在火車上四個鐘頭。」

反常的是，阿海居然對她的頑皮不為所動。他淡定瞧了瞧她，有點若有所思，有點耐人尋味，接著轉向在面前噴出一堆黑煙的公車。

「不會啊！現在這樣也不錯。」

第六章

不是因為不喜歡，而是即使兩人在一起，還是感到寂寞。

喀！

一聽見身後傳來腳步聲，施佳懿立刻嚇得回身，順勢將雙手背在身後。

浩克靠在茶水間門口，一副貓逮到老鼠般的不懷好意。

「我啦！不是阿海。」

她睨他一下，將藏在背後的關東煮拿出來，興高采烈地吃，浩克看得目瞪口呆！

「黑輪？妳去哪裡生出黑輪來？」

「我託朋友幫我去東區買的，這家關東煮很道地喔！現在已經找不到這麼古早味的味道了。」

她塞一根給浩克，算是堵住他的嘴。浩克嘉許她識相，又問：「幹麼躲在這裡自己吃好料？」

「你又不是不知道，讓阿海看到又要被唸了，什麼包裝紙的噪音太吵啦！食物的香味擾民啦！」

他對她刮目相看，「愛情的力量眞的這麼大？讓妳這個老饕甘願躲在這裡偷吃東西。」

她回給他一枚遊刃有餘的笑容，「阿海已經快要成爲我的囊中物，當然不能毀於這一旦哪！」

「這麼有自信？妳啊，難道沒談過失敗的戀愛嗎？」

「有。不過，既然是失敗的，我留著幹麼？再找新的不就得了？」

浩克嚼著美味黑輪，心中暗忖她眞像一個自信過頭的小妹妹，這一點不知好或不好，而忍不住想挫挫她的銳氣。

「那萬一有不想要，卻又捨不得的時候呢？」

這個問題對她來說需要多花一點時間消化，但依舊不影響她的瀟灑，「我才不會那麼不乾不脆。」

「我是說『萬一』啦！」

「……」

她不再作答，看他一眼，丟掉竹籤，回到自己座位上。用鍵盤敲下四五個字之後，施佳懿瞄向鄰座的阿海，他神情認眞，在電話上談公事，這讓她更能恣意多看幾眼。

老實說，施佳懿有些許徬徨。浩克的問題，她不是故意不答，而是答不出來，就算天塌下來也沒辦法想像會有那種時刻，不想要，卻又捨不得，到底是抱著怎麼樣的心情呢？

還在發呆，阿海已經注意到她整個人停擺，他在桌上寫了字，再將紙條舉起，轉向施佳懿。

「認眞上班！」

後面那個驚嘆號畫得異常地大，連後方幾位同事都看見了，噗嗤一笑。施佳懿愣一下，他又若無其事地繼續講電話，惹得她抓起一塊橡皮擦朝他身上扔。

阿海有時會被她神來一筆嚇一跳，有時又習已爲常地出手漂亮接殺。

在施佳懿大膽示愛之後，旁人當這每天都要上演的打鬧是打情罵俏，對於他們的交往也樂見其成。

就連阿海表明外務他一個人去跑就行了，不是太重要的事，大家也會起鬨說：「你就帶她一起去嘛！你們不是搭檔嗎？」

路上阿海騎著機車，好無奈，「爲什麼妳也去啊？」

「追根究柢，這件花店的案子一開始是我先接下來的喔！當然跟我有關係。」

「後座明明有把手，妳的手抓那裡行不行？」

「把手那麼小，我會怕。」

她大言不慚地睜眼說瞎話，然後喜孜孜將阿海摟得更緊。一個在前面死命抗議，一個在後頭爲所欲爲，他們熱熱鬧鬧來到「六個腳印」，才剛踏進店門口便不約而同地噤聲。

許靜一隻手擱在話筒上，另一隻手撐著額頭，對桌上的筆記本凝重鎖眉。夢露也沒去追星了，她慌慌張張翻著一本電話簿，看起來像隻無頭蒼蠅，施佳懿懷疑她根本不知道自己到底要找什麼。

由於感受到不尋常的氣氛，阿海小心翼翼向前詢問：「許靜，怎麼了嗎？」

她匆匆抬頭，似乎沒察覺有人進來了，一見是阿海，這才鬆口氣，「你來啦！我剛還在想，是不是應該打電話跟你說不用來的，這種事本來就不該跟你說……」

「沒關係，有什麼事就儘管說，有什麼麻煩嗎？」

阿海的古道熱腸叫施佳懿噘了噘嘴，留在一段距離外冷眼旁觀。

原來，前幾天許靜先行從老家返回台北是眞的有急事，而且事情還挺嚴重的。

「『藍色妖姬』是廠商的指定用花，可是現在我沒有這麼多的數量。」

許靜說，她之前所聯絡的花材供應商忘了幫她訂購，偏偏這種花如果沒有事先預約，短時間內是沒有辦法提供大量花材的。

「『藍色妖姬』是什麼？」

阿海問了門外漢的問題，夢露立刻神經質地叫起來，「就是藍玫瑰啦！必須等到白玫瑰快開花的時候，讓它吸收藍色的染料，才能變成藍色玫瑰，所以這種花不是說有就有！」

夢露的態度，施佳懿看了很不順眼，她站出來撇得一乾二淨，「許靜說得對，這種事本來就不應該跟我們說，那是花店自己得搞定的爛攤子。」

「施佳懿。」

阿海瞪她，再轉向許靜，「不要緊，離發表會還有兩個星期，可以再問問別的花店有沒有貨。」

對於他於事無補的建議，許靜很感激，「我已經找好幾天了，不過，這個數量實在太大，就算把其他店家願意給我們的『藍色妖姬』都加起來，也還不到廠商要求的一半。」

「那……那不然換其他花材呢？我可以問問看廠商願不願意換花材。」

沒等夢露吐槽，施佳懿先一步駁回他的一廂情願，「笨蛋，人家產品的 logo 就是藍色玫瑰，你把它換掉不就沒意義了？」

這下子阿海啞口無言了，許靜堆起笑容，故作沒事，「剛剛是我太慌，情急之下就打電話給你。不過，就像你說的，還有兩個星期，一定可以把數量都找齊。沒事了，阿海。」

不可能會沒事，如果沒能在期限內完成場地布置，依照合約，「六個腳印」就必須支付阿海公司可觀的違約金，而那筆違約金足以讓這間小花店關門倒閉。

「六個腳印」未來的窘境施佳懿心裡有數，原本想直接提出解決之道，只是見到許靜為了讓阿海安心而講出那番貼心話，她就是一整個不愉快！誰知阿海哪壺不開提哪壺，憂心忡忡問她有沒有什麼好辦法。

對於他的不解風情，施佳懿忍住氣，良善微笑。

「好辦法就是別接下這件 case 啊！」

「妳在說什麼？」

「一開始量力而為不就好了？」她轉為嚴肅，正色道，「現在既然接下來，除了照合約走，哪有什麼好辦法？」

阿海當然也了解這個規矩，想再幫忙盡點心力，卻被許靜攔住。對於施佳懿明明白白的指責，她坦然承認過失，「施小姐說得對，當初的確是我太不自量力了。而且，你們是公司的人，我實在不應該拿自家問題來打擾你們。」

施佳懿記憶猶新，在談這件合作案的時候，許靜有所顧慮，眞正想要一頭往前衝的人是夢露，哼！她現在倒是心虛得不敢吭聲啦！

「阿海，回去吧！這裡沒我們的事。」

施佳懿欣賞許靜的明理懂事，但礙於情敵關係，怎麼也沒辦法像阿海那般熱心。她甩頭往外走沒幾步，撞上一個硬邦邦的胸膛，然後隨即被一隻手攙住腰。

施佳懿站穩，看著來者摘下墨鏡，還沒認出他的身分前，就先聽見夢露特有的花痴尖叫。

「阿民？」

關子民簡單交代他見到阿海進來，所以一下戲就過來找他。緊接著，含笑的視線便鎖定還在懷裡的施佳懿身上。

「施小姐，好久不見。」

她聽出他話中有話，直截了當，「怎麼？我們很熟嗎？」

「並不熟，不過除了上次的一面之緣之外，我想起我們其實早就見過面的。」

施佳懿依然不動聲色，看他掏出手機，叫出一張照片。那是某個知名手錶廠商所辦的酒會，不乏許多富家子弟、社交名媛出席，當然藝人也是受邀之列。那張照片是關子民和一位女歌手的合照，可是背後入鏡的賓客，其中一位正是施佳懿，她和父親站在一起，身穿酒紅色小禮服，面露適切的高雅微笑，聆聽父親和另一位大老闆談話。

她不慌不忙將手機還給關子民，不再裝傻，反而笑彎眼角，「非得要親自碰到我，才想得起來是嗎？」

聽上去是再自然不過的回話，言下之意的「碰」則是暗指關子民擱在她腰間的手。其他人都注意到了，夢露當場是嫉妒得七孔生煙，阿海顯得不太自在，至於許靜，她那張萬年不變的表情這回終於破了功，施佳懿察覺到一絲「介意」的情緒在她蒼麗臉龐隱現，這一點小發現令她如獲至寶。

關子民道了歉，將手收回，但任誰都看得出他並不是真的心存歉意。施佳懿不以爲意，她偏頭，放肆打量關子民的五官，嘴角始終上揚的漂亮弧度從沒掉下過，就連阿海也看得出她興味正濃。

「你和阿海不虧是堂兄弟，仔細看的話，眞的有那麼幾分像。」

「再像也沒用，妳不是心有所屬了？」

關子民也不是簡單人物，逗得她咯咯笑兩聲。

「哎呀！彼此彼此。」

施佳懿道高一尺、魔高一丈地將了一軍回去。關子民俊逸的臉孔閃過一絲錯愕，而原本振筆疾書的許靜驀然停下手，面對密密麻麻的資料，緊握筆桿。

稍後，關子民露出討饒的笑，四兩撥千斤，「施小姐和阿海又來談公事嗎？」

她收起方才妖嬈的淘氣，可憐兮兮埋怨起來，「已經談完了，不過司機好像還不想走。」

關子民瞥向欲言又止的阿海，阿海想告訴他，許靜有麻煩了，不過許靜願不願意讓關子民知道她的事情，又得另當別論。果然，才剛和關子民對上視線，她立刻低下頭，繼續翻找電話簿，維持疏遠的淡漠。

「我正要回公司，不如我送妳吧！」

關子民提出這個建議，施佳懿二話不說，提起包包，高高興興跟著他出去。

「太好了，謝謝你。」

一向對阿海以外的男性不屑一顧的施佳懿，今天居然表現出對關子民頗有好感的樣子，阿海不太習慣。他不是自負地認為非自己不可，不過，施佳懿這丫頭的轉變也未免比翻書還快！

「喂……施佳懿。」

他忍不住出聲喚她。施佳懿在門外回頭，掛著明朗的笑容搖搖手，「幸好有便車搭，我先跟關先生走啦！」

他們眞的一道走了，還聽得見兩人討論起那天酒會所吃到的馬卡龍，關子民說他剛收到那家廠商送的產品，隨時可以請施佳懿品嚐，一直對美食念念不忘的她自然心花怒放。

光是那些曖昧的說笑，夢露再也不能承受分毫，踩著重重的步伐到後門大吼大叫發洩一番。

阿海和與許靜留在店內，關子民對施佳懿莫名地關注，施佳懿又對關子民意外地友善，對他們都造成或多或少的衝擊。

良久，許靜以乾澀的嗓音輕輕催促他，「阿海，你也回去吧！找花材的事是我的工作，你也有自己的工作，是不是？」

阿海張了口，還想再堅持，不過在許靜面前他不曾勝過那雙清澈平靜的眼神，只好讓步，臨走前不忘強調，「我下班之後就沒事，我會一起幫忙找找看的。上網查資料、打電話問店家，這些小事我都可以做，妳不要客氣。」

許靜淺淺地笑，「謝謝你，你能幫忙，我很高興。」

許靜並不輕易透露自己的情緒，但是當她表現出來，那就表示她是眞心的。阿海感到她宛如茶花靜靜綻放的笑靨挑起埋在心底的火苗，暖和了孤寂的暗戀歲月。

這麼多年來，她始終是他最壓抑的幸福感受。

阿海想說「不客氣」，聲音到了唇角卻化作哀愁滋味。這一份剪不斷理還亂的心情，到底要到何年何月才能終結？一想到這裡，他只能淡淡給她一抹傷感微笑。

至於興高采烈坐上關子民名車的施佳懿，忽然又像被按下消音鍵一樣，在車水馬龍的市區異常安靜。她不聊天，淨對著窗外發呆。

關子民瞄瞄手靠窗邊，撐著下巴的她，隨口問：「妳的公司是下一個路口左轉對吧？」

她仍看著外頭車流，慢吞吞地，「你不急著回去的話，就隨便繞吧！」

坐在這個被高級皮革和新進儀器包圍的空間裡，她恢復一些大小姐特有的任性和慵懶。

「剛剛不是還急著走嗎？」

「是急著離開那間花店，沒說急著回公司。」

「呵！誰惹妳生氣了嗎？阿海？」

她沒回答，側臉卻老實地浮現一絲怒氣。

「如果是阿海，要不要我幫妳唸唸他？」

聽完這句話，施佳懿開始顯出興趣來，「你要幫我？」

「盡力而為。」

「那……幫個忙，把許靜搶過來吧！」

前方正好紅燈，可是這剎車踩得過於急促，整個車身往前傾頓一下又拉回來。

他驚訝的神色帶給施佳懿惡作劇得逞的愉快。幾分鐘前的朦朧感化散了，又是那個鬼靈精怪的女孩。

「關先生，我有話直說。我現在喜歡的人是阿海，你也不用在我身上白費力氣。如果是要談資助的事，不管是電影或電視劇，盡管說來聽聽。」

大概是被看穿了內心想法，關子民停憩片刻，從容不迫地反問：「像妳這麼值得追的女孩子，憑什麼認為我不是為了妳？」

「不是我自貶身價，而是從過去經驗推測，沒事獻殷勤的人通常都有目的，已經習慣了。」

她不再說，變得沉靜。關子民總算了解到她的世故，不作辯解，他將車子一轉，緩緩停在臨近一座公園的停車格中。

這時間公園的人不多，不遠處的溜滑梯有一對祖孫，大榕樹下有三個老人正在下象棋，風的味道和草地的顏色讓人有和忙碌世界脫節的錯覺。

施佳懿不解看他，他則輕輕嘆息，「這種想法不是太悲觀了嗎？」

「你在演藝圈生存，難道還抱著什麼天真信仰？」

「說得也是。」

聊到這裡，兩人惺惺相惜，關子民決定不再在這位千金小姐身上多動腦筋，他真誠地再問她一遍，「照妳的看法，全世界的男人不就都是不能信任，都唯利是圖嗎？」

她垂下眼，神情柔和許多，「沒有啊！有一個人不是那樣。」

關子民聽出她意有所指，笑出聲。他的目光觸見公園那對還逗留在溜滑梯的祖孫，不禁多看了幾眼。

「阿海。大家都說，阿海最忠厚老實，最值得信任，也最聽話。」

她讀出他語氣裡的冷諷，瞧瞧溜滑梯的方向，覺得好奇，「你們這對堂兄弟真妙，互相吃對方的醋。究竟是感情好還是感情交惡？」

「吃醋？呵！我沒有什麼可以讓阿海吃醋的。」

憂鬱的側臉，看在施佳懿眼底只當是無病呻吟。她挨近他，瀾漫地吐出一個狡猾的提議，「只要你把許靜搶過來，就可以讓阿海吃醋啦。」

與她眼裡閃爍的嫵媚邪氣正面交鋒，闕子民不得不折服於她的勃勃野心，不過他卻說：「對不起，偏偏這一點，我辦不到。」

「爲什麼？」

「我不做傷害兄弟的事，有過一次已經夠了。」

不是螢光幕那個光鮮亮麗的藝人，也不是阿海口中所說的校園風雲人物，現在的闕子民不過是一個背負沉重包袱的男人罷了。

爲什麼這對堂兄弟在哀悼過去這一點也這麼相像呢？眞叫人火大！

施佳懿老大不高興地靠回座位，不一會兒，闕子民的手臂突然橫擋在她面前，還把她的頭狠狠壓下去！

「喂！你……」

罵人的話還沒出口，她立刻感覺到有亮光從四面八方嘩啦啦閃現！「有人在拍照」！那是腦海下意識浮現的念頭。

「眞是神出鬼沒。」

身旁的闕子民放開手，發動車子，快速駛離這座公園。施佳懿還將臉藏在自己順手舉高的包包後面，從眼角餘光往外看，看見兩三個拿著相機的記者漸漸被車子拋在後方。

「剛剛眞抱歉，沒事吧？」

關子民將車子開回大馬路，抽空關心她的狀況，施佳懿撥理被關子民撥亂的頭髮，鬆口氣。

「沒事，我想他們應該沒有照到我的臉，我很快就擋住了。」

車子來到公司外頭。施佳懿拿起包包，想起方才他在第一時間先選擇保護她，心腸軟化了些。

她一隻腳踏出車外，身體還留在車內，對他說：「關先生，我畢竟是商人的女兒，關於我提過資助的事，不是隨口說說，在商言商，想談的話就打電話給我吧！」

她用不著痕跡的方式表達謝意，關子民是聰明人，客氣回敬，「我得老實說，一開始我認爲我們很相似，是同類，想要的東西，會奮力一搏。不過妳跟我終究還是不一樣的。」

「哪裡不一樣？」

「妳什麼都可以追求。」

「喔？有你不能追求的東西嗎？」

「我已經沒有資格了。」

他優雅從容的笑臉後隱藏著深深無奈，或許比阿海的懊悔還深沉好幾倍，這是當然的嘛！他才是當年那場火災的元凶。原本遇到哀矜自憐的傢伙，施佳懿一律嗤之以鼻，然而現在興起的那麼一點惻隱之心使她閉上嘴，安分走出車外，冷不防又將車門拉開一些，低身問起一件無關緊要的事。

「對了，高三的時候，你和阿海在教室分別坐在什麼位置？」

「什麼？」

「你們兩個坐教室的哪裡？中間？前面？靠窗？」

「阿海一直以來都是坐最後一排，我是靠窗的位置……」他困惑失笑，「這很重要嗎？」

施佳懿退出車外，亭亭站立，看上去既滿意又神祕，「不怎麼重要。後會有期，關先生。」

關子民護送施佳懿回到公司，阿海老早在辦公室了。見到她悠悠哉哉走進來，忍不住責怪。

「妳跑去哪裡鬼混啦？我都回來了還沒見到妳的人。」

「繞了一下遠路嘛！」她哆聲嘟噥。

「兜風就兜風，什麼繞遠路？現在是上班時間耶！」

他的一板一眼叫她受不了，施佳懿瞪他一眼，用力把文件往桌上放。

「我請假嘛！你總該沒話說了吧？」

「妳……」

而他也總是拿她沒辦法。阿海回到座位，不由自主地望望準備製作報表的施佳懿。有一些問題，在喉頭蠢蠢欲動，他掙扎片刻，嚥下去，強迫自己面對電腦螢幕上的數據。

應該只是單純的繞遠路吧？他又強迫自己接受這個古怪的想法。

然而，一個星期後，那次繞遠路的畫面被刊在週刊上。

午休時間，施佳懿帶阿海和浩克到她常去的麵攤吃午餐，聽她將店老闆的絕佳手藝誇得跟美食節目一樣誇張，浩克說什麼也要拉著阿海一起去。用餐時，浩克有拿店內週刊來翻閱的習慣，他一面吸吮麵條，一面閱讀那些聳動又灑狗血的標題，翻到一張半版照片，瞪大眼睛！

他匆匆把週刊內頁轉向阿海，猛指那張照片！嘴巴塞滿麵條的關係，只能使勁「嗯嗯」叫。

阿海奇怪地瞧他一眼，再去看週刊，標題下的是「關子民公園暗擁新歡」，下方照片則是他一手攬著車內女性友人的畫面，那名女性並沒有被拍到臉，不過從外觀裝扮一眼就能認出是誰。

阿海盯著那畫面整整五秒鐘，直到身邊施佳懿好奇地將週刊搶去。

她也怔住，明明是關子民護著她不被狗仔拍到，怎麼這個角度看起來就曖昧多了？

「哇塞！眞的好有戲喔……」

她在心裡暗自讚嘆狗仔的厲害，誰知阿海出手將週刊拿走，質問道，「這什麼意思？不是說繞遠路而已？」

「所以是繞遠路的時候被拍到的啊！」

「那、那繞遠路就繞遠路，爲什麼阿民要抱……抱……」

照片中的當事人一個是同事，一個是堂哥，他講到連自己都覺得不好意思。阿海發窘的模樣，反而讓施佳懿想捉弄他的念頭更強烈，她佯裝這沒什麼大不了，攪動碗中麵條。

「藝人鬧緋聞不是家常便飯嗎？」

「妳根本沒回答我的問題，爲什麼妳會跟他鬧緋聞啊？」

他理直氣壯，施佳懿則一派皇上不急急死太監的氣定神閒，擱下筷子，雙手捧住阿海的臉，將他轉過來，然後甜甜笑道，「你該不會是在吃醋吧？」

一旁觀戰的浩克眼珠子溜向阿海，只見他的表情從僵硬轉爲著急，他猛然抽身退後，爲了逃出施佳懿魔掌，還差點打翻桌上食物。

「誰、誰在吃醋？妳爲什麼會想到那裡去？」

「你明明就是在吃醋。」

她又挨過去，硬是將他的臉轉過來面向自己。

阿海被逼急了，索性離開椅子，改坐到浩克那一邊避難。浩克居然認同施佳懿。

「我也覺得這不關你的事。」

有了浩克的發言支持，施佳懿簡直不可一世，她翹高鼻子對他哼哼笑。阿海情急之下反駁回去，「這種照片被許靜看到了，她會怎麼想？」

許靜的名字一出現，本來心花朵朵開的施佳懿瞬間沉下臉，皺起眉頭，「許靜？」

「萬一害她誤會怎麼辦？不是會很難過嗎？」

她恨恨地咬住下唇，倒抽一口冷氣，「你在乎的是這個嗎？說老實話，我才懶得管她。林裕海，虛僞也要有個限度，她對關子民失望，情勢不是對你正好嗎？大聖人的嘴臉……看了就噁心。」

她迅速抄起帳單和包包，走到櫃台結帳。浩克目送她頭也不回的背影，有感而發，「即使對象是你，講話還是不留情耶！」

阿海低下頭，內心很不好受，像是做壞事被逮著的孩子，難堪得無地自容。整個下午，施佳懿沒跟他交談過一句話，故意對他視而不見，大家一看就知道他們又吵架了。阿海也很識相，沒主動去招惹她，隔著一條不大的走道，那兩人就這麼沉寂到下班。

這幾天的傍晚天氣偏涼，施佳懿開始穿上春天穿過的那件薄風衣，有幾分軍裝味道，套在體態不錯的她身上更有顯瘦效果，走在公司外的廣場，及膝的衣襬隨著陣風飄逸。

跟在後頭的阿海一撞見她的背影，不期然想起在海邊等公車的光景，那個曾經讓他眞心認爲就算時間凝結也無所謂的光景。

「施佳懿！」

他開口叫喚，她猶豫一下，用警戒的表情等他自行小跑步過來。

「那個……關於中午我們在說妳和阿民的事……對不起。」

「為了哪一點道歉？」

「咦？就是……妳和阿民之間怎麼樣，我的確沒有權利多管閒事。」

聽完，她用一種若有所思的眼神打量他，又問：「那麼我說你偽善呢？你承認了？」

阿海想了半天，試著釐清楚自己的想法，「我不知道這樣是不是就算偽善，不過如果妳說我完全不在乎許靜的心情，那也不對，我很在乎，她會難過的話，我就在乎。」

很誠實的一個人。有時候施佳懿寧願他學會好聽的花言巧語，只要她不覺得受傷就好，不過……那樣就不是阿海了。

她垂下眼簾，因為他始終不能明瞭她的心情而傷心得無法正視他的臉。

「是我誤會你了，我也欠你一個道歉，這樣我們就算扯平了吧？」

「妳倒是在很奇怪的點上特別剛正不阿耶！」他沒察覺到她的抑鬱，體貼地說：「我送妳去坐車吧！」

施佳懿並沒有馬上答應，忖度著，輕輕嘆息，「等你想追我的時候，再送我回家吧！」

「妳幹麼扯到這邊來？」

她默不作聲，本人似乎也有些困惑，能夠跟阿海多相處一些時刻，明明是最開心的事……不是因為不喜歡，而是即使兩人在一起，還是感到寂寞。

「阿海。」

「嗯？」

他們並肩走了一段路，施佳懿沒來由叫他，望著他。

「全世界就只有你的多管閒事……會讓我高興得要命。」

宛如告白般的話語，一如施佳懿毫無保留地將她的心掏出來，透明而完整，呈現在他眼前。更有些時候，他甚至覺得那顆心被活生生放入自己胸口，每一次的跳動都刻骨銘心。

反觀施佳懿，大概是重申了自己立場的關係，她恢復正常，口吻開始透露幾分怨懟。

「所以，我並沒有爲了那件事生氣。那張照片是關子民爲了不讓我的臉被記者拍到才過來幫我擋的，不是什麼擁抱的動作。」

她暫停一下，見他一臉放心，酸溜溜調侃，「滿意了嗎？現在你可以趕快向許靜通報，告訴她可以放心了。」

「呃？我不是因爲她才……」

他話說到一半突然斷了，雙唇緊閉，微微臉紅。施佳懿不明白，靠過去，像醫生想盡法子要診斷出一丁點病癥那樣。

「你怎麼了？」

「沒、沒有。」

每回她一靠近，他便退開，害怕被讀出某些心思。施佳懿當那又是他慣性的閃躲，不以爲意，將包包掛在肩上道再見。

「我先回去了，拜拜。」

「嗯……路上小心。」

等她走遠了，阿海才如釋重負地蹲在地上。一分鐘前還深怕被她聽見心臟亂跳的聲音，到現在還心有餘悸。他頭垂得老低，萬分懊惱。

「喔！我在幹麼啦？」

「這個……這個狐狸精！」

夢露咬牙切齒地咆哮，還拿著週刊直接攤在許靜面前，「妳看！是她吧？妳那個一九○的同事！」

夢露記不住阿海的名字，總是以身高稱他是「一九○」，施佳懿的名字她更叫不出來了，但說什麼也認得她的外型和那天來店所穿的服裝。

由於施佳懿沒有被拍到臉，媒體並未大肆報導這張合照，偏偏夢露有收集關子民所有情報的習慣，不然不愛看電視的許靜可能也沒機會見到這張照片吧！

狀似相擁的畫面倒映在她紋風不皺的視野，只有一秒鐘的停留。她闔上書頁推回給夢露，半安慰道，「記者喜歡亂寫，妳不用太當眞。」

不管夢露的抵死不信，許靜將修剪完畢的盆栽捧出去曬太陽，揚頭，那處片場正沸沸揚揚上演驚險的追逐戲。關子民必須以飛快的速度爬上四層樓梯，再從逃生窗口躍入另一棟公寓的窗口內，中間的防火巷並不寬，不是太困難的距離，然而隨著NG一次又從頭再來，許靜的呼吸就跟著暫停一次。

關子民不用替身，他說這樣比較有話題性，那倒是眞的，除了攻上新聞版面外，天天守在片場只爲瞻仰他帥氣身手的粉絲有增無減。

目不暇給的高難度動作和粉絲的尖叫聲，都令許靜心情愈來愈紊亂，最後無奈闔眼，放下盆栽，回到座位上繼續聯絡可以提供「藍色妖姬」的花店。

時間已經迫在眉睫，對於這次合作的廠商所要求的一萬朵，至今東湊西湊，勉強只能湊到三千朵。要是再不加把勁湊齊數量，「六個腳印」的命運便是等著被龐大違約金給壓垮。

半小時後，夢露送一束花到附近學校，沒離開過桌前的許靜被門口闖入的人影嚇一跳！

「噓，是我。」

關子民食指放在嘴上，閃進半個人高的花架後面。許靜見店外有一群粉絲探頭探腦地經過，唸著「怎麼不見了」，這才明白是怎麼回事。

「都走掉了。」不久，她說。

關子民從花架後走出來，鬆口氣，立刻又想到什麼，「妳同事呢？」

「她出去外送……你到底要做什麼？」

他隨意撿張比較大的椅子坐下，還舒服地往椅背靠。

關子民閉上眼回答，「好不容易可以休息一小時，本來想補眠，可是外面吵得不能睡覺。」

原來他是在找安靜又隱密的休息場所。

許靜有些緊張，「你也不能在這裡睡啊！」

「拜託啦！我累到連吃飯都沒力氣了，睡十五分鐘就好。」

他一翻，側著身子，不到五分鐘，就眞的累到睡著了。

許靜沒轍地等他一會兒，確定他不會醒來，這才走到他身邊，原本只想看一眼，卻移不了視線。好久了呢！已經好久沒這樣好好看他，在電視上看見的關子民總有不眞實的感覺，現在呢，沉睡的側臉反倒有幾分孩子氣，尚未經過社會洗練，是那個老愛爬教室窗戶的男孩子，臉上經常掛著打架留下的瘀青和傷痕。

「喂！許靜，下星期五來海邊一趟。」

一個放學午后，她還留在教室抄筆記，關子民從窗口冒出來，而且像猴子一樣蹲在窗檻上。

對於他任性的要求，她見怪不怪，繼續認分寫字，「有什麼事？」

「重要的事。」

「那就現在說吧！」

經過幾秒鐘，並沒有得到回覆，她狐疑抬頭，觸見他猶豫地緊閉雙唇，靦腆著，不再活蹦亂跳。

並不是平常的關子民。許靜這麼直覺，不知怎的，跟著心跳加快。

「……現在講不出來啦！」

掙扎許久，他鬧彆扭地站起身，臉藏在窗檽後面，許靜只看得到他的頎長身形和秀氣嘴角。

「……是不好的事嗎？」

「嗯……可能是天底下最好的事了吧……如果成功的話。」

他那稍微被遮掩的臉，改不了自我的語氣，只說一半的答案，都讓許靜默默地……默默出了神，紅了臉。

也許是夕陽的緣故，關子民的臉龐彷彿微醺起來，她始終記得那天從教室望出去的天空，還有關子民臉上的青澀，是很美的顏色。

關子民再次醒來的時候，時間才經過十二分鐘。一睜開眼，許靜坐在桌前寫東西的畫面正巧在他對面，伴隨從紙張傳出的沙沙聲，他安靜地看，持續不斷的節奏和海浪有著微妙的相似。

不久，許靜察覺到他的視線，停下筆，問道，「你醒多久了？」

「兩分鐘吧！」他不想動，還沒有完全清醒。

「既然醒了，為什麼不出聲？」

「看見妳寫字的樣子，一時之間有點混亂了，我們好像還在學校。」那麼巧。

「你不是最討厭學校？」

「討厭啊！不過，去學校也不都是壞事。」他聞到熟悉的清涼氣味，納悶起來，「我臉上塗了什麼？」

「你阿嬤的青草膏啊！我看你的臉受傷了，片場的人有幫你處理嗎？」

許靜將一個小黃罐遞到他面前，那是阿嬤自製的青草膏。

「拿去，阿嬤交代要給你的，她也有給阿海，看我們之中誰會遇到你，就拿給你。」

他慢半拍接了過去，注視半晌，合上手掌，「謝謝。」

他坦率收下。許靜想起阿海私下說過，關子民嘴上說沒空回老家，其實還是偷偷回去了。他在阿嬤看不見的地方觀察她，看她身體好不好，是不是像從前那樣有精神。

關子民終於注意到花店的安靜，問起夢露行蹤，「妳那個……很熱情的同事還沒回來？」

「她習慣在外面找朋友聊天才會回來。」

關子民發現那本攤在桌上的週刊，大吃一驚，「妳看了？」

許靜跟著掉頭，知道他在講什麼事，「看了。」

「是拍攝的角度問題喔！事實上沒怎樣。」

「我知道。難得阿海遇到一個這麼喜歡他的女孩子，你不要搗蛋。」

他聽了，大笑幾聲，卻說不出是哪一點好笑，也許是許靜壓根兒不在意，也許是她那令人懷念的管教口吻。

「知道啦！」

他吊兒郎當應話，站起來，伸懶腰。看來小睡片刻的十五分鐘挺管用，他再度恢復精神。

「我回片場了，多謝妳的收留。」

他用「收留」的字眼，在許靜胸口注入一股酸意。這個說法並沒有錯，他回不去的老家，除了阿嬤之外，沒人歡迎他，當年那把火燒光大家對他的信任。除了台北，他沒有其他容身之處。

「關子民……」她脫口而出。

他回身，等著。

「你……」他臉上的傷痕吸引她視線，嘴裡卻說出言不由衷的話，「逞強是傻事，別再做危險的動作了。」

「妳認為我拍戲是在做傻事？」

不是的，她只是想說，那些動作太危險，太容易受傷。

「不顧一切的逞強，是傻事沒錯。」

面對她嚴謹的態度和淡漠的眼神，關子民滿不在乎攤開手，「妳說，我還有什麼好失去的？」

「你明明擁有很多。」

有阿嬤日復一日的掛念、有阿海兩肋插刀的義氣，還有……還有一個人不知道到什麼時候才能停止的等待。

「妳太高估我了。」

而他完全不願意探究那些情感，轉身離開。

許靜一直目送，直到他被片場的工作人員包圍為止。

過不久，阿海過來了。最近他一下班就會來接許靜一起去找花店，看看會不會有漏網之魚，總是找到晚上十點多才送她回家。他停好機車，見到許靜獨自站在門口，不知看著什麼發呆。

「許靜？」

他喚她名字，她曉得是阿海，仍然沒有移動目光，呢喃自責，「我……眞的很不會說話呢！爲什麼心裡想的事情總是沒有辦法好好地說出來？」

「我、我聽不懂妳在說什麼……」

「你看，大家都很會說話的樣子。」原來她的定睛之處是路上來來往往的行人，大多三兩成群，開心地、嚴肅地說笑著、討論著，「是啊！只是把話說出來讓對方聽見就好，就這麼簡單，不管是誰一定都能做得到。」

阿海起初一頭霧水，後來見到她受挫的神情蒙上一層惆悵的光，登時之間開竅。

「我也常常有這種感覺，明明是理所當然的事，自己卻做不到。」

她轉頭看他，神情亮了起來。

阿海告訴她，「跟別人比起來，我很沒用，連一件簡單的事都做不好……我常常會這麼想。」

「有沒有人跟你說過，只要待在你身邊就會覺得安心？」許靜抿起溫柔的笑意，「這樣的阿海怎麼可能很沒用。」

他很緊張，每當許靜露出這種迷濛、柔得會把一切融化掉的笑容時，他總是很緊張。

「許靜……」

「什麼？」

他眞的認爲自己很沒用，特別是面對許靜想坦白一切的時候。

「我……不是大善人，並不是對誰都那麼好……」

她露出一點困惑，再次笑問：「你要說什麼？」

「就是……」還在支吾，阿海眼角瞥見攤在桌上的週刊，心生不妙，「那個……妳看了？」

「喔！夢露拿給我看過了。」她頓一頓，又補上一句，「關子民剛剛來過，他說那是記者亂寫的。」

「阿民來過？」

「是啊！所以你和施小姐……」她躊躇一下，大概意識到不該強行為阿海和施佳懿之間的關係下註解，因此改口，「一切都沒事就好。」

方才提到關子民澄清了照片一事，許靜的臉上一度閃耀過或許連她都沒能察覺到的光采。她掛念的事，一掃陰霾了。

施佳懿說得對，他不是不敢，而是早已能夠預知到說出「喜歡」兩個字的結果。許靜會對他說「對不起」，就算她沒說，肯定也會為難得不知如何啓齒。

他早就知道了。

可是，然後呢？這一份深埋的心情又該怎麼辦？

發表會的日子一天一天逼近，許靜也愈來愈辛苦，她甚至親自跑了幾趟南部，去找可以提供「藍色妖姬」的花店。

阿海擔心「六個腳印」的情況，主動幫了很多忙，下班和放假除了陪許靜到處跑，在家就是掛網查資料，搞到後來頻頻在大白天打瞌睡。

這些施佳懿都曉得，浩克不是個能守住祕密的室友。她心疼阿海，不過當初是自己先畫清界線的，現在說什麼也不願意插手。只在阿海呵欠欠連連的時候送來一杯黑咖啡，或是在他快被部長抓到之前，丟橡皮擦打醒他。

星期天中午，爲了慰勞阿海這陣子的奔波，施佳懿再度捧抱一大袋食材到他住處下廚。

阿海並不在。

浩克說，他約闞子民見面，闞子民是大明星，說不定會有人脈可以幫許靜的忙。

「那，反正他一定會回來吃午餐的吧？我一邊煮一邊等他。」

然而當滿桌菜都變涼，阿海才拖著沉重步伐回來。

餓昏頭的浩克首先開砲，「媽的！你不是說半小時就回來嗎？搞到現在我一口都不准先吃！」

「阿海！」

施佳懿一掃前一秒的無精打采，飛撲上去，小鳥依人地摟住他頸子。

「我今天有煮阿嬤傳授的豆瓣虱目魚喔！你嚐嚐看有沒有阿嬤的味道。」

「嗯……喔！」他心不在焉坐下，不知不覺呼出長長的嘆息。

施佳懿隨他坐下，手還擱在他頸子上不放，阿海罕見地沒對她的糾纏百般抗拒，於是她更加隨心所欲。

「怎麼樣？不順利啊？」

阿海灰心喪志地點頭，「嗯！阿民說他會幫忙問問，可是希望不大。」

「當然啊！他是演戲的，又不是賣花的。」

「怎麼辦？剩下不到一個星期了……」

浩克已經坐在餐桌前大快朵頤，含著滿口食物不清不楚地說：「你還擔心許靜？萬一她的花店眞的跳票，你也要負連帶責任耶！對方怪的是我們公司，不是許靜喔！」

施佳懿嫌浩克掃興，睨了一記回去，然後用筷子夾起一塊魚肉遞到阿海面前，笑咪咪地要餵他。「不要談公事了，又不是上班時間。先吃飯再說。來，啊——」

但是阿海並沒有張嘴，他思索一會兒，面向她，出奇愼重。

「施佳懿。」

「嗯？」

「雖然這樣很不應該，不過，妳能不能幫許靜的忙？」

浩克打住筷子，這個敏感問題害他神經緊繃，不僅如此，四周空氣也瞬間凝凍住似的。他先看看唇線抿直的施佳懿，再看看態度誠懇的阿海。

「萬一，『六個腳印』眞的不能履行合約，妳能不能……讓公司不要罰她那麼多錢？」

她聽完，似笑非笑地問：「就是要我以董事長女兒的身分去要求董事長開恩，對嗎？」

「呃……不是說都不用罰，只是，能不能在許靜她們的能力範圍之內……」

沒等他講到最後，施佳懿重重放下筷子，上頭的魚肉不偏不倚跳進浩克的碗裡。她站起身，前所未見的勃然大怒！

「我眞沒想到你會講出這麼下三濫的辦法！爲了許靜，你連原則都沒有了嗎？你究竟是是『六個腳印』的員工，還是我們公司的員工？身爲這個企劃案的負責人，現在應該要做的是想出支援的備案，而不是跟著一間可能會違約的花店團團轉！更可惡的是……」太過生氣的緣故，她先深吸一口氣，才怨恨地破口大罵，「更可惡的是，你明知道許靜是我的情敵，居然還大言不慚地要我幫她？你有沒有搞錯啊？我告訴你，要我幫忙，門兒都沒有！」

發完飆，她使勁甩上門離開。不敢吭氣的浩克默默啃著白飯，自始至終他的手都緊壓住桌面，就怕暴怒的施佳懿會氣到把桌子給翻了。

阿海對著那扇因爲用力過猛又彈開的門，被教訓得無地自容。

浩克見他懊惱得動也不動，開口勸他，「喂！想破頭也沒用，先來吃飯吧！都一點半了。」

「我眞的很差勁……」

他還是不動，自責到不行。直到浩克硬是將盛好白飯的碗塞到他手上，又催又勸，他才動手去夾桌上的豆瓣虱目魚。

吃下一口魚肉，阿海愣了愣。

是阿嬤的味道。

浩克注意到他的停頓，「怎麼了？並不難吃啊！跟上次比起來簡直是天堂跟地獄！」

不是百分百的到味，不過，那的確有阿嬤的味道。

「啊！冷了對吧？再拿去微波一下。」

浩克伸手就要端盤子，卻聽見阿海說：

「不用了，很好吃……這樣很好吃。」

阿海趕緊伸手將盤子拿回來擺在面前，那盤豆瓣虱目魚帶給他好飽滿的幸福感受。

她眞的下功夫去學了呢……

不是爲了什麼崇高目標，也不是爲了誰，純粹是想讓他高興而已。

他是很高興哪……

回到家，施佳懿將包包一甩，什麼也不做，直接趴在床上發呆。過了好久，包包裡面的手機響了，她以不移動身體的狀態騰出手，將手機拿出來，見到來電顯示是阿海，心想他一定是不死心，想要繼續為許靜的花店求情。

「哼！」

手一扔，手機飛進棉被堆裡。施佳懿又趴回去，噘著嘴生悶氣。不久，手機又響，這一次換成訊息提示鈴聲，她猶豫一下，看看棉被，坐起身，狐疑地將手機找出來。

螢幕亮起的光還沒熄滅。

「對不起。謝謝。」

她靜靜地看，直到螢幕變暗。

施佳懿再度撲回床鋪，一手抱著柔軟的蠶絲被，凝望恢復安靜的手機五個字。她彷彿懂的。

⁂

「嗨！午安。」

施佳懿打完招呼便逕自在對面的椅子坐下，許靜正想回禮問好，施佳懿卻開口跟餐廳服務生要杯外帶咖啡，沒有久留的打算。

非上班時間的她偶爾會將名牌穿戴上身，跟平時的上班族形象不太一樣，與她擦肩而過的人五個至少會有三個回頭再搜尋她的身影。

儘管身為眾人的目光焦點，她依然以慵懶自在的姿態坐在生意不錯的咖啡店，一點違和感也沒有。

許靜心想，阿海被這樣一個女孩愛上，說沒壓力是騙人的吧！

「抱歉特地約妳出來。我不想讓阿海知道我們見過面，所以才約在這裡。」施佳懿爽快地表達立場。

「如果有必要，我是不會說出去的。」

「我不是不相信妳，我是不相信妳們店裡另外那個廣播電台。」

一聽就曉得她指的是夢露，不愛道人長短的許靜只好忽略那句話，直接問明來意。

「施小姐，是不是廠商那邊有什麼問題？」

施佳懿幾乎是以「瞪」的方式盯她半晌，似乎還為了「六個腳印」所捅的簍子懷恨在心。她從包包掏出一張名片，推到許靜面前：

「這是跟我媽有交情的一個批發商，不夠的『藍色妖姬』就找他要吧！」

許靜驚訝的視線自名片上抬起，一時之間說不出話來。

她的反應叫施佳懿覺得彆扭，她把包包攬到膝上，準備離開。

「我已經照會過對方，所以，應該會很順利。」

「施小姐！」許靜請她留步，趕忙問：「妳為什麼要幫這個忙？」

「……」她在回答這個問題之前，柔和的眼神先停駐在許靜身上片刻，「我不是幫妳，是幫我自己。我不希望將來阿海知道我有能力幫忙卻袖手旁觀，他一定會恨我。」

「阿海不會恨別人，更何況是妳。」

她聽了，輕蔑地冷哼一聲，「妳喜歡把那個人當成大好人是妳的事，只是當他沒有符合妳期待的時候，也別隨便對人家失望就好。」

施佳懿一針見血的說話習慣沒變，切中許靜的心境。她無語，直到施佳懿站起身，才開口道謝，「施小姐，謝謝妳。」

施佳懿停步，幽幽地說：「我認爲，就算會有相同的遭遇或一樣的喜好，但一個人的特質絕對是獨一無二的，所以用不著去羨慕別人，我一直這麼想。但是遇見妳之後，因爲妳身上有我太想擁有的東西，所以我羨慕妳。」

自己居然會說出這麼肉麻的話，令她愈來愈覺得彆扭，索性甩頭要走。

許靜又叫住她，「施小姐，爲什麼不能讓阿海知道妳出面幫忙呢？」

她的追根究柢好像踩到非同小可的地雷，施佳懿的怒氣頓時扶搖直上，她氣呼呼丟下一句話，「因爲我跟那個大渾蛋正在吵架啦！」

後來，果眞如施佳懿所言，許靜打電話給那位花材批發商，對方很阿莎力地答應給足她需要的「藍色妖姬」，那時距離發表會只剩下三天。

得知「六個腳印」有救了，阿海欣喜若狂地向施佳懿報告這個奇蹟，施佳懿則假裝什麼都不知情，而且一點都不感興趣的模樣。事實上，看著整個人又充滿活力幹勁的阿海，她悄悄在心底微笑。是呀！這才是她想要的，許靜的死活、活動的成敗，那些根本都不重要，她只要有阿海的笑臉就好。

燃起一線希望之後，阿海向公司借貨車，一趟又一趟幫忙載花材到發表會會場。籌備的時間有限，人力又不足，阿海說下班後再到會場繼續幫忙場布。

不過，就在下班時間前的半小時，他被部長叫了去，一疊報表高高地堆在眼前。

「很粗心喔！阿海，這些全部都做錯了，改一改，明天早上交來給我。」

部長是笑面虎，沒見他發過什麼脾氣，懲處部下當然不需要發脾氣，只要一道命令下來就可以。表面上是和藹地要阿海明天早上交，但如果超過他所認定的期限，那就完蛋了，而且沒有通融的餘地。

施佳懿從座位上看著阿海絕望的背影，憂忡皺起漂亮的眉心。怎麼有人可以這麼倒霉啊？眞是屋漏偏逢連夜雨。

阿海失神地捧抱那一疊不太可能今天就趕出來的報表回座，再望向牆上時鐘，今晚就得完成發表會的場布，憑「六個腳印」的兩個店員實在是不可能的任務。

糟糕了，兩頭燒。

忽然，那堆報表被拿走一半。阿海轉向開始瀏覽報表的施佳懿，她則故意不看他。

「去吧！以你打字那種龜速，給你一百年也整理不完。」

「可是……」

「想辦法讓發表會成功，是你這個負責人的責任，還不快去？」

「施佳懿……」

他欲走還留，不想拖累她。施佳懿不耐煩地吐氣，放下報表，半命令地，「不過，等那邊搞定，你要帶消夜給我，要景美夜市的廣東粥。」

「咦？我回來都不知道幾點了……」

「你放心，那家賣到凌晨三點，我會畫地圖給你，不是那家的廣東粥就不行。」

她不是眞的那麼想吃那家店的廣東粥，純粹是想讓不乾不脆的阿海別再懷著內疚拖拖拉拉。

「謝、謝謝妳啊！我一定盡快回來！」阿海馬上拿起地圖，奔出辦公室。

等他走遠，施佳懿才望住他消失的門口，方才的瀟灑與任性彷彿都隨著他離去似的，只留下失落、怨懟、傷心的情緒緩緩沉澱下來。

她知道自己到頭來什麼都沒有，她也知道無論阿海對她再不捨，許靜永遠都會是他飛奔而去的方向。

然而她卻不能將視線自門口轉移，直到意料之外的熱意湧上眼眶，才趕緊別開臉，重新回到閃爍的電腦螢幕上。

那一晚，發表會會場忙翻了，臨時找工讀生幫忙，但他們到了九點多便離開，最後剩下阿海、許靜和夢露還在拚命趕工。夢露反常地沒偷懶，她了解這個案子失敗的嚴重性，於是卯起來插花、提水、結緞帶。

一反發表會會場的燈火通明，阿海的公司大樓到了晚上十點多便幾乎是一片黑暗，連辦公室也不例外。加班的人走光了，施佳懿撚亮桌燈，挑燈夜戰。

對她來說，在黑暗裡工作比較能夠集中精神，不過報表超乎她想像中的多，她邊打邊罵阿海到底在搞什麼鬼，這麼簡單的統計也會算錯！

偶然間肚子咕嚕叫了一聲，在寂靜的辦公室顯得格外刺耳。

好餓呀……她痛苦地按住瘦巴巴的肚皮，第數次拉開抽屜，剛剛最後一塊巧克力在八點半左右就被啃掉了！她大受打擊地倒向椅背，順便晃向閃著微弱夜光的掛鐘，十一點。

她盯著皮包打起主意，沉吟幾秒鐘，施佳懿勉強爬起來，找出手機，深怕錯過來電。但手機沒有任何動靜，沒有鈴聲響起，沒有來電顯示。

她很清楚此時此刻的活動會場肯定忙翻了，可是這份撲空的感受還是讓她重重墜跌。

她火大了！憤怒令她從深不見底的失望中醒悟過來。

「我到底在幹什麼？」

堂堂施佳懿怎麼會為了男人搞得這般狼狽可憐？抱著不屬於自己的工作到夜深，還像個傻瓜一樣，等著即便一通也好的關心電話。

「我不幹了！」

她開始意氣用事地收拾桌面、皮包，穿上外套，再把沒做完的報表通通送回阿海桌上！

下一刻又驀然打住……

阿海的桌燈下有一個小小的喜糖盒子，是心型，裡頭堆疊了好多橡皮擦，大的，小的，黑的，白的，總之都是她扔過來的。

那些橡皮擦就像有什麼鎮靜魔力，她看呀看，呼吸漸漸恢復均勻。橡皮擦始終不起眼地躺在那裡，隨著時間一天一塊兩塊的，愈堆愈高，如同那些回流過來的心情，她一天一天愛著阿海的心情，層層滿溢。

施佳懿嘟起嘴，慢吞吞踏出一步，又把那堆報表抱回自己桌上，將電腦打開。

孤單的燈光，過亮的螢幕，跳躍的鍵盤，喀噠喀噠……她捨不得放棄的等待，喀噠喀噠……

報表全部搞定，已經是午夜時分了。施佳懿拖著疲憊的步伐踱步，被路燈曬亮的影子就在腳前，是一個孤單身形，她一邊走，一邊恍惚凝望。直到想起必須趕上末班車，才舉起手錶看，凌晨一點，捷運已經停駛了。於是又頹然垂下手，環顧冷清的廣場，莫名有一種回不去也無所謂的豁然。

爲了美容著想，施佳懿從沒這麼晚睡過，現在感覺頭重腳輕的。她呆立一會兒，才繼續啓步走，想著活動會場的場布不知道結束沒有，再怎麼樣也不可能拖得這麼晚吧！那麼，爲什麼阿海還不過來找她？總不會……他和許靜、夢露去慶功了吧！有可能喔！那個好吃懶做的夢露的確有可能提議去大吃一頓，慰勞自己。然後許靜又好心提出邀約，阿海肯定是求之不得了。

她在混亂的腦袋亂七八糟地做了許多假設，可是不管是哪一個，結論都是阿海並沒有那麼在乎她，所以才放她一個人加班到三更半夜。

是不是停止這段單戀比較聰明啊？

施佳懿搖搖頭，停止沒有意義的猜臆，準備到路口攔計程車。這時，眼角瞥見阿海從公司停車場竄出的身影，自己也說不出個所以然，本能地就藏進旁邊樹叢裡。

枝葉扎得她的臉好痛，施佳懿用無聲的唇語反問自己到底在幹麼。

阿海邊跑邊打電話，施佳懿的手機立刻作響，她倉促接起，不讓鈴聲洩漏行蹤。

「喂，施佳懿，不好意思，我回來晚了，妳還在嗎？」

「……當然不在啦！我已經回去了。」

「咦？」原本賣命狂奔的阿海立刻原地打住，仰頭觀看公司大樓是不是還有哪裡亮著燈，「妳回家了？」

施佳懿張開嘴，聲音哽在驟然發酸的咽喉。爲什麼如此喜歡阿海的她，現在寧可說謊也不願見他一面？有一堆足以讓她抱怨到天亮的事，這一刻卻化作委屈的眼淚，被倔強地噙在眼眶，她咬著唇，不明白這份想哭的情緒是怎麼回事。

「喂？施佳懿？」

「你以為我是誰啊？我又不像你做事笨手笨腳，報表早就做完啦！」費了好大力氣，她總算成功吐出這句聽起來盛氣凌人的話，卻在阿海看不見的地方伸出手背擋在眼前，她忽然不曉得該用什麼表情面對心上人。想要他嘉許自己做得很棒，又不想讓他見到自己這麼狼狽無措的模樣……

一旦和阿海面對面，便會掉下眼淚的模樣，一定醜斃了。

「那，妳回到家了嗎？」阿海沒有那麼喘了，嗓音中所透出對她的關心也相對變得濃厚。

施佳懿只當那是官方性質的問候，沒好氣，「老早就洗完澡，準備睡覺了。」

「那就好。」他搔個頭，眞的放下心，「我一直很擔心妳會在公司待得太晚，回家就好。」

由於他搔頭的動作，施佳懿這才注意到他手上拎的袋子。她認得那個綠底紅字的袋子，是景美夜市的廣東粥！

「你幫我買廣東粥了……」

才脫口而出，她就掩住嘴。阿海奇怪低頭看袋子，問：「妳怎麼知道我有買？」

「你……你當我第一天認識你啊？就算我指定要去美國買，你一定也會飛去的吧！」

說完，她自己都怔住了。是啊！正因為了解阿海這個人，才會無法自拔地喜歡上他吧！

「那萬一有不想要，卻又捨不得的時候呢？」

浩克的問題，就像一只從樓上窗口飛來的紙飛機，在她心頭盤旋，輕飄飄，並不傷人，卻有著不知何時會落下的忐忑不安。施佳懿靠向身後樹叢，抬起頭，試著不讓盈眶的淚水湧出。

她討厭阿海的溫柔，她恨透不爭氣的自己。

「既然妳要睡，我就不吵妳了。粥我先解決掉，明天再賠妳一碗……施佳懿？」等了一下沒得到回音，阿海以爲她在生氣，又問：「喂？妳在聽嗎？」

萬一有不想要，卻又捨不得的時候呢？囉嗦！她只想哭啦！

施佳懿抿抿顫抖的唇，輕聲回應，「在聽啊！那邊場布順利嗎？」

一提到工作成果，阿海整個人精神都來了，開心地描述給她聽，「嗯！都搞定了，許靜她們把會場布置得超美，我第一次看到那麼多藍玫瑰，很壯觀耶！眞希望妳現在就能看見。施佳懿，這都是有妳幫忙才能做到。」

她垂下頭，狠狠閉上眼，第一次爲阿海而掉的眼淚還是落了下來。

第七章

不是刻意，沒有勉強，彷彿在那一刻，洪流中的某一個時間點，那個心瀕臨破碎又幾近圓滿的分界，他們就應該親吻彼此。

發表會在翌日下午順利展開了。公司派了不少人力前往支援，阿海和施佳懿清晨一早就到會場待命，確認一切都就定位，還得監督所有流程的進行。等到下午一點發表會開始，賓客陸續湧入，聽到不少對於會場布置的驚豔讚嘆。

後來執行長上台致詞，介紹新上市的產品，估計會是一段冗長時間，阿海和施佳懿暫時退到角落靠牆站立。發表會的成功，讓阿海有逆轉勝的雨過天晴，他興奮得不得了，連前一晚四處奔波的疲累都一掃而光。施佳懿就不同了，因爲堅持晚上十點就寢的原則，她鮮少熬夜，睡不到四個鐘頭又得趕到會場，使得今天精神嚴重不濟。然而，「六個腳印」在短時間內所完成的成果超乎她所預料，觀賞著「藍色妖姬」多而不膩地妝點會場，她不禁懷抱一種既敬佩又不甘心的心情，捨不得移開目光，但隨著眼皮逐漸下垂，當眼前一片昏暗，她的頭撞到東西，施佳懿猛然清醒！抬起眼，阿海正狐疑盯著她瞧。

原來她撞上的是阿海的手臂。

「妳精神很不好，很累嗎？」

「我對又臭又長的演講沒有抵抗力啦！」

她一面辯解，一面暗暗瞪這個會場一眼。爲了看投影片，整個燈光都打暗了，根本就是睏意的溫床嘛！

阿海半信半疑，「累的話就先回公司吧！反正接下來應該沒有什麼事。」

「不要，我跟某些人不一樣，接下來的分內工作一定會做到好。」

「還在說？許靜她們已經在反省了，今天早上還爲了把情況弄得這麼緊急，特別去跟部長道歉。」

「哼！對啦！她怎麼做都很好，連屁都是香的。」

阿海措手不及，「妳……女孩子講話幹麼這麼粗魯？」

「因爲你沒辦法想像許靜那個仙女講話粗魯，也不准其他女孩子講話粗魯嗎？」

她就像想睡覺而開始鬧脾氣的孩子，阿海索性閉上嘴，看著台上換了一位經理級的人物繼續接力發言。

不多久，手臂又被撞了一下，他側頭看，施佳懿整個上半身靠上來，相當豪邁地打起瞌睡。

「喂……」

他用手指推推她的頭，沒醒。阿海很快便放棄了，就這麼乖乖讓她靠著，順便新奇地打量她一番。

「是要怎樣才能站著睡覺啊？」

後來，沒能讓施佳懿休息太久，又開始進行下一個流程。活動在四點多結束，完成會場的收拾工作，他們返回公司差不多是下班時間了。

施佳懿已經累到如果眼前出現一張床，她一定會立刻倒下不起。所以當同事起鬨要爲這次活動圓滿落幕去慶功時，她客氣婉拒，「我想先回家休息。」

一群人鼓譟著要去哪間餐廳，阿海想到應該打電話通知許靜，於是拿著手機到茶水間講電話，告訴她現在可以去會場回收花材和花器。

「東西滿多的，要不要我帶一些人過去幫忙？」

「不用了，阿海，這種事我們常做，不會花太久時間。那……發表會順利嗎？」

「很順利！廠商和客人一直說今天的布置很特別、很漂亮，還有很多人跟我要『六個腳印』的名片。許靜，搞不好將來妳們會愈來愈忙喔！」

他在電話那頭高興得猶如賽跑得第一的孩子，許靜感到欣慰，內斂的情緒使她不像阿海那麼激動，反倒在幾經思量後才又啓口。

「阿海，難道你都沒想過我是怎麼找到最後那位大批發商的嗎？」

「咦？」

話題猛然被拉到一個突兀的點，他一時跟不上，「呃……這個……」

「憑我們這間起步沒多久的小花店，就算找到對方，人家也不一定會賣我們這麼大的面子。」

「那麼是……」

「阿海，慶幸的是，我們認識的人當中還是有人有強而有力的後台，對不對？」

「……」

他緊握手機不吭聲，聽得出許靜刻意不將話說白，並希望他能意會到她想傳達的訊息。

許靜很會選詞用字，阿海一下子便猜到了，卻換來滿頭想不透的問號，因而眉頭深皺。

「她爲什麼不告訴我？」

她笑一下，覺得他們倆眞可愛，「那時候有人在吵架吧！」

掛了電話，阿海走出茶水間四處尋找施佳懿蹤影，卻遍尋不著。他穿過強拉著他出發去慶功的同事們，走到浩克面前，「有沒有看到施佳懿？」

「她先回去了。」收拾好自己東西，浩克又加一句，「昨天拚到那麼晚，現在一定很想趕快躺平吧！」

他急著走，又被阿海強力拉回來，「你說什麼很晚？」

「就……我昨天十一點多的時候突然想到有封緊急的 e-mail 忘記寄給美國客戶，想到也許施佳懿還沒走，打電話到公司，結果她真的還在，就拜託她幫忙。」

阿海驚愕地鬆開手，浩克則跟上準備慶功的同事，不忘回頭提醒，「喂！一起來啊！喂……阿海！」

阿海越過他，快速飛奔出去，他這輩子從沒跑這麼快，走廊的長度似乎永遠也走不完，唯恐再也見不到的著急心情，讓心臟隱隱發疼。

衝出公司大門，他朝廣場張望一下，不一會兒便發現正準備過馬路的施佳懿。

那個看了無數次套著風衣的背影，如今竟給他燈火闌珊處的深刻感觸。

「施佳懿！」

她已經準備踏上斑馬線，聽見有人叫喚，又退回人行道，狐疑等著阿海跑過來。

「我已經說過不參加慶功，我累了。」

一過上班時間，她對工作的執著就自動蕩然無存。況且，真的累了，就連阿海親自追來，也挑不起她纏人的興致。

由於阿海不說來意，也不吭一句，施佳懿看了他一眼便打算離開。

「妳這個超級大騙子！」

走沒幾步，忽然聽到阿海這麼罵她。施佳懿定格一兩秒，回身，向他皺起困惑的眉心。

「哪有女孩子像妳倔成這樣的？到底要到幾時妳才能說實話啊？」

她被凶得不明究理，剛好今天狀態也是低氣壓，一下子就被激怒，挾帶「誰怕誰」的氣勢凶回去，「聽不懂你在說什麼啦！我再怎麼倔有礙到你嗎？還有，我什麼時候沒說實……」

嗆辣的話語瞬間埋入白襯衫硬挺的布料裡。

施佳懿雙眸圓睜，透過阿海臂膀看得到不遠處往來的上班族有人朝這邊好奇觀望，有幾部車輛甚至特地放慢速度。這是一定的呀！又不是在拍戲，誰會在大白天、在大庭廣眾下突然抱住女孩子？當她好不容易如夢初醒，才感到身體微微作痛，因為阿海將她摟得好緊……天哪！阿海抱著她，阿海抱著她耶！

那些亂糟糟的睏意、怒氣都被她的驚訝一筆勾銷，等她漸漸感受到這份擁抱的力量和溫度，不能言喻的歡喜迅速染紅她的臉。

可是，不對，她又不是許靜，阿海為什麼會這麼做？

「你……」施佳懿有些害怕，問：「你知道你在幹什麼嗎？你知道我是誰嗎？」

阿海仍然緊擁著她，巴不得能將她所承受的委屈全攬到自己身上。

「我知道妳幫了大忙，還知道妳幫我趕那份資料趕到三更半夜……妳為什麼都不說？」

施佳懿聽完，終於聽懂了，從詫異轉為不可置信的憤怒。

她用力推開他，力道之大，害阿海一股腦撞上後面的路樹，他高大的身軀撞落好幾片葉子，在他們之間紛紛飛落。

「這算什麼？謝禮？你抱我是為了要感謝我嗎？」

她的反應叫他一時之間無所適從，偏偏又不會說話。

「我、我的確很感謝妳啊……」

不說還好，一說完，施佳懿更火冒三丈，掄起自己的包包朝他打過去。

「少瞧不起人了！我不需要你施捨這樣的擁抱！」

「什麼施捨？我才沒有……」

「那你為什麼要抱我？你是因為喜歡我才這麼做的嗎？我要你即使說不出原因，但只要抱著我就覺得可以開心一整天！我要的是這個！你懂不懂？」

她傷心望著他，一秒，兩秒，三秒，他無法回答。

施佳懿轉身，頭也不回地奔過馬路。阿海目送她離開，幾分心急，幾分歉意。

他想反駁些什麼，但當她問起的那個關於「喜歡」的問題，為什麼沒有不顧一切的勇氣？

阿海沮喪地靠著樹，頭頂上又飄下一片葉子，他伸出手，葉子拐了一個彎，錯過他掌心，像隻蝴蝶翩然停棲在腳邊。

「不是道謝啊……」

為什麼會推開他呢？為什麼要發火呢？為什麼時間不能倒帶呢？

施佳懿凝眉苦思好久，重重放下空酒杯，悔恨長嘆。

難得阿海主動抱她耶……

「喂喂，姑娘，這調酒雖然像果汁，但還是會醉的好嗎？」

熟識的酒吧店長今天站吧台，見她頗有男子氣概地呑光整杯粉色調酒，忍不住出口制止。

她迷迷糊糊對著眼前的高腳杯發呆，問了一個無厘頭的問題，「這裡有沒有床啊？」

「啊？」

「想睡了……」

店長不懂她在說什麼，看看時間，不過八點過一些而已。

「施小姐！妳怎麼會在這裡？」

不意，有人認出她，逕自在她旁邊的高腳椅坐下，帥氣的笑臉跟頭上旋轉的彩燈一樣絢爛。原來是關子民。

「下班後就是我的私人時間了，就算跑去火星也沒關係吧？」

她沒什麼好氣，又語無倫次，關子民心想還是小心為妙。

「不是的，這間店我常來，不過這還是第一次遇到妳。」

施佳懿撐著頭，瞥向另一桌正朝這邊張望的客人，想必是關子民同行的朋友。

「自從當上班族就沒來了，喝太多對工作效率不好。」

嘴上這麼說，不過她又向店長點了一杯跟剛才一樣的調酒。

關子民端詳她鬱悶的側臉一會兒，聰明探問：「跟阿海吵架？」

她神情緊繃，半天不搭腔，把杯子清得半空之後，才絮叨地自言自語，「我就是搞不懂，喜歡就喜歡，不喜歡就不喜歡，不是很簡單的二分法嗎？只想一直待在中間的灰色地帶，簡直太狡猾了！」

他認同地點點頭，「有的人是那樣沒錯。」

施佳懿曉得他話沒說死，於是追問：「那阿海呢？」

「阿海……他那個人如果不是百分之百確定的話，是什麼承諾也不會做的喔！」

「那是什麼意思？」

「意思是，正因為不想傷害對方，所以更加謹慎。決定好好珍惜一個人，是很沉重的責任哪！」

她迷迷濛濛望著他此刻竟然有點慈祥的笑臉，腦袋更加混亂。阿海跟她從前遇見的男人都不一樣，那些男人在她生命中來得快，去得也快。他們不流連，她也不戀棧。

阿海卻不同。

她困惑地安靜下來，關子民伸出帶來的酒杯，輕輕和她的杯緣碰出清脆響聲。

「有這麼難嗎？不如把我列爲考慮對象？我很簡單易懂的。」

施佳懿半瞇起矇矓雙眼，店內鵝黃色的燈光將她似笑非笑的面貌映照得嫵媚動人。

「你不行。你比阿海更害怕傷害心裡珍惜的那個人，而且，也害怕自己因爲珍惜那個人而受到傷害。」

她狀似鬼打牆的醉言醉語，讓關子民稍許變了臉色，「爲什麼這麼說？」

「我看到教室裡的情人傘了。當年被你刻在窗戶上的那個情人傘，只寫上許靜的名字。爲什麼呢？我說啊，因爲那個男生害怕喜歡許靜的心情被別人知道，所以不敢把自己的名字寫上去。那個窗戶才會留下一個未完成的情人傘。」

他想起那把刻得笨拙的情人傘，木屑掉在指尖上的搔癢感觸清晰如昨，他用鈍掉的美工刀來回割劃木頭，彷彿也劃著自己的心臟。

「那是我決定離開家鄉的隔天刻的，妳看到了啊……」

她托著下巴，微醺含笑。

「施小姐，妳大概一直都是這麼無後顧之憂，不過妳能想像親手傷害自己喜歡的人嗎？」他沉痛地定睛在她天眞的表情上，「那是什麼感覺，妳知道嗎？」

她在他瞳孔深處看見什麼都沒有的絕望，枯槁而荒涼，那不是心裡有心上人應該有的眼神。

「我每一次見到許靜，每一次都像被拉回好幾年前那個倉庫，火還在燒，她的腿斷了，好多火星落在阿海的背上。大家的人生不停地往前走，我卻還是那個留在倉庫的孩子，找不到出口。」

施佳懿別開頭，不想繼續望進他的雙眼，唯恐會跌入那個永遠也熄滅不了火海中。她拿起酒杯，卻被他按下。

「今天到這邊就可以了，我送妳回家好嗎？」

「我跟家裡說今天要找朋友，不回去了。」

「這家店也不是二十四小時，還是讓我送妳吧！」

「如果我爸看到我喝得爛醉，又被男人送回來，那你的前途就完了。」

「那，我們去找阿海？」

她半責備地睨向他，「你不知道本小姐現在在跟他鬧彆扭嗎？這是什麼餿主意？」

關子民沒轍，按著太陽穴困擾，好難擺平的女孩子，早知道就別來蹚這渾水。

「不然妳……」

一轉頭，驀然撞見施佳懿早已累趴在吧台上，他搖搖她肩膀，起不了作用。關子民很快便放棄，兀自將杯裡的酒喝完，向吧台買單。等候結帳的空檔，他撐著下巴，若有所思打量她的睡臉。

「安靜下來就好多了。」

⁂

門一開，進入眼簾的是一位戴著棒球帽、黑框眼鏡的年輕人，背上躺著昏睡的施佳懿。

去。

「嗨！」

他的招呼顯得狼狽，卻一點也沒消減闕子民那招牌笑容的魅力。許靜很吃驚，趕緊領他進屋

「讓她先睡我的房間吧！」

她將棉被移開，等到闕子民將背上的施佳懿卸下，再幫忙蓋被子，聞到了輕微酒氣。

「她喝酒了？」

「嗯，大概是醉了，還是太想睡覺……」說著說著，他注意到許靜正用警戒的眼神瞅著自己，趕忙澄清，「喂喂，我沒灌她酒喔！是她自己喝掛的。」

她姑且信之，關上房門，闕子民晃晃四周，問：

「妳阿姨和姨丈呢？」

「他們去泰國玩了。」語畢，她意識到現下只有他們兩個人，照理說這種情況應該能免則免，然而她卻說出不像自己會說的話，「你要不要坐一下？」

聽似客氣的邀約著實令他意外，不過闕子民大方揀了張椅子坐。

「就坐一會兒。」

許靜沏了一壺花茶放在他們之間的桌面，裊裊的寧靜白煙，楚河漢界。

「我以爲你和施小姐還不是那麼熟。」瓷器錚鏦的碰撞間，她說。

他聽出她的重點，坦白直言，「在酒吧巧遇的，她倒是一個很好聊天的人。」

「你不跟女孩子聊天的。」

「不然我都做什麼？」

「你打情罵俏。」

他莫可奈何地聳肩，「她太聰明，沒辦法那麼做。」

對於闕子民半開玩笑的回應，許靜納悶接腔，「你也從沒對我做過。」

他怔住，許靜也因爲自己的問題而失措，不僅如此，她低下的臉還迅速泛紅。

「這個世界上，我怕的人不多，除了我阿嬤之外，另一個人是妳。」

「我又不會吃了你。」

「是不會，不過……」他望著她專注傾聽的神情，稍後移開視線，不再說話。

「不過我會讓你想起你害怕的事，對嗎？」

他不看她，呼吸卻變得沉重。

「自從我們在台北見面，你從來沒有好好正眼看過我。我這張臉、這隻腳，會勾起你不好的回憶，是這樣吧？」

「我該走了。」

見他迫不及待地起身，她鎖起眉心，跟著站起來。「既然討厭見到我，就直說好了？那年在海邊你沒出現，也不告訴我原因，什麼都不說，那件意外讓你厭惡到這個地步嗎……」

她還沒說完，闕子民已經一個箭步上前抓住她的手，牢牢抓住，露出她所從沒見過的悽愴表情。「我害怕的是，只要我稍有輕舉妄動，就會再傷害妳……即使我再怎麼不願意，還是會傷害到妳……妳不知道我有多害怕。」

「你什麼都不說，已經傷害到我了……傷害到我了……」

許靜抿住顫抖的唇，眼淚卻一顆一顆往下掉。她不曾在人前這般哭泣，闕子民心疼地輕靠她的額頭，這樣或許她的痛苦能分給自己。偏涼的體溫曾在他高二那年包覆在他掌心裡，趁著要趕上前方隊伍的機會，他佯裝不經意地牽握她的手，快跑起來。小小細細的手並沒有主動抽離，直到回到同伴身邊，才悄悄分開來。

而即便分開，某些怦動到幾乎要窒息的感觸還溫暖地留在記憶中，緊緊依附著不能見面的傷痛。

他還記得那一份差點要跳出胸口的歡喜，還記得冒汗的手心，還記得回頭需要的莫大勇氣，就連當時許靜頭低低的模樣也恍如昨日剛發生過的事一樣。

「我得走了。」

他收回無法安慰她的手，快速離開這間屋子。

當感受到四周人去樓空的寂寞，好似那年在海邊落空的等待又回來了，愕然的許靜闔上眼，終於痛哭失聲。

施佳懿睜開雙眼，什麼都沒有的天花板先映入眼簾，白色，是夢境的顏色。她恍惚好一陣子，察覺到這裡不是她所熟悉的地方，霍地坐起身，陌生的傢具擺設，乾淨簡單，應該是女孩子的房間。身上還穿著昨天的衣服，她想八成是被誰撿去收留過夜了，可是到底是怎麼來到這個地方，腦袋一點頭緒也沒有。

外頭傳來瓷器輕輕碰撞的聲響，她躡手躡腳下床，將房門打開一個小縫望出去。

許靜背對著房間，端立在餐桌前擺放早餐的杯盤。

施佳懿迅速退回去，驚魂未定之餘總算想起昨晚她最後交談的對象是闕子民。

可惡！那個天殺的死演員！哪裡不好送，偏偏把她送到許靜這裡？許靜可是她誓不兩立的情敵耶！

施佳懿第一個念頭是先衝到窗邊，正想推開窗戶逃走，一觸見九層樓的高度，立刻無力地滑坐下去。

她束手無策地苦思，試著冷靜。現在既然無路可逃，好歹也不能失去氣度，尤其對手還是那個天塌下來眉毛也不會翹一下的許靜耶！

許靜聽到後方動靜，見到施佳懿走出房間，和顏悅色地打招呼。

「早安，昨晚睡得好嗎？」

「很好。」嘖！好屈辱的感覺喔！

就算宿醉，整顆頭痛到想撞牆，她還是極力保持從容。許靜邀她一起用早餐，並且說：「我擔心妳宿醉不舒服，所以沒有提早叫醒妳。妳幾點上班？」

施佳懿飛快瞄一下手錶，完蛋，遲到定了。

「我等一下打電話請假就可以了……妳昨晚睡哪裡？」

她指向一間和式房，「我睡客房。妳放心，這是我阿姨家，我很好打發的。」

我又不是在擔心妳，我是不想欠妳人情啦！

施佳懿在心中嘀咕，表面則處之泰然，「謝謝妳收留我過夜，我不喜歡拐彎抹角，該怎麼謝妳才好？」

她的直率令許靜費解，「朋友之間互相幫忙，不用放在心上。」

「妳聽了大概會不高興，不過，我不認爲我們是朋友。我們沒有做過任何朋友之間會做的事，也沒談過朋友之間會說的話。所以還是算得清楚一點比較好。」

她的直言不諱非但沒有讓許靜感到不快，她還意外地露出開朗笑容。

「這種說法我還是第一次聽到。那好吧！上次找『藍色妖姬』的事情，妳幫了我很大的忙，現在就算扯平怎麼樣？」

施佳懿一聽，猛然想到什麼，「啪」地一拍桌子，「我都還沒找妳算帳呢！妳怎麼可以跟阿海說是我出面幫忙呢？」

「我沒說啊！我想是阿海自己猜出來的。」

施佳懿瞪住眼前那張泰然自若的臉，快要爆發的脾氣頓時無處發洩。她氣鼓鼓坐回去，終於注意到桌上的西式早餐，開始感到饑腸轆轆。

顧不得自己的原則，施佳懿動手吃起法式吐司和鮮奶，吃到一半，偷偷窺探對面連吃相都優雅得像在拍廣告般的許靜，眼睛紅紅的，哭過嗎？

其實並不明顯，只是早晨日光曬得她的臉龐出奇白淨，眼眶裡的一絲憂傷因此被襯顯出來，那是只有女孩子才能懂的痕跡。

對了，昨晚關子民也在這裡，是不是那兩個人發生什麼事？

許靜抬頭看她，停住手上咖啡杯，「怎麼了？」

「沒、沒有，妳做的早餐很好吃。」

算了，如她所言，許靜不是朋友，就算哭得一場糊塗也不關她的事。

她、她不關心許靜啦！只不過下次如果有機會再遇到關子民，一定要想辦法套出話來。

跟施佳懿並不是第一次鬧得不愉快了，應該說，吵架已經是家常便飯。這一次在上班途中，阿海倒是罕見地放慢車速，邊煩惱等會兒見到施佳懿該說什麼才好，畢竟昨天以那種方式分手，亂尷尬的。

況且，他也變得不太對勁。當他偶然瞥見自己的手，擁抱施佳懿的觸感像天邊閃電，清明，瞬間即逝，在他體內每一根神經流竄！

阿海將機車停在路邊，為這古怪的感覺輕輕吐氣。轟隆隆的，一列捷運正好經過上方軌道。他專注眺望，一節節車廂，站滿趕上班的人潮，好多張面孔以飛快速度一閃而過。

阿海想起施佳懿在一次外出時，指著一列剛離去的捷運，神祕兮兮地告訴他，「我曾經在上面找到正在騎摩托車的你喔！」

「什麼意思？」

「每天我搭捷運上班，快接近公司的這個路口，都會刻意去看底下騎摩托車的人，我想，那個時間你應該也差不多會經過那裡吧！」

他總算聽懂了，覺得不可置信，「妳從捷運上看過我？怎麼可能！人那麼多。」

「真的看到了，那的確是你沒錯。」施佳懿信誓旦旦，拉扯他袖子，「不然，下次換你去坐捷運，我站在下面馬路讓你找。」

「無聊。」

「再不然，下次你上班的時候，暫停一下，看看能不能找到在捷運上的我。找到的話，我請你吃飯！」

她異想天開，阿海反倒哇哇大叫，「那個更不可能吧！」

是真的不太可能。那一張張擠在一起的臉孔連五官都看不清楚，更別說認出誰是誰。阿海繼續往前騎，怪起自己剛剛跟著認眞起來。

縱使只有一秒鐘的念頭，爲什麼他曾懷抱過或許眞能發現施佳懿的希望，仰頭等待呢？

就在施佳懿還沉沉睡著的時候，這個城市已經開始活動起來了。她離開許靜的住處，各種車輛在一盞盞紅綠燈下穿梭，擦身而過的行人每個腳步都比她快，她因此被碰撞了幾次。

掏出手機，撥通公司總機，原本習慣性要按下阿海分機，不過猶豫之後，她改撥到小惠那邊。

「喂？您好。」

施佳懿原地佇立，全身神經都緊繃起來，直到電話那頭的人再詢問一次來意，才喃喃自語，「我明明是撥小惠姊的號碼……」

阿海認出她的聲音，按捺住心臟少跳一拍的悸動，說：「小惠姊去送公文，施佳懿嗎？」

「嗯。」怎麼搞的，自從那個擁抱以後，只要一想到阿海的身影、一聽見阿海的聲音，她就緊張得莫名其妙，「我今天要請假，幫我跟部長說一聲。」

得知她今天不會出現，一陣失落襲來，阿海接著問：「怎麼了嗎？不會是生病吧？」

關心的問候，使得昨天他緊抱她的畫面活生生撞進腦海，雙頰立刻火熱焚燒！施佳懿用力敲自己的頭，到底是怎麼了嘛？害臊不是她的作風啦！

「我、我很好，只是今天有點狀況，不方便過去，我明天就會去公司了。」

「喔！那……」他掙扎著想談關於那個擁抱的事，不過就算要談，上班時間也不是個好時機，只好放棄，「明天見。」

放下話筒，坐在他前座的小惠剛好回來，隨口問：「誰打來的？」

「喔！施佳懿，她今天要請假。」

她覺得好笑，「請假就請假，你幹麼一臉複雜的表情？」

「什、什麼複雜？」他忍不住碰自己的臉。

「就是……又失望，又嚴肅，又不知道該怎麼辦才好。」她整理著卷宗夾，笑他的困窘，「別擔心，沒那麼可怕。會讓你這麼傷腦筋，表示她在你心裡也佔了不少的分量，就這麼簡單。」

小惠雖然是兩個孩子的媽，感興趣的話題不外乎是小孩和柴米油鹽，不可否認的是，說起道理又有幾分歷盡風霜的說服力。

被看穿了心思，阿海難為情地閉上嘴，拿起剛剛趕到一半的資料，再瞄向一旁座位。

眞的很傷腦筋，他八成哪裡病了，明知道她不在那裡，卻不時看見她熟悉的笑臉在眼前一閃而逝，特別是沒來由覺得少了什麼的時候。

施佳懿回家之後，仗著今天休假，悠悠哉哉花了一個鐘頭時間泡澡，喝光一壺茶治宿醉，又翻完一本時尚雜誌。

客廳時鐘指著下午一點，她無聊地將雜誌扔開，想了想，決定出門打發時間。

她到台北東區逛街，並不是眞的想買東西，只想藉由置身在擁擠人潮中那份獨特的孤寂感好好釐清思緒。

阿海的話她很生氣沒錯，但是後來跟關子民聊過，她又不是那麼生氣了，相反的，還有那麼一點點高興。

照關子民的說法，雖然阿海還不確定，可是已經把她列入珍惜對象中考慮了吧？他總算注意到她了對吧？

只要一想到這裡，施佳懿便會反常地臉紅心跳！她最受不了自己這麼不對勁，照理說，如果下次阿海再抱住她，那麼她一定非把他當街撲倒不可！

這時，不遠處的服務櫃台有個交談聲響引起她注意。施佳懿仔細一看，驚訝叫出聲，「阿嬤！」

她快步跑上前，阿海的阿嬤一發現她也嚇一跳。阿嬤身上穿的似乎是十幾年前買的紫色繡花套裝，捲捲的頭髮整齊紮了髻，腳上套著一雙磨破皮的赭紅色平底鞋。即便特別打扮過，還是跟這個五光十色的城市格格不入。

「佳懿喔！妳怎麼會在這裡？」

「我今天休假來逛街啦！阿嬤才是怎麼會在這裡呢！有什麼問題嗎？」

櫃姐堆起專業笑容，很有禮貌地回答，「這位太太好像走錯百貨公司了，我正在告訴她京華城該怎麼走。」

施佳懿表示由她來接手就行，接著問起阿嬤的計畫。

「阿嬤要去京華城喔？離這裡有一段路，叫計程車，我陪妳去好了。」

阿嬤趕緊擺擺手，「不用啦！妳繼續逛妳的，不用特地陪我。而且計程車很貴，我走路運動一下也好。」

「我這邊剛好都逛完了，想換一家逛。兩個人一起坐計程車很划算啊！」

她說著體貼的謊言，很快便招到計程車，催促阿嬤坐上去。

車上，施佳懿問起阿嬤的來意。阿嬤靦腆地笑笑，從一只退了流行的老皮包拿出一張摺得平整的紙，上面有從電腦列印下來的追星資訊。

她說鄰居家小妹是關子民的粉絲，整天嚷嚷想去台北的偶像劇造勢會場，所以阿嬤才知道今天關子民在京華城有活動。

「我想說阿民在台北打拚這麼久，我都沒去捧過場，也不知道他的工作到底怎麼樣，就突然想去親自看看，真的是臨時起意啦！哪知道阿民不只跑一間百貨公司做活動，我問人家哪裡百貨公司最多，就過來了。結果京華城沒有在這附近啊？」

「沒關係，搭車很快就到。對了！阿海知道妳要來嗎？我打電話給他。」

施佳懿正要找手機，阿嬤連忙阻止，「不用找他，不用。他在上班，讓他專心工作。我只是來看一下阿民，看完就回去了。」

計程車的跳錶聲好像令阿嬤坐立難安，她不時朝車外張望，看看京華城到底還有多遠，又探頭注意儀表上的數字跳到下一個金額沒有。

不過更令她沒辦法鎮靜下來的，還是渴望見到孫子的那份期待。

到了京華城，施佳懿先藉故去上廁所，偷偷打了電話給阿海，然後再帶阿嬤到造勢會場去。還沒到達會場，老遠就湧出女孩子鼓譟的喧譁聲，再走近一些，便是人山人海的壯觀場面。

活動早已開始，施佳懿用她三吋不爛之舌說服工作人員放行，苦肉計和美人計都用上了，於是她和阿嬤順利進入會場。這齣電視劇的主要演員已經站在舞台上，一一接受主持人的訪問。阿嬤踮高腳尖，引頸而盼，不多久，麥克風傳到關子民面前，他以迷人的嗓音輕聲笑兩聲，接著回答主持人的問題，現場的粉絲著了魔般群起尖叫！

透過人潮間的縫隙，阿嬤總算親眼見到想念的長孫，她顫抖地張大嘴巴，緊緊盯住台上的身影。那個應該是他孫子的人，和她印象中的大男孩有那麼點不太一樣，更成熟，更帥氣了，她不記得孫子有這麼驚爲天人的好看，從前浮躁、不安分的氣息不知消失到哪裡去，取而代之的是合宜的斯文高雅，以及臨危不亂的從容。

他的轉變如此之大，連阿嬤都不認得，她認呀認呀，眼眶有一點濕熱。

「阿嬤……」

施佳懿碰碰她手肘，阿嬤轉回頭，含笑帶淚地吸鼻子：

「是不是很了不起？我都不知道那孩子什麼時候變得這麼厲害，好像眞的很受大家歡迎耶！」

「是啊！所以阿嬤以後可以常常來台北玩啊，要看孫子還不簡單？不用特地來這邊跟人家人擠人哪！」

阿嬤笑笑聽完，心情複雜地嘆口氣，「不用啦！去找他會打擾他工作，知道他人很好，這樣就好了。」

簽名的時間一到，場面更是混亂到不行，一兩百個人爲了搶先排到前面的位置，一窩蜂拚命地往前擠。

「喂！這裡有長輩，小心一點！」

施佳懿拉著阿嬤賣力衝鋒陷陣，她討厭失序的人潮，討厭耳邊毫無意義的鬼叫，也討厭沒完沒了的碰撞。

「靠！超想罵髒話的……」

若不是得在阿嬤面前保持形象，她早就當場發飆了。誰知一陣推擠從後方撲來，她爲了替阿嬤護駕，不小心被撞倒在地，還被某個人的超高鞋跟踢到額頭。

孰可忍，孰不可忍……就在她準備爬起來翻臉之際，忽然有雙手不費吹灰之力便把她從地上攙起，拎到一邊。

她仰頭看看身後，一個永遠令人心安的高度，原來是阿海趕到了。

「你怎麼進來的？」

「我跟他們說要進來找我阿嬤，就讓我進來了。」他比較在意施佳懿額頭上的擦傷，「流血了耶！妳還有沒有哪裡受傷？」

「沒有。阿嬤在前面，你先過去吧！」

她站在旁邊喘口氣，暗自慶幸良家婦女的形象沒有在最後一刻破功。而人高馬大的阿海輕輕鬆鬆擠到人潮中，和阿嬤交談起來。

阿海陪著排隊，經過半個多小時的時間，終於輪到他們。

關子民握筆的手始終沒停過，簽完上一個粉絲的海報，抬起頭，整個人錯愕得停下所有動作。時間停止流動，甚至連鬧鬨鬨的人潮也像海浪般退去。

他曾經想過這一幕。拉拔他長大的婦人就站在距離他咫尺之處，用記憶中的眼神看他，而他只要伸出手便能將她緊緊抱住。這一幕重演千百回了，在他的午夜夢迴。

阿嬤怯生生來到桌子前，扯扯嘴角，好不容易硬擠出來的笑容卻在喚出他小名時破了功，化作泉湧的思念。

「阿民……」

他痴望著她慈祥的面容，眼睛紅了。

他害怕見她，唯恐情緒像脫韁野馬，連他自己也管控不住。他也害怕聽見她的聲音，擔心自己沒有想像中那般堅強。

關子民迅速低頭，在那張印有活動資訊的紙飛快簽下名字，他遞還給阿嬤的紙面上多了一枚圓形水漬。

「我不舒服。」

轉身跟旁邊的助理低聲交代，關子民直接走入後台，留下排隊的粉絲們發出不滿的牢騷。

僅僅見到孫子一面的阿嬤還愣愣對著他消失的布幕，主持人趕緊出面，笑稱關子民有點感冒，正在後台服藥，十五分鐘後便會再回到現場爲大家簽名。

深知關子民個性的阿嬤和阿海心底清楚，甚至連遠處的施佳懿都看出來了，狀似無情的他，還是留了一滴眼淚在簽書台上。

阿嬤活脫是用功的學生，專心注視飛舞著關子民簽名的紙，直到那滴水漬漸漸風乾。阿海走來，說：「還是沒辦法，他們說什麼也不肯通融。阿嬤，我看我們在門口等阿民好了，總會堵到他吧！」

他們站在會場外頭的大廳，想找關子民卻不得其門而入。阿嬤心滿意足地拍拍他的手，「不用啦！又沒有什麼要緊事。我本來就是想看看他的工作到底是什麼樣子，看到就好了。」

阿海希望她能在台北多住幾天，施佳懿也極力邀她一起吃頓飯，不過阿嬤堅持盡快搭車回去。

「你們都要上班，工作要緊，不用分心照顧我。而且家裡沒人在不好，我最好現在就回去，回到家才不會太晚。」

阿嬤的話，阿海不敢不聽，只好答應送她去搭火車。阿嬤接著走向施佳懿，攢起她的手交代，「佳懿啊！妳就當作這次是阿嬤來找妳，下次就輪到妳來找我了，叫阿海再帶妳來玩。」

不提還好，氣氛有些微妙的兩人互視一眼，彆扭指數持續攀升。幸虧施佳懿恢復得快，挽著阿嬤說起一些貼心話，將阿海晾在一邊，他卻因此得以好好觀察她。

施佳懿好厲害，她總能不著痕跡地釋出善意，當然前提必須是她心甘情願才行。幫許靜搞定「藍色妖姬」缺貨的時候，替他趕報告趕到三更半夜的時候，帶著阿嬤見到關子民的時候。

再遲鈍他也曉得，一切都和他有關。

以前，他只是感動，加上一點點困擾。現在，除了感動，還有那麼些許高興，為了自己在她心中的分量而高興。

施佳懿發現他目不轉睛的目光，有點害臊，「看什麼？」

明知道應該要閃躲，他卻還直直注視，「不能看嗎？」

跟平常那個躲她唯恐不及的阿海不太一樣。施佳懿搞不懂他是怎麼回事，也不願意示弱，「不是隨便什麼人都可以這樣看的。」

他懂得她的言下之意，半賭氣，仍舊沒有迴避。這丫頭根本不曉得，今早還沒接到她的請假電話之前，他有多著急，擔心她是不是路上出意外，擔心她是不是為了那個擁抱介意到不想來上班。

而那一堆無謂的煩惱，全在見到她那一刻蒸發無蹤。

既然他白操心了，現在讓他多看一眼會怎麼樣？

月台上的鈴聲作響，阿嬤趁她的車班來之前，趕緊叮嚀阿海生活上要注意哪些事，數也數不清的注意事項直到列車進站才被迫告一段落，阿嬤隨著乘客們上了車，很快便找到座位。座位靠窗，她坐下來，對月台上的那兩人揮手。

剎那間，有人從後方衝上來撞了阿海一把，直接來到列車窗口。

T恤、牛仔褲、棒球帽和臉上一雙黑框大眼鏡，施佳懿還沒認出他是誰，就聽見阿海脫口而出，「阿民！」

關子民趕來了。他用力敲著車窗玻璃，一面用唇語叫喚阿嬤。

坐在車廂內的阿嬤又驚又喜，緩緩起身，伸手去觸碰關子民貼在窗上的掌心。

「阿嬤……」

明知火車裡的阿嬤聽不見，他還是傷心地叫著她，千頭萬緒，無法好好說出一句完整的話。

台鐵大叔發現關子民過於靠近列車的身影，馬上吹起哨子要他退後。

關子民完全不理會，既憂忡又不捨，熱切地和車內的阿嬤對望，他想要說點什麼，一句話也好……

「你要上車嗎？」

台鐵大叔終於走過來關切，以爲他沒能趕上火車。大叔準備要用對講機請車掌開門，在一旁觀看的阿海連忙高興催促，「阿民，有話上車再說。」

「要上車嗎？」

台鐵大叔見他動也不動，擱下對講機再問一遍。

關子民痛苦地望了阿嬤一眼，垂下擱在窗上的手退後一步，「不用了。」

他再度從阿嬤面前抽離，叫阿海和施佳懿登時愣住。

「爲什麼？」阿海轉爲生氣，上前掄起他上衣。

「我等一下有飯局！」輪到關子民用力揮開他的手。

「別吵啦！阿嬤在看呢！」

施佳懿上前在兩人背部拍了一掌，他們才意識到正要啓動的列車。

裡頭的阿嬤見他們沒再爭吵，稍稍放心，笑咪咪揮手，在三個人的目送下坐著火車離開。

等到火車尾燈在隧道那一端遠去，關子民才面向憤怒難平的阿海，淡淡解釋，「飯局是跟很重要的贊助商一起，我不能不到。」

阿海還怒瞪著他，不願與他說話。關子民也夠識相，打算在其他乘客認出他之前閃人，不過他還記得向施佳懿道謝，「謝謝妳用簡訊通知我。」

她回以嬌媚又虛假的微笑，「才不是爲了你呢！」

有幾個眼尖的路人開始對關子民指指點點，他匆匆穿越人群，快步跑下地下道，消失在阿海和施佳懿百感交集的視野。

「是妳告訴阿民我們在火車站的？」他問。

「是呀！就賭他會來替阿嬤送行。」

「嗯！他眞的來了。」阿海對著地下道輕輕嘆息。

施佳懿打量他惆悵側臉，曉得他此刻複雜的心情，爲了關子民的出現而驚喜，又爲了他的離去而生氣。也許還不止這些，若再回溯到造成今天這一切的那段過去，又是剪不斷理還亂的糾結了吧！

「要不要去看芒草？」她沒頭沒腦蹦出這句話。

阿海一頭霧水，「芒草？」

「哎呀！走就對了。」

她嫌解釋麻煩，拖著他往捷運售票口的方向走。

「我還要回去上班耶！」

「跟我一樣請假嘛！走吧！走吧！」

這次阿海沒做多少抵抗，任憑她自作主張。今天的心情眞的不太適合上班哪……

他們在劍潭站下車，阿海立刻有所警覺，「該不會要去妳家吧？」

「不是，在我家附近。」

他們在街上走，午后，路上並沒有很多上班族打扮的人，因此他們感覺更像蹺班跑出來。起初阿海不太自在，但隨著施佳懿不時露出童心未泯的笑容，告訴他芒草長什麼樣子，他便逐漸放鬆。施佳懿說的那個地方在郊區，他很訝異在大台北地區竟然還有這麼大地坪的郊野。他們沿著大排溝走，排溝對面就是一大片白色芒草。

排溝旁的路並不寬，另一邊則是一排住家的後面，一扇扇後門緊閉，偶爾會有騎腳踏車或開車的人經過。

「換邊。」

阿海將走在外側的施佳懿拉進來，自己換到靠馬路那一邊去。這個小動作讓施佳懿對他甜甜笑一笑，隨即指向前方一個半毀損的圍牆。

圍牆右半邊塌陷得比較嚴重，裡頭的紅磚裸露，剛好讓施佳懿當階梯一層一層踩上去。她在牆頭上立正站好，朝下方已經看傻眼的阿海揚手招呼，「喂！上來呀！」

阿海個頭高，走在不知何時會崩塌的圍牆反而搖搖欲墜。當他終於順利來到施佳懿身旁，忍不住往後望，「這是人家的牆吧？我們這樣沒關係嗎？」

「別擔心。這家好幾年沒人住了。」她老練地坐下，從包包掏出太妃糖，分一個給阿海，「聽說這房子鬧鬼，一直賣不出去。」

阿海再次觀察身後屋子，果真有荒廢多年的蕭條。

「妳對這附近好像很熟。」

「熟啊！我們家剛搬來台北沒多久，我就發現這個地方，算是私房景點喔！」她停一停，眺向對面的芒草，讓自己沉靜下來，「討厭大城市的時候就會來這裡。」

「妳老家到底在哪裡？」

一提到她懷念的老家，施佳懿又變得精神奕奕，「在苗栗，我們家附近剛好是賞桐花的景點之一喔！」

她滔滔說起老家附近有什麼被報導過的簡餐店，每到五月桐花季，平常冷冷清清的街道和店家一下子全塞滿人，警察忙著指揮交通，路人忙著拍照和撿拾散落的桐花。

「從我們家公寓往下看，真的是很有趣的景象。芒草和桐花都是白色的，大概是這個緣故，我喜歡來這裡。」

阿海聽完，跟著轉向那片芒草，風來，宛如羽毛的雪白芒花宛若波浪起伏。施佳懿按住一邊長髮，凝神觀賞，芒花舞動的姿態不知怎的，就是比其他植物多了分傷感。

再美豔的花海，也不若芒草的滄海桑田那麼能觸及心坎呢……

「秋天到了呢！」

阿海心有所感地呢喃，她「嗯」一聲，忽然伸直按住頭髮的那隻手，指著前方說：「那裡面有個墳墓喔！」

「啊？」阿海不相信，翹高下巴，對那片濃密芒草左探右探，「騙人，哪有？」

「是眞的。你仔細看。」

她指得更賣力，一臉認眞，阿海只好再次半信半疑地張望。那片芒草長得茂盛，有一波沒一波地翻湧，就算眞的有，也很難找得到吧！

「啊！」阿海挺起上身，張大嘴巴，「有了！眞的有耶……」

在一陣壓得特別低的白浪間，墓地灰色的水泥磚露出了一小角。

「它有故事的喔！五年前，有一位老先生的老伴過世了，她生前特別喜歡芒草，所以老先生就在她的墓地四周灑下芒草的種子，芒草繁殖得很快，就變成現在這麼一大片啦！」

她得意暫停，發現阿海正用一種匪夷所思的古怪表情看她。

「怎麼了？」

「這個肯定是騙人的吧！」

「是眞的！我爲什麼要編故事騙你？」

瞧她鼓起腮梆子，他躊躇一下，才低聲說：「爲了讓我轉換心情，不會想東想西。」

施佳懿怔住，有被看穿的困窘而淺淺臉紅。

阿海對著自己下垂的雙手片刻，再看她，笑了笑，「謝謝，妳帶我阿嬤去找阿民，還帶我來看芒草。」

「……先說好，雖然我願意爲你做很多事，不過今天是爲了阿嬤喔！還有，那個老先生的故事是眞的。」

「咦？」

「是眞的。」她再度舉起手，指住排溝旁的小路上一個白髮蒼蒼的人影，「他就是那位老先生，每個月都會來掃墓。」

阿海訝異的目光隨著那位老先生慢慢走入芒草田間，七十幾歲的年紀，看上去還相當健朗，手拿一個準備裝垃圾的塑膠袋，見到他們兩個年輕人坐在牆頭，起先嚇一跳，稍後親切地頷頷首，繼續朝那個淹沒在白浪間的墓地走去。

不一會兒，他略微傴僂的身形也被淹沒了。

施佳懿見旁邊的阿海還看得目不轉睛，不服氣地，「怎麼？你還不相信啊？」

「不是……」他一面眺望遠方，一面微笑，「眞的有人可以相愛到老呢！」

她喜歡他的感觸。

阿海眞心的感觸，讓她體會到一種絕對的純眞，還有遙遠的距離。

至於那道距離是之於年歲，或是還有其他的事物，她一時分不清楚。

只覺得額頭作疼了起來，不是很嚴重，從剛剛就一直隱隱刺痛。

她碰碰額頭，想起應該是在會場被撞倒在地的時候造成的。阿海注意到她的舉動，跟著恍然大悟，硬是把她的臉轉過來。

「對了！妳的傷口一直沒有處理……」

「又沒有怎麼樣……應該沒有怎麼樣吧？」她不放心的是破相問題，匆匆拿出隨身鏡，照見額頭上那道紅腫的帶血傷痕，失聲哀叫，「天哪！好醜喔！」

「笨蛋，那不是重點吧！不要動。」

他掏出衛生紙，謹愼地幫她把傷口周圍的血跡擦掉。由於這算細活，聚精會神的阿海非常靠近她。施佳懿很少在這麼近距離下面對阿海（當然她投懷送抱的不算），不知不覺變得緊張。

她由著他端起自己下巴，處理她額頭的傷口，順便貪婪地將他笨手笨腳的著急模樣收在眼底。如果對方是阿海，那麼她一定也可以愛他到老。

她忽然明瞭方才意識到的距離感，是她並不會長駐在阿海生命中的距離。

一想到這兒，她輕輕抓住阿海扶住她下巴的手，「可以了。」

「血都乾掉了，不好擦。我看我們等一下得先找間藥局……」

「已經不痛了。」

她柔聲說，卻是強顏歡笑的神情。阿海愣了愣，不明白她突來的悲傷。然而，某一部分的靈魂懂得，當他面對許靜的時候，左邊胸口的位置也會酸酸、痛痛的。

他望著她，在她清明的瞳孔中照見自己，深知自己一直住在她心裡。她痛著，好像受傷的人是他一樣。

他們在同一個世界，沒有其他人的世界，緊密相依。

當那片白色海浪沙沙沙起舞的時候，他們接吻了。

不是刻意，沒有勉強，彷彿在那一刻，洪流中的某一個時間點，那個心瀕臨破碎又幾近圓滿的分界，他們就應該親吻彼此。

阿海捧著她的臉，稍稍離開，施佳懿看上去朦朦朧朧，他還聞到舒服的香味，施佳懿不擦香水，那是名牌乳液的味道，會想起年少時二三事的懷念味道。而那些年少輕狂早已隨著幾次芒草的花開花落消逝，要緊抓住最後的什麼似的，他又輕輕吻了她，感受到鮮活的心跳，又快又激烈，不知道是他的或施佳懿的。他睜開眼，這一次施佳懿的神情透著困惑和羞澀。

她的臉，驀然間在他眼底好清晰！這並非意味阿海從前沒有好好看過施佳懿，而是她的存在在他生命中倏地深刻許多，不再是稀薄的表象，而是像火所用力烙下的印痕。

那份炙熱瞬間叫他清醒！阿海意識到自己剛剛做了什麼事，驚訝退後。

他失措的反應叫施佳懿受傷，很痛！她想大概是和那次擁抱如出一轍，親吻，是爲了一時的感激之情。

「我要回去了。」

她宣告式地說完，表現出什麼事都沒有的樣子，快速起身，輕盈走下圍牆階梯。每走一步，心像碎掉一般地剝落著。

「施佳懿！」

「我自己走路回去，我家很近。」

她頭也不回，兀自往前走。阿海跳下圍牆，追上去。

「施佳懿，等一下……」

「明天我就會去上班了，不用擔心。」

「我不是要說這個，妳等一下啦……」

原本顧著往前走的施佳懿回過身，倒退走，然後輕鬆告訴他：

「你該不會在意那個吻吧？我們又不是小孩子了，那又沒什麼。」

「妳在說什麼啊？正因爲不是小孩子，所以不可能沒什麼的吧……」

「那麼如果你是要告訴我，」她收起笑臉，不再藏匿憤怒，「剛剛那個吻，是因爲你很感謝我，或者是你不小心的，那我會很生氣，很生氣！」

「我沒有……」

「你如果閉嘴，那我可以當作什麼都沒有發生過，我寧可那樣，也不要聽你說……」

還來不及說完，阿海一個箭步上前，一手將她拉近，蠻橫吻她。

他的舉動完全在施佳懿的意料之外，直到阿海離開她的唇，她都還說不出話。

阿海不好意思地看她一眼，無奈的語氣，「先聽別人把話講完行不行？」

第八章

很多時候，她常常覺得自己會死掉，當幸福的感受滿溢到心臟無法負荷的時候。她不怕死，她害怕的是，如果自己真的死了，那麼這個世界上就沒有人像她這麼愛阿海了。

靠著聰明伶俐的天分，她一向可以在第一時間反應過來，那是施佳懿眾多的自信之一。

不過阿海最後那個吻讓她整個思緒空白，容不下一丁點思考力，她呆呆由著阿海撫捧她臉龐，沒輒吐氣，然後鄭重告訴她，「沒有什麼特別原因，就是喜歡妳，這樣而已。」

慢慢地，她聽進去了，雙頰紅起來。

「你喜歡我？」

她問。阿海這才為那一連串失控的舉動感到靦腆，他吞吐一下，「喜……喜歡啊……」

他有點跳針，施佳懿反而開始恢復一些淘氣，進而追問：「是想要我當你女朋友的那種喜歡？」

「對……對啦！是、是那一種。」

他愈來愈緊張，深怕施佳懿接下來的問題會叫他難以招架。然而，她不再說話了，阿海看著她，她正無聲微笑，那道彎弧勾勒得深亮，他從不知道原來笑容也能夠這麼閃耀、坦白。每當她很歡喜，甚至很幸福，那些情感便會毫無保留地隨著她的笑容綻放。

「那麼，那你……」

施佳懿急於想問他什麼，可是突然住嘴，她咬咬唇，神色沒來由黯淡了些。

「我考慮考慮。」

「呃……咦？」

施佳懿的態度急轉直下，登時害他無所適從。

「考慮考慮。」

她低著頭，又重申一次，然後說她先回去了。

「嗯，好。路上小心。」

阿海實在想不透，也許施佳懿沒有當初那麼喜歡他也說不定。儘管心中難免失落，最終也只能目送她踏著略顯猶豫的步履離開。

那麼，許靜呢？你不喜歡她了嗎？

剛剛沒能問出口的問題，如今還在施佳懿心頭盤旋。阿海說喜歡她，那個時刻太美好，她深怕開口一問，夢境就會碎掉。

一不小心，她絆到石頭，停頓一下。

不對。她在幹麼？阿海說喜歡她耶！嚴格算起來，她是擊敗許靜而讓阿海告白的吧！現在是在考慮什麼鬼啦！

阿海抬起眼，發現施佳懿不走了，正在奇怪的時候，她居然回過身，定定望住他。

「你真的喜歡我？」

她的音量不小，一副把這裡當作自家庭院一樣。阿海尷尬地讓道給一個騎著腳踏車的阿桑經過，心一橫，也豁出去！

「喜歡啦！要講幾遍啊？」

於是，施佳懿又笑了，她的笑容真的很美麗，甚至讓他覺得就算被當場拒絕也無所謂了。

還看得出神，施佳懿已經邁開腳步朝他奔來。她跑得快，才回神，施佳懿已經衝上來，緊緊抱住他頸子！

「哇啊！」

一陣突來的衝擊，阿海嚇得趕緊伸手接住她，她在空中轉了半圈落地，卻仍摟著他不放。

「我答應。」

「咦？」他被她嚇得驚魂未定。

「我答應，我願意！」她呵呵笑著。

阿海呆了幾秒才會意，緩緩露出笑容，複述她的話，「妳答應？」

類似求婚的話，讓她雙頰緋紅，她歪著頭，柔聲說：「傻阿海。」

就算任何事，只要他開口，她都會答應。她是這麼地愛他喔！

她那些沒說出口的眞心眞意，阿海彷彿有心電感應，他拉起她的手，凝視一會兒，輕輕說：

「其實，不用爲我做什麼，我還是喜歡妳。」

忽然有種現在就死掉也沒關係的感覺了。

不僅如此，阿海說完，還將她摟近，不過他似乎並不習慣這種動作，小心翼翼的力道，害怕把她弄疼一般。

「謝謝妳喜歡我……呃，這個意思並不是我是因爲想感謝妳才說喜歡妳，而是對於妳喜歡我這件事，我覺得……很慶幸……我這樣是不是愈描愈黑啊？」

她安靜聽了一會兒他略微急促的心跳，將他擁緊，「不客氣。」

阿海和施佳懿正式交往的事，第一個知道的人是浩克。

從芒草田回來當晚，浩克便問起他怎麼後來沒再回去上班，阿海這才吞吞吐吐從實招來。

不料浩克的反應相當大，他誠惶誠恐地退到沙發角落，一副大難臨頭的模樣。

「你……你終於落入她的魔掌中了嗎？」

「什麼魔掌？不要亂講。」

阿海不太願意深入這個私人話題，自顧自收拾桌上碗盤。浩克反而更好奇，湊過來，興致勃勃地探問：「喂，她怎麼逼你就範的？強吻你，然後要你負責？對吧？」

「沒有啦！」他推開他的頭。

浩克還不死心，又挪回來，「喂！透露一點嘛！你們是怎麼開始的？」

「你很煩耶！」

「你是不是對她發誓，從今以後你會忘記許靜，只愛施佳懿一個人，這麼肉麻兮兮的啊？」

他原想捉弄憨直的阿海，卻見到阿海暫停收拾的動作，愣住。

「怎、怎麼了？是有說還是沒說啊？」

阿海還是沒吭聲，浩克腦筋一轉，發現新大陸，「喔——你果然被施佳懿霸王硬上弓了喔？」

啪！阿海拿起浩克平常在翻閱的雜誌朝他身上扔去，難得出現發怒的表情。

「就說不是。是我自己說喜歡她的。」

浩克驚訝得合不攏嘴，阿海不理會，兀自走進沒開燈的房間，不料腳下絆到什麼，害他小腿撞到牆邊櫃子。

藉著客廳透過來的燈光，阿海看清楚腳下東西，地上有幾本從書櫃上掉下的書和雜誌，大概是白天出門太匆忙，隨手把書塞成一堆，後來又通通掉出來了吧！

他彎身一本一本撿起，撿到其中一本時打住動作，是那本畢業紀念冊，怎麼這麼巧？原本應該要在角落裡靜靜塵封的，卻三番兩次闖入他現在的生活裡。

阿海專注凝視著紀念冊封面，好久，眞的好久，沒有翻開第一頁，他將書本一一放進書櫃，完成這一連串的小工作後，才動手開燈。

「好痛。」

剛剛撞到書櫃的小腿，看起來應該會有不小的瘀青。

「對了！」

想起什麼，阿海走到另一邊矮櫃，拉出其中一層抽屜，翻出一條藍色藥膏，是「喜療妥」，自言自語起來，「記得這個好像專治瘀青吧……」

這條「喜療妥」是施佳懿給他，卻被他轉送給浩克的，後來施佳懿爲此發了一頓好大的脾氣，幾天後阿海還是向浩克要回來了。他倒在床上躺平，將藥膏拿到日光燈下，在面前左右端詳。

奇妙的是，他端詳得愈久，下午在芒草田邊施佳懿那閃耀的笑臉竟愈發清晰，伸出手，就能觸摸到她柔軟髮絲下那微微泛紅的可愛臉龐似的。

想到這裡，阿海幾分鐘前還繃得嚴肅的表情，像水一樣柔柔鬆開。

一如往常的上班日早晨，阿海騎著摩托車來到公司，剛停好車，旁邊就有人衝過來挽住他的手，元氣飽滿的聲音。

「早安！」

其實還沒聽見聲音時，單憑她挨近的方式，阿海早就猜到是施佳懿。

「早、早安……」他實在沒能習慣親密的動作而好緊張，「妳今天、今天好早到。」

施佳懿倒是跟平常沒什麼兩樣，她勾著阿海的手，雀躍說起自己的事，「人家昨天怎麼也沒辦法睡著，今天乾脆坐早一班車到公司等你。」

「等我？什麼事？」

他問了一個笨問題，施佳懿圓睜著大眼睛盯視他一會兒，甜甜笑道，「現在沒事了。」

因爲已經見到面了。她應該是這麼想的吧！阿海望望天空，對於這種靈犀一點通感到不可思議。

不過這一路前往辦公室的路上，他們這一對遭到不少公司同事側目，最大的原因並不是施佳懿，而是總是落荒而逃的阿海，這回並沒有絲毫抗拒任由她黏得緊緊的。

這些指點愈來愈多，他再也忍不住，在進辦公室前擋住施佳懿，雙手按在她肩膀上，鄭重其事地說：「施佳懿，我有話想跟妳說。」

「好。」

「呃，妳可能會不高興，不過我認爲我們雖然在、在交往了，在公司裡還是公私分明比較好。」

他預期會有一場數落，不過施佳懿只是懵懂問他，「跟我交往，你覺得很丟臉嗎？」

「咦？不是！妳怎麼會那麼想！不是那樣……」

「那麼你的意思是，在公司裡要保密囉？」

「不是保密，是不必要特別張揚……」

「好吧！我知道了。」

她揚起嘴角答應，爽快的程度害阿海回不了神，追上去再三確認，「妳沒生氣啊？」

「因爲你不是爲了要和我撇清關係才這麼要求的吧？」

「當然不是啊！」阿海先是理直氣壯地否認，隨後又顯得難爲情，「是因爲……不能專心啦！」

衝著他欲言又止的回答，施佳懿笑盈盈繞到他面前，「你看，這種理由我一定會接受。」

阿海微微傻笑，雖然說不出心頭暖洋洋的感覺是什麼，在走進辦公室之前，他們還是偷偷牽手走了一小段路。

早上九點有個例行性的大會報，所有員工都要在會議廳集合，通常是聽主管們報告公司近況或是精神訓話。今天不太一樣，他們都坐好後，會議廳前方秀出了投影片，影片介紹著一家即將開幕的濱海遊樂園。

總經理在台上強調，如果能爭取到這間遊樂園的廣告製作，不管是對公司的營運還是公司形象，都有很大的幫助。可是現在有另一家競爭對手也在覬覦這個大好商機，爲了不計一切搶得廣告製作權，希望公司上下不分部門，凡是有好的企劃案都可以直接提出來。

散會後，返回自己辦公室的路上，浩克頗爲感同身受，「看來公司眞的很重視這門生意耶！竟然還說可以不分部門提案，這本來是我們企劃部的事吧？現在破例可以跨部門提案，我看部長私底下一定超不爽的。萬一到時候是其他部門的提案勝出，那我們企劃部的臉要往哪兒擺呀？」

施佳懿卻站在公司的立場說話，「遊樂園的商機本來就很大，光是開幕期間的一堆噱頭不說，後續還可以逢年過節加辦活動，更別提那些騙小孩子的周邊商品了。如果這些全部都可以交給我們來做，你說，是不是比得上十幾個小家子氣的生意呢？公司會不惜破例也要拿下這個機會，不是沒有原因的。」

「妳有的時候講話很市儈。」

施佳懿不理會他，轉而對一直很沉默阿海探問：「你在想什麼？」

阿海回神，抓抓頭，「沒有啦！剛剛看那個遊樂園的影片，就在想，明明就蓋在海邊，爲什麼樂園裡面還有那麼多仿造海邊的遊樂設施？直接去外面的海邊玩就好啦！」

浩克緊接著吐嘈，「哎呀！真是窮酸的想法！遊樂園當然是以人工取勝啊！海邊哪有那麼剛好！你想要衝浪就給你一個浪，想要跟鯊魚合照就給你游來一條鯊魚。」

「我知道啦！不過，真正的海邊還是有遊樂園沒有的東西啊！」

「喔？比如咧？」

「比如……海平面的夕陽啊！留在沙灘上的腳印啊……」他發現輪到施佳懿變得安靜，「妳怎麼了？」

「嗯？」她抬起眼，回應得有點心不在焉，「我在想你們說的事，也許來個逆向操作，或是……」

施佳懿邊說邊想邊走，不知不覺便脫離他們，留下兩個大男人丈二金剛摸不著頭緒地留在原地。

下班後，阿海收拾好東西，對隔壁的施佳懿說：「我們一起走吧！」

施佳懿還不目轉睛盯著電腦，看也不看他一眼，「我還有點事要處理，你先回去吧！」

「工作還沒做完？」

真稀奇，平常最痛恨加班的人居然還沒把工作完成。

但她語焉不詳地否認，「不算工作……也算吧！不過目前是我自己想做的。」

他愈聽愈糊塗，「到底是怎麼樣啊？要不要幫忙？」

「不用，我還得再想一下。」說著說著，她開始對電腦喃喃自語，「感覺還不夠周全耶……加點數據可能比較有說服力……」

阿海受不了好奇心驅使，想看看她到底在忙什麼，沒想到被施佳懿輕輕推開，她還直接揮手道再見。

「總之，明天再跟你一起走，先這樣，拜拜！」

最後，阿海是跟浩克一起離開公司大樓的。

「趕人趕得一點誠意也沒有……」

聽到阿海這麼碎碎唸，浩克不安好心地嘻笑兩聲：

「你說，會不會是對你沒興趣啦？」

「什麼意思？」

「追不到的，永遠是最好的。所以現在追到了，你就變廉價啦！」

浩克搬出一套追求理論，惹來阿海的一記白眼。

「亂講，施佳懿才不是那種人。」

不過，明天，後天，施佳懿一到下班時間還是留在自己的座位上不知道在忙什麼，每當阿海上前關心，她便敷衍了事地打發他走，實在是跟先前纏他纏得緊的那個施佳懿判若兩人。

阿海不太高興的是，這種被當成局外人的感覺。

這天，他和施佳懿一起從外面拜訪客戶回來，施佳懿還在抱怨那個客戶龜龜毛毛，一點都不阿莎力。阿海則注意到接近下班時間，一想到待會兒八成會被打馬虎眼支開，心情不禁鬱悶起來。

「啊！你你你！麻煩進來一下！對！就是你！」

公司裡有一個小攝影棚，專門拍攝廣告海報用的。裡面蓄山羊鬍的攝影師對著阿海猛招手，阿海和施佳懿奇怪地面面相覷，走進去。

「哇！你滿高的嘛！公司也有這麼高的人啊！」攝影師上下打量他的身高，很滿意的樣子，「幫個忙，男主角今天遲到，還沒到現場。可是我案子半小時後就要提上去了，至少讓我拍個底稿交差。」

「拍？拍什麼？」

「拍海報大概的雛形。你只要站著就好，拜託，幫個忙。」

阿海半推半就地站到黑色布幕前方，有一位穿著深V晚禮服的女模特兒已經在那裡待命，笑容可掬地朝他招招手，算是打過招呼。

原本等著看好戲的施佳懿一聽見攝影師要求模特兒將雙手搭在阿海脖子上，立刻變了臉色。阿海沒做過這種事，緊張得要命，被攝影師嫌太僵硬，硬抓著他右手去扶住模特兒的腰。

「這個……還是請別人來比較好，我眞的不行……」

阿海拚命拒絕，無意間瞥見站在門口觀看的施佳懿，她抱著雙臂，沉穩看著。

與其說沉穩，倒不如說在壓抑某種膨脹中的情緒，她眉梢愈揚愈高，嘴巴也愈噘愈高，很明顯在不愉快。即使如此，她沒忘記那個公私分明的協定，硬是狠狠忍下來了。

性感撩人的模特兒很有魅力，可是現在的施佳懿也很可怕呀！

阿海再度極力婉拒，哪知攝影師火上加油，「嗯……總覺得不對勁，換個姿勢好了。這次麻煩男生輕輕摸摸模特兒的臉，好像很深情款款那樣，臉靠近一點，近到快接吻的樣子。」

模特兒很專業，二話不說就靠過來，嚇得阿海抽身後退，又被攝影師叫回去，三番兩次用「幫個忙、時間快來不及了」的理由強迫他上場。阿海爲難地看看施佳懿，好不容易勉強拍到令人滿意的鏡頭，攝影師大喊一聲「OK了」，阿海立刻轉向門口！

施佳懿可怕的表情不見了，她笑咪咪舉起右手……比出中指。

「施佳懿！施佳懿！」

走出攝影棚，他們一前一後在走廊上快步走，施佳懿故意不讓他追上，狡猾地先繞進辦公室，同事們見到他們起了什麼爭執，紛紛抬頭。

這招果然有效，阿海爲難打住，施佳懿轉頭對他扮鬼臉，然後氣呼呼躲進茶水間。

大家當這又是小倆口平常打打鬧鬧的戲碼，又重回手邊忙的工作。施佳懿從櫥櫃拿出杯盤，順著不小心洩溢的怒氣隨手往桌上扔，發出砰噹的吵鬧響聲。

她想做點可以轉移注意力的事，在心裡像是唸咒語般試著讓自己平靜下來：要成熟一點，不是三歲小孩子了，剛才的事完全是公事來著……

驀然間，有隻手按住她拿著茶匙的手，她愣愣，面對從茶壺散落到桌面上的茶葉。

「泡這壺茶是打算給誰喝啊？」

頗爲無奈的耳畔低語。熱水還沒沖下，她卻感到一股暖意已經深深注入體內，還沒見到聲音本人，力氣已經一下子被抽光了，只剩下一絲倔強還在努力抗拒他的溫柔。

「請你喝吧！」

她彎起嘴角，壓下熱水壺開關，熱水便汨汨流進茶葉過多的茶壺。阿海和她對望一眼，認分地拿起杯子，倒滿。才剛舉杯，就被施佳懿擋下，她有點於心不忍。

「你眞的要喝，我重新泡吧！」

「我是想，我喝完，妳大概就不會那麼生氣了。」

講得出這種話的人，到底是大木頭還是巧言令色啊？

她瞅著他，蹙起眉頭，「喂，我還在生氣耶！你爲什麼在笑啊？」

阿海收不住笑意，愛寵地摸摸她的頭，「剛剛吃醋喔？好可愛。」

她不像一般女生會故作生氣地反駁，反倒恢復笑臉，捏捏他臉頰，「親愛的，你是不是想說，吃醋就是愛你的表現哪？」

「一般不是都這麼說的嗎？」

「不過在我看來，每吃醋一次，對愛人的信任感也跟著扣分一次，小心你很快就不及格啦！」

阿海含握住她還沒鬆開的手，淺淺笑著。

「不知道爲什麼，是妳的話，總覺得妳給的分數怎麼也扣不完呢！」

施佳懿失了言語，心臟怦怦跳個不停。阿海變聰明了呢！不僅很快就察覺到她吃醋的情緒，還說出明明沒什麼，卻還能讓她莫名開心的話語……糟糕，好想現在就把他撲倒喔！

「喂！阿海！」

「嘖！」

浩克冷不防探頭進來，嚇得阿海趕緊抽回手，轉過身去，「什、什麼？」

聽見施佳懿毫不客氣地發出失算聲響，浩克立刻抗議，「妳『嘖』那一聲是什麼意思？我不能進來喔？」

阿海趕忙打圓場，「浩克，你找我？」

「對啦！下班後大家要帶那個國外同事去聚餐，要不要去？」

沒等阿海回答，施佳懿先出面擋掉了，「阿海今天和我有事要商量，不能去。」

「有嗎？」他本人一頭霧水。

「有有有。」

施佳懿甜滋滋地肯定，浩克自討沒趣地走開，「好啦好啦！約會就約會，直說就好啦！」

浩克調侃的話害阿海誤以爲眞的是要約會，等到下班後，大家都走光了，施佳懿從她電腦中叫出檔案，要阿海過來看。

「這給你坐。」

她讓位給阿海，阿海坐下後，才知道原來那是一份企劃書。

「這不是前幾天說的那個海洋遊樂園的案子嗎？」

「是啊！還不算完全好，不過大致上就是這樣了。」

「原來妳在忙這個啊！」阿海細細瀏覽，同時佩服施佳懿的工作能力，「妳眞的很會寫企劃書耶！細節都想到了，而且這個開幕禮的點子好讚，幫客人做腳印模子送給他們。」

聽到這裡，她笑了起來，「傻阿海，這是你自己想到的點子啊！」

「我？」

「還不只這個，你看這個可以在傍晚和夕陽合照的觀景台也是……」

她靠過來，朝阿海腿上坐，阿海嚇一跳，匆匆朝另一張椅子伸出手。

「我、我再幫妳拿椅子。」

「沒關係，這樣就可以。」

她根本沒發現他的尷尬，移動滑鼠，開始對他解說企劃書的內容，阿海坐立難安地聽，聽到一半，突然按住滑鼠，瞪大眼睛，「等一下！爲什麼會是我的名字？」

施佳懿寫好的企劃書上並沒有壓上自己的名字，而是阿海的。

「我對這案子本來就沒興趣嘛！是因爲聽見你說了好多想法，才想把它們具體化，當然是要放你的名字啊！」

阿海極力堅持，「不行！我根本沒什麼想法，寫出企劃書的人明明是妳！改掉！」

「要我改掉的話，我寧願整個檔案刪掉！我又不是為了放上我的名字才這麼辛苦的。」

施佳懿「說到做到」的氣勢似乎更勝一籌，阿海掙扎一會兒，投降地說：「那……至少妳的名字也一起放上去吧！」

一聽見他們兩人的名字要放在一起，施佳懿心花怒放地照辦，然後繼續解說。不過，過了不久，她又發現阿海有點心不在焉。

「怎麼了？」

「那天浩克說得對，這是個大案子，通常都是課長級以上的人物負責的。我們這麼做，不太好吧？」

「很好！總經理說任何人都可以提案，你擔心什麼？而且這跟海邊有關，不是你很熟悉的地方嗎？難得有這個機會，當然要好好把握才行！」

她說得熱血沸騰，阿海反而顯得無欲無求，「我覺得只要每天可以把分內工作做好就行了，要把握什麼機會？」

「表現的機會啊！贏得成就感的機會啊！累積工作經驗的機會啊！難道你甘心每天重複一樣的業務工作過日子嗎？把握機會不是等別人告訴你可以做你才去做，真的想要，就必須隨時隨地有放手一搏的覺悟！」

施佳懿的話很有道理，也很強勢。說真的，相當有說服力。

阿海幾經猶豫，才說：「那就試試看好了。」

施佳懿這才笑逐顏開，她信心滿滿地握拳，「你放心，我一定會幫你到底！」

他聽了失笑道，「幹麼講得那麼嚴重？就算這個企劃案沒有被採用，我也不會在意的。」

她愣一下，那神情很微妙，像是受傷，又像是感到很意外。阿海一時分辨不出來，不禁問：「我說錯什麼嗎？」

「嗯？沒有。」她露出陽光笑臉，彷佛前一秒的躊躇是阿海的錯覺，然後把文件頁面往下拉，「再來是這個，沒有他的話，我們企劃案就不可能勝出。」

阿海低頭看，以爲看錯，於是又從頭將案子看一次，轉頭大叫，「妳想叫阿民來代言？不可能啦！他那麼忙！就算他可以，經紀公司肯定不願意讓他接這種這工作的吧！」

「你放心，明天早上我就把企劃案交給部長看。過了部長那關，我反倒比較不會擔心關子民的問題。」

「爲什麼？」

「因爲他一定會答應的。」

阿海拿著一種奇異的眼神打量施佳懿，又敬佩又覺得不可思議。

「爲什麼妳做任何事總是很有自信的樣子？天底下到底有沒有什麼事是妳沒有把握的？」

她擱下滑鼠，想了想，回頭望向他，「有啊！愛你的時候。」

他瞪大眼睛，動也不動，不明白那句話是什麼意思，擔心自己是不是做錯了什麼。施佳懿柔柔一笑，偏過頭。

「雖然我一直對自己信心喊話，不過事實上卻什麼把握也沒有。因爲，你的心是在你身上，不是我可以掌控的東西，我只能藉由不停告訴自己你愛我，才不會覺得一無所有。」

人們幾乎走光的公司大樓，几淨的窗開始結上一顆又一顆的晶瑩水珠，在這座城市浮亮的燈光映照下，發出星子一般的光。和施佳懿在一起，阿海常常能感覺到有小小的熱源在胸口發燙，甚至有時候它像燎原的火苗，燒呀燒，將世界的一切都焚捲進去。

即將要被燃燒盡淨的恐懼，以及對那份炙熱溫度的沉溺交織在這個雨夜。他真的喜歡她，到底該怎麼做，他的感情才能跟她一樣，那麼強大，而且無庸置疑。

窗上水珠的影子一點一點地落在他們身上，他親吻她的時候四周好安靜，靜得彷彿全世界的細雨都落在他們腳邊一樣。

✻

他們討論企劃案到深夜，阿海才從送施佳懿回家。隔天一早便將企劃書交給部長，部長很意外這麼快就有結果，他認真閱讀，下午，他把阿海和施佳懿叫去，稱讚他們做得很好，還要整個部門一起全力支持這個案子。不過，他和阿海一樣，對於找關子民這位大明星來代言有些疑慮。

「通常大明星不會接遊樂園的 case。」

他說就算案子呈上去，上頭也會質疑這一點，到時說不定會有打回票的可能。

「那如果現在就敲定，他們就沒話說了吧？」

施佳懿冷不防爆出狂妄的話，儘管面帶漂亮微笑，卻也嚇得阿海一身冷汗。部長似乎挺了解施佳懿這個人，他慈眉善目地將企劃書交還。

「加油，等你們的好消息。」

由於部長相當看好這份企劃案，而且也有意思利用它來挫挫其他部門的銳氣，所以非常重視阿海他們的提案。當他們回座，同事紛紛過來對他們的提案大表驚喜，阿海客氣直說都是施佳懿的功勞，不很適應這種受盡恭維的場面。偶然間，當他爲難的眼神和施佳懿對上，原本若有所思的施佳懿快速堆起笑臉，稍後便起身去洗手間。

她洗了手，關上水龍頭，一直望著鏡子中的自己，直到小惠姊也進來，兩人相視一笑。小惠的套裝沾上早餐的醬油，沾上水猛搓衣襬。

「怎麼了？心事重重的樣子。」

原來小惠瞥見剛進門時施佳懿倒映在鏡中的落寞神情。小惠是她在公司裡比較要好的同事，雖然是兩個孩子的媽，平常也對八卦有高度興趣，可是她很識相，曉得哪些話不能隨便亂講。

施佳懿欲言又止地低著頭，小惠耐心地等，直到她終於決定開口。

「我……是不是做了多餘的事呢？」

「多餘的事是指？」

「那份企劃案與其說是我們兩個合作，倒不如說阿海是被我趕鴨子上架的。」施佳懿轉過身，背靠洗手台，「其實在寫企劃案之前，我也想過阿海對這種事一定沒轍，他本來就是一個沒什麼野心的人。」

聽完她的徵結點，小惠又繼續搓洗污漬，「妳從後面推他一把，這不是正好？男人還是要有點野心比較好。」

「但是，我並不是爲了阿海的事業才這麼做。當他說希望能公私分明，我雖然能夠理解，還是感到一點寂寞，直到看見企劃書上，我們兩個的名字放在一起，才覺得好多了。」

也不管小惠是不是會發現他們正在交往，施佳懿回答得十分坦率。小惠不追問也不探究詳情，走去廁所拿衛生紙出來吸乾衣服上的水，說：「那這樣就好啦！妳覺得好多了，他也不反對這份企劃案，皆大歡喜。」

「可是如果……」

她在情急之下想接下去問，聲音卻被一陣上湧的恐懼情緒淹沒。小惠露出困惑的表情，施佳懿改口笑道，「沒有。謝謝妳聽我牢騷。」

「不客氣，妳在這裡就像大家的妹妹一樣，隨時歡迎。」

小惠推開門出去。等那扇門再度闔上，施佳懿才又回身面向鏡子，端詳著不用武裝的自己。憂慮的眼眸，有些褪色的微啓嘴唇，有幾根髮絲沒紮好，垂到耳朵前。

她拆開後腦杓的髮夾，長髮一口氣散落在雙肩。施佳懿再度望望鏡中的自己，有點累。

如果他很勉強怎麼辦？如果他並沒有那麼喜歡我……

阿海停紅燈，回頭看看坐在機車後座的施佳懿，直到她也抬起眼來。

「妳爲什麼突然變得這麼安靜？」

「安靜地坐車不是很好嗎？」

「昨天熬夜，想睡覺了？」

「不想啊！」

「身體不舒服嗎？」

「沒有，很健康。」

「那，心情不好？」

她沒作答，淨是用充滿興味又委屈的複雜眼神望著他。阿海耐不住，說：「喂，沒事乖成這樣，讓人很擔心耶！」

比起那些亂七八糟的煩惱，現在阿海操心的神情和半抱怨的語氣，便叫她重展笑顏，興沖沖一把將他摟住，「現在心情很好啦！」

這一抱，害阿海機車蛇行了幾公尺，一路跌跌撞撞經過「六個腳印」外頭，不同以往的，店中穿梭著從沒見過的工讀生忙進忙出。

阿海還在納悶，就聽見施佳懿故意揚高聲音說：「好奇的話就過去看看唄！」

「嗯？不、不用啦！又沒有什麼事。」

施佳懿瞄了他一眼，突然跳下車，「那我去看看。」

「喂！施佳懿！」

他趕忙停好車，跟上去。許靜才向施佳懿打過招呼，又見到阿海進來，露出的微笑顯得有些不知所以然。

「阿海，怎麼了？」

「呃……這個……」

先貿然闖進來的明明是施佳懿，反而害他答不上話。幸好施佳懿接著調侃，「事業做很大嘛！請工讀生啦？」

「多虧上次跟你們公司合作，這裡的生意好很多，尤其最近的婚禮不少，我和夢露忙不過來，暫時請工讀生一起幫忙。」

阿海點點頭，替她們高興，「太好了！妳跟伯父伯母說了嗎？我記得他們本來想叫妳收起來的，現在一定比較放心了。」

「他們已經知道了，這個週末會過來找我，順便看看這家店。」

他們開始聊起只有他們兩人才知道的家鄉事，夢露不在乎，她正忙著指揮工讀生，施佳懿靜靜地看，並沒有像以前會有妒火中燒的情緒，有的是……是一種更接近挫敗的感受。

好奇怪，當阿海說出「我喜歡妳」的那句話，她以爲那就是終點，不過腳下所踏上的，似乎是患得患失的漫漫長路，無止無盡。

大概是再度察覺到有人異常安靜的關係，阿海不禁轉向施佳懿，她匆匆彎起嘴角，表示沒什麼事。施佳懿總是讓他看到笑容，總是很活潑，很有朝氣。不過，沒有人的心情會一直都是晴天吧！

不多久，兩個工讀生出去送貨了。施佳懿走到一旁打電話，阿海走過來提醒，「我們該走了，還有正事要找阿民。」

「喔！我約他過來了。」

阿海嚇一跳，連許靜也訝異地停下手邊工作。

「這什麼意思？妳剛才就是打電話給他嗎？」

「是啊！片場那些人多口雜，還是約在這裡比較清靜。」

阿海正想說「阿民有工作，哪能隨隨便便就過來」之際，關子民眞的出現在門口！

夢露用力倒抽一口氣，嘴巴張得好大好大！關子民像是用跑的過來，還在喘，他將在場的人看過一遍之後，視線落在老神在在的施佳懿身上。

「妳那通威脅電話是什麼意思？」

關子民一開口質問，所有人的目光都聚在她身上，她仍然淡定地裝無辜，「我只是說，如果你不來，萬一發生不可收拾的事，就不要後悔，這樣而已啊！」

「這樣就是威脅了吧！」阿海第一個發難，「我們不是來找阿民談公事的嗎？」

「談公事就要先過他經紀公司那一關，而且百分之九十會被打回票，我才不幹那麼沒效益的事呢！」

他們兩個兀自爭吵起來，關子民倒也頗能隨遇而安，他坐上夢露畢恭畢敬奉上的椅子，扯扯勒緊的領口，十分莫可奈何。

「我也不是說溜就能溜，別強人所難嘛！」

「抱歉啦！有勞你走一趟。」她的道歉沒什麼誠意，接著對許靜提出厚臉皮的要求，「不好意思，方便借用你們的店談事情嗎？」

許靜說，就當還他們提拔這間小花店的人情，這點小事不算什麼，還把「休息中」的牌子掛在門口。

當她拖著夢露去工作，夢露還依依不捨地在關子民身邊打轉，直說有什麼需要儘管叫她。

清場了，施佳懿遞出企劃書給關子民，順便簡潔明瞭地說明一遍。他聽完，思索一會兒，又微笑著將企劃書還給她。

「以個人交情來說，我很願意幫忙。不過還是得說聲抱歉，我想我的經紀公司不會同意我接下這份工作。」

阿海連忙問：「你覺得哪裡有困難？我們可以討論看看，這都可以做調整的。或是……我們直接去你公司正式拜訪？」

關子民笑得幾分憐憫，他搭住阿海的肩，一派哥兒們的誠懇態度，「阿海，我就是以我們家公司的立場先回答你，類似這樣的案子，他們已經推掉很多個了。這種工作對我的知名度幫助不大，代言的收益又不如其他工作來得好，公司實在不缺這一個機會。」

他還好心說可以幫阿海介紹其他藝人。一直不動聲色聽他們講話的施佳懿突然開口，強硬表態，「這個企劃案不是你就不行。你是我們打倒其他對手的王牌，所以另找他人這件事連考慮的必要都沒有。」

她的霸道叫工作檯那邊的許靜和夢露不由得放下手邊工作，朝他們那邊看去。而關子民也不是省油的燈，他依然保持迷人的困擾笑臉，攤攤手，「就算是這樣，我也愛莫能助啊！」

「……」施佳懿直挺挺和他對峙半晌，低頭從包包拿出手機，按了幾次螢幕，叫出什麼影像，然後將畫面轉到他面前，重啓甜美笑容，「關先生，還是請你答應吧！」

不曉得那畫面是什麼，只見關子民剎那間變了臉色，快速抬頭瞪她，「妳……」

阿海覺得奇怪，探身過來瞧，吃驚大叫，「妳什麼時候……」

那是一段用手機錄影的畫面，背景在火車月台，鏡頭清楚拍到關子民和列車中的阿嬤離情依依的場景。

「當時只是想，這可是大明星關子民眞情流露的一面耶！利用價值一定很高吧！」她不理會關子民投射過來的怒氣，揚聲對頻頻探頭的夢露說：「夢露！妳一定也很想看喔！」

「等一下！」關子民出手抓住她的手機，終於勉爲其難地答應，「我知道了，這件事交給我處理吧。」

「感激不盡。」

爲了趕拍戲，關子民不能久留，他一起身，阿海便爲不該用這種卑鄙手段和施佳懿爭吵起來，許靜則到門口送他，他原本走了，又站住，走回她面前，輕聲說：「在這裡的外景拍攝就到今天而已，我不會再來了。」

她微微訝異，微微酸著心。關子民接著從外套口袋拿出一張被塞皺的紙，交給她。

「蓋好這棟房子需要五千萬左右，還差一點，這個目標就可以達成了。」

許靜不懂。他刻意壓低的嗓音很柔和，和他此刻提起這張建築設計圖的神情相仿。

「我要賺很多的錢，給我阿嬷蓋一棟大房子，大到每個老家的人都知道這是誰的家。裡面有阿嬷喜歡的大廚房，還有方便她爬上爬下的電梯，她就不會天天抱怨關節痛了……這是我當年離家的第一個念頭，妳一定覺得很俗氣吧？」

家鄉的人都說他利慾薰心，寧可留在台北賺錢，也不肯回老家探望阿嬷。老實說，許靜也有相同的懷疑，如今這恍然大悟宛若溫暖的洋流，從那張設計圖錯縱的線條滲透指尖，又汩汩湧入心底。她將設計圖還給他，和煦微笑。

「是很俗氣，但你阿嬷一定很高興。」

他也笑了，帶著說不出的感傷，大概是意識自己連坦誠這份心意的勇氣都沒有，只能向許靜無病呻吟。

許靜又問：「你爲什麼要告訴我？」

「上次妳說我什麼都不說，那是因爲我不能對妳打情罵俏，妳不買帳。我能對妳說的，只有眞心話而已。」

她不知道該說什麼，這是第一次常與她針鋒相對的關子民令她無話可說。許靜沒有絲毫不甘心，反而深深感到歡喜。那個會在海灘瘋狂奔跑的男孩又回來了，偶爾說著似是非真的話，偶爾深情款款地安靜著。

阿海隔了一段距離注視他們，再垂下眼，面對那份企劃書，把腦袋放空。施佳懿的思緒倒是很滿，她看看那兩人，再看看阿海，最後往咬牙切齒的夢露瞥了一眼，將一切看在眼底。

關子民離開不久，阿海也準備告辭，許靜連忙留住他。

「我剛剛忘了說，我媽交代，他們週末過來的時候邀你一起吃飯，好久沒見到你了，難得在台北一起聚一聚，星期六晚上方便嗎？」

「呃……我……」

他還在猶豫，原本站在身旁的施佳懿相當突兀地掉頭往外走，「我去對面買個飲料。」

不過，她一下子就被拉回來，莫名其妙望望阿海伸出的手。

「許靜，施佳懿可以一起來嗎？」

許靜和施佳懿同時露出費解的表情互看一眼，而阿海慎重其事地接下去，「一直沒機會跟妳說，她是我女朋友，所以，我想帶她一起去。」

施佳懿睜大雙眸，沒看阿海，也沒看許靜，更不管直嚷著不敢相信的夢露。她只是呆著，飄忽得不知身處何處，不過不要緊，手還牢牢讓阿海握在掌心。

後來許靜有什麼反應，施佳懿完全沒印象了，等她終於回神，自己正和阿海一前一後地走在外面街道。

「妳要買哪裡的飲料？」

四下尋找飲料店的阿海打住，回頭問，發現她留在有幾步距離的後方。

「怎麼了？」

她凝視他關心的臉孔和寬大的背，想對他笑一笑，卻只覺得眼眶濕熱。

「施佳懿？」

「我突然……好想抱你。」

「咦？」他心中一驚，以爲她眞的打算在人來人往的街上飛撲過來。

「不過，同時又好想一直站在這裡，看著你。」

他遲疑一下，爲了她既矛盾又可愛的想法失笑，「妳到底怎麼了？胡言亂語的。」

「我很好啊！」施佳懿爛漫地笑，「大概是太幸福了吧！」

阿海留在原地望了她一會兒，啓步朝她走去，重新牽起她的手。

「我帶妳走，妳就邊走邊看吧！」

施佳懿呵呵笑幾聲，調皮追問：「可是我還想抱你，又該怎麼辦？」

他怔住，拿她沒轍，「什麼怎麼辦？」

「你不能只解決想看你的問題而已，我告訴你，我現在眞的愈來愈想抱你了，怎麼辦？怎麼辦？」

阿海爲難地愈走愈快，她也淘氣跟上，像個要糖的孩子追問不停。驀然間，阿海毫無預警停住腳，原以爲會撞上他手臂，下一秒卻陷入阿海懷裡。

她頓時反應不過來，不同於上回在廣場那個擁抱，這次阿海以輕柔的力道摟著她，在一分鐘的靜默過後，他的手掌又悄悄攬住她的頭，在她髮間低語。

「這樣總行了吧？」

施佳懿沒有回答，她將說不出的歡喜深深藏入他懷裡。

很多時候，她常常覺得自己會死掉，當幸福的感受滿溢到心臟無法負荷的時候。她不怕死，她害怕的是，如果自己眞的死了，那麼這個世界上就沒有人像她這麼愛阿海了。

第九章

我這個人……好像把所有的感情都放在你身上了，今天才突然發現，如果把你從我的生命中抽離，那我會剩下什麼呢？

剛進入初冬的時序，阿海和施佳懿的企劃案不僅通過公司內部審核，成爲爭取遊樂園開幕廣告代言的案子之一，後來還擊敗其他公司所提出的案子，獲得遊樂園上層主管的青睞。

阿海的部長高興極了，自掏腰包請大家去餐廳大吃一頓，然後宣布全體企劃部員工全力投入這個廣告企劃案，直到遊樂園的開幕活動結束。

有了其他同事一起加入這項工作，原本不是很有信心的阿海也漸入佳境，開始用心去策畫該怎麼讓案子更臻完美。至於他和施佳懿的戀情，在每天的朝夕相處下，成爲同事們心照不宣的公開祕密。

許靜的「六個腳印」花店生意蒸蒸日上，關子民的新戲殺青，偶爾可以見到他到阿海公司商談代言的事，另外聽說他有可能會接下一位名導演執導的電影男主角角色，如果報導屬實，那麼他的身價將翻漲好幾倍。

當他們的人生正順順遂遂地前進，老家卻傳來不好的消息。

村子的里長在上班時間打電話給阿海，說阿嬤中風，現在在醫院急救。措手不及的阿海在電話中不斷說阿嬤從沒中風過，怎麼才一次就這麼嚴重。

沒人知道阿嬤什麼時候在家中客廳昏倒的，下午鄰居拿著剛撈上的鮮魚要送給她才發現，送到醫院時，腦出血的狀況嚴重，情況並不樂觀。

阿海趕忙向部長告假，施佳懿順勢說她也要一起去，不料當場被部長擋下來。

「這個案子的負責人可是你們兩位喔！兩個都跑掉的話，說得過去嗎？而且人家明天下班前就要看到整體草案了耶！」

她氣急敗壞想再反駁，阿海先一步央求她讓步，「我自己回去沒關係，阿嬤應該不會有什麼事。公司這裡就麻煩妳，有妳在，我比較放心，拜託。」

施佳懿不情不願地吞忍下來，然後對阿海承諾，「不用擔心案子，我說什麼也會在期限內趕出草案，然後馬上去找你。」

「嗯！我到醫院就打電話給妳。」

阿海草草收拾好東西，直接到車站搭車回去。重要時刻沒能陪在他身邊，施佳懿失魂落魄地跌回座位，一方面擔憂阿嬤病情，一方面祈禱阿海都能應付得宜，不論結果是好是壞。念頭一轉，她瞪向正在悠哉講電話的部長，都是這個人害的，超級不通情理！她決定發揮百分之兩百的工作效率，一口氣拚完草案，然後將假單一把丟在部長桌上！

施佳懿鬥志燃燒起來，今天又再次破天荒地留下來加班到半夜。

大約晚上九點多的時候，阿海來電，她倦意全消，急忙問：「阿嬤怎麼樣？還好嗎？」

手機另一端陷入一陣沉默，不過三秒鐘，已經足夠讓施佳懿心涼一半。

「還在昏迷，指數只有三，醫生說隨時都有可能……」

毫無生氣的嗓音又歸於死寂。她沉沉呼吸了兩次，輕聲問：「需要我幫什麼忙嗎？」

「不用了，我就在她身邊，還是束手無策……」

「交給醫生吧！你該做的，就是待在她身邊，把阿嬤黏得緊緊的吧！」

好久沒聽到她那半命令式的教訓口吻了，阿海笑一下，柔聲喚她名字。

「施佳懿。」

「什麼？」

「她出事的時候，我爲什麼……不在她身邊呢……」

哽咽的自責，害她眼睛一熱，喉頭酸得緊。爲什麼他們相隔這麼遠，情緒還是傳染得厲害？

「別問這種沒有答案的問題，你現在好好照顧阿嬤就可以了。」

掛了電話之後，她卯起來趕工作，用阿海的笨問題不停反問自己，在他這麼難熬的時刻，爲什麼她不在他身邊呢？

「氣死我了，氣死我了。」

阿海聯絡上在大陸的父母，他們的班機半夜就會抵達。他來到醫院的交誼廳，拿出手機，不知是第幾次撥打關子民的電話。他焦急地來回踱步，當電話另一頭跳入語音留言，阿海不死心，又再重撥一次，等了好幾聲鈴響，終於有人接聽了。

「喂？阿海，我現在不方便講電話，有工作……」

「阿嬤中風了！」他硬是打斷他，萬般著急，「現在在加護病房，醫生說情況不樂觀，阿民，你快來……」

「我晚一點再過去。」

「晚一點？什麼時候？」

「我等一下有一個很重要的試鏡，那個角色非拿到不可，我不知道什麼時候可以結束，總之只要一結束，我……」

「你現在馬上過來！那個該死的試鏡比阿嬤重要嗎？」

阿海失了控，憤怒大吼，嚇到旁邊路過的護士！

「對我來說，比生命還重要。」

不含情緒的聲音，沒有一點溫度。

阿海怔怔然靜止所有動作，只有攔擋不住的淚光自眼眶淌落。很痛很痛的感覺，像利刃，切割他的記憶！現在正在跟他講電話的人眞的是一起長大的阿民嗎？大家都說阿民變了，只有阿海還相信他仍然是他的好兄弟。

「你不來，再也見不到了怎麼辦？阿民，算我求你，阿嬤最疼你，你快過來……」阿海無助按著額頭，巴不得這一刻用拖的也要把他拖過來，「別再讓自己後悔了……」

阿海的心情，關子民不是不懂，儘管如此，在注視螢幕來電顯示幾秒鐘後，他毅然按掉「結束通話」的按鍵。

站在窗邊天人交戰著，他想著試鏡，也想著阿嬤，兩邊都無法放棄的煎熬令他閉上眼。

「子民，快過來。」

經紀人在門口朝他招手，他快步跟上，沿路聽著經紀人耳提面命。這次來參加試鏡的藝人不少，其中不乏所謂的A咖演員，每個都勢在必得的樣子。如果關子民能夠拿下這個角色，別說知名度大開，片酬翻漲，接演這名導演的戲，就連將來被提名金馬獎都頗有希望。

不用說別人說，關子民早就非常清楚，他最關心的是拿到這次片酬之後，房子的建築基金就夠了，隨時都可以開始動工。當初他捨棄一切，爲的就是這一天，他要讓當初看不起他和阿嬤的人親眼見證，他可以讓阿嬤享盡榮華富貴。

「我不會讓給別人的。」

然而當晚的試鏡，除了導演難搞，幾個大牌的前輩演員佔用掉不少時間，一拖再拖的結果，直到中場休息都還沒輪到關子民。

微寒的十二月天空，直到施佳懿上了火車才開始飄雨。她爲自己慶幸了一下，找好座位，然後撥手機給阿海，阿海沒接，於是留訊息告訴他，她剛才順利向遊樂園的主管做完草案簡報，現在要過去找他了。

接著還想打上一些安慰的話，不過反覆刪掉幾個字以後，她發現自己在安慰別人的字句上相當詞窮，最後只好作罷，轉爲看看窗外雨景。

細細水流好幾次切畫過她在玻璃上的倒影，忐忑不安的表情清晰可見。她別開頭，深呼吸，試著改變緊繃心情，這樣阿海才不會見到這張苦瓜臉。

一整個晚上都沒接到阿海消息，也許阿嬤是撐過來了。都拖這麼久，應該就不算是病危了吧？她擅自爲「病危」下定義，然後開始設想最有可能的結果。

最壞的是，她是說「最壞」，萬一阿嬤變成植物人，她可以想辦法將阿嬤轉到台北的醫院，請個細心的看護。如果阿嬤只是行動不便，沒辦法自理生活，那更有理由把她接來台北就近照顧，當然還是要請個細心的看護……總之，只要是錢可以解決的事，都不是問題。

她還在鬼打牆似地盤算著，手機作響。一見是阿海來電，施佳懿開心接起電話。

「阿海，看到我的訊息了嗎？阿嬤還好嗎？咦？什、什麼時候？這樣啊……那，不用來車站接我，我坐計程車去你家，嗯。」

她慢吞吞將手機收進包包，發呆一會兒，倒向椅背，再度面對清冷的雨景。

「我果然不是安慰人的料哪……」

這雨，淅瀝瀝，淅瀝瀝。或許比她更懂得體貼人的心情吧！

台北的雨勢愈來愈大，經紀人見關子民老倚著窗邊站立，挺煩躁的樣子，順口要他放輕鬆。

「等一下就輪到你了，你放心，聽說前幾位的試鏡者導演都不滿意，我們的希望很大喔！」

「……你後悔過嗎？」

「啊？什麼？」

不知道他是對著外頭的雨說話，或是對著摸不著頭緒的經紀人。經紀人以爲他指的是工作，以振奮的音調爲他打氣，「不用怕什麼後不後悔，全力以赴，盡力而爲就對了。」

「嗯……也是呢……」

忽然，下一秒還心事重重的關子民掉頭跑走了！事情發生得太突然，讓經紀人連出聲喊他的機會都沒有，就這麼眼睜睜看他走出門口，離開試鏡會場，離開所有的機會。

阿海的爸媽和一些親戚昨晚都來到老家，經過一天的沉澱，傷心情緒的高峰期也過去，他們開始商談後事應該怎麼辦理。

靈堂就設在客廳，阿嬤的遺體平穩躺在方正堅固的棺木中，還沒封棺。才剛從外面進來的阿海看得見她宛如熟睡的面容。

屋內正在認眞談事情的長輩們沒注意到他，他就站在門口靜靜地看，一種奇怪的違和感襲上心頭。醫生宣告阿嬤某一個時間點死了，但爲什麼現在她的樣子看起來，好像上前搖搖她，就會再清醒過來一樣？如果阿嬤沒有死，肯定不會安分睡覺呢！家裡客人這麼多，她會忙進忙出地準備水果、茶水，或是炒一盤拿手好菜出來。

可是那個總是活力十足的阿嬤，無論在這個家的哪一個角落，已經怎麼找都找不到了。

阿海退到外頭，想到後院養的雞餓了一整天了，於心不忍。他找出飼料，才剛走進雞圈，那些雞拍著翅膀蜂湧過來，圍著他咯咯叫個不停。

他不是很認眞地朝地上撒出幾把飼料，然後觀看牠們擠成一團搶食物。

「阿海。」

聽見許靜的聲音，他才注意到她來了，她右手提著一個悶燒鍋。

「我帶海鮮粥來。我媽說你們可能會忙到忘記吃午飯，一起來吃吧！」

他抱歉地扯開一點笑容，「我其實還不餓。」

許靜並不勉強，她彎身將悶燒鍋擱在地上，探頭朝簡易的雞圈瞧。

「在餵雞？」

「嗯，也不能一直讓牠們餓下去。」

他跟著回頭看，把飼料罐放回原處，轉開接在牆上的水龍頭沖洗雙手。洗完，發現許靜還沉靜地注視他。

「他沒有回來？」

輕描淡寫的問法像微風，稍不注意就會錯過。

起初，阿海不太願意回答這個問題，後來才四兩撥千斤，「沒有，他……很忙。」

許靜點點頭，稍微抬高下巴，打量起這幢歷史悠久的平房，又因爲屋瓦所反射的太陽光而瞇起眼，「在這個地方蓋起一棟海邊所有人都知道的大房子，你能想像嗎？」

許靜說話不會沒頭沒腦，阿海困惑地等她說下去。她告訴他關於那棟關子民將希望全寄予上去的房子，然後補上一句，「他那個人一向很幼稚，爲了一棟房子不回來，的確很像他會做的事。」

阿海低下頭，又蹲下去，一時的百感交集使他找不到適當的詞語。

許靜來到他身邊，跟著蹲下，柔聲說道：「幸好你在。阿嬤生前你就守在她身邊，現在還是在這裡。你阿嬤並不是一個人喔！」

溫柔的力量，他一向無法招架，阿海的頭垂得更低，他一隻手緊抓頭髮，背部微微抽搐著。

「但是最重要的時候我不在……她昏倒的時候我根本不知道……我還寧願在這裡的是阿民，那樣阿嬤一定會比較高興，天知道她想他想瘋了，她想瘋了……」

「阿海。」見他激動起來，許靜伸手撫撫他的背，一次又一次，然後在他比較冷靜的時候，像要分享什麼祕密般地輕輕說：「不一定哪！你阿嬤告訴過我，她最不放心的是阿民，最讓她感到驕傲的，則是你。」

大徹大悟的悲哀一如洪流，將好多阿嬤昔日身影的記憶沖刷而來！他再也抵擋不住，狠狠痛哭。

人們哭泣的時候，應該說什麼好呢？節哀順便？這一點感情也沒有。不要太難過？聽起來像廢話。我會一直陪著你，又顯得矯情了。

施佳懿在腦海裡一一過濾掉不中意的安慰話，直到她停下腳步，這才明瞭。

原來什麼話也不用說，只要一起擁抱悲傷就好了。

她望著在院落的阿海和許靜。那，如果傷心的人是她自己的話，又該怎麼辦？

*

阿嬤人緣好，來訪的左鄰右舍絡繹不絕，嘴上反覆感嘆著「怎麼那麼突然，她身體明明很硬朗」，而且通常都是紅著眼眶離開。

阿海將施佳懿介紹給父母認識，兒子的女朋友令他們很滿意，若是在平時，肯定會高高興興地一起吃個飯，可是現在時間點不對，喜悅之情很快就被愁雲慘霧吞沒。

施佳懿不知算是世故還是識大體，主動幫忙許多事，招呼客人，聯絡葬儀社等等，這更討阿海父母的喜歡。她親切地跟四周的人應對進退，獨獨就是沒跟阿海說過一句話。

阿海的母親總算想起大家都還沒吃午餐，出聲提議，「對了，我們到外面隨便吃一吃再回來好了。」

「啊！」阿海跟著站起來，拎出許靜帶來的悶燒鍋，「許伯母做了海鮮粥給我們。」

「我拿進去處理吧！」

施佳懿輕快上前拿走他手上的悶燒鍋，直接繞進廚房，還是沒有跟他對上視線。

海鮮粥是許靜母親的拿手菜，鍋蓋一打開，鮮甜的香氣四溢。她找出湯勺和湯碗，一勺又一勺將米粥撈起，平均分配到每個碗中。

機械式的動作重複幾次，速度也放緩下來，最後她只是對著白花花的蒸汽出神。

「施佳懿。」

阿海不知何時來到廚房門口，她聽見了，卻沒有回頭。

「剛剛在院子……」

說到一半，阿海的母親越過他，也走進廚房，笑說：「我也一起來，太不好意思了，讓客人這麼忙。」

「沒關係，這個很簡單。」

施佳懿乖巧回話，兩人並肩站在桌前打理，被晾在門口的阿海不得不再把話嚥回去。

吃飽飯後，阿海的爸媽出門去了，不知要辦什麼事。阿海來到客廳，發現施佳懿就坐在棺木前的一張椅子，安靜注視阿嬤的臉。

「施佳懿？」

她動也沒動，半晌後，淡淡地說：「我啊……對生離死別的事眞的很沒轍，遇到這種場合，就完全不曉得應該做出什麼表情、說出什麼話，腦筋一片空白。平常，我可以看場合說出漂亮又得體的話，可是再漂亮再得體，在難過的時刻根本就派不上用場。我明明也很喜歡阿嬤，現在卻沒辦法跟你們一樣傷心，更別說要爲她流一滴眼淚了……說到底，我這個人挺冷漠的吧！」

阿海在她身邊坐下，貼心按住她的手，「不用勉強啊！妳今天來這一趟，我想阿嬤一定很高興。」

「我其實是不放心你，希望在非常時刻能夠待在你身邊，會安心一點。我這個人……好像把所有的感情都放在你身上了，今天才突然發現，如果把你從我的生命中抽離，那我會剩下什麼呢？」

「……」

這是她打從到老家以來第一次正眼面對阿海，阿海卻遲疑了，不明白她心裡想的是什麼，因爲連施佳懿本身看起來都很迷惑的樣子。

這時，大門口毫無預警迎來猛烈撞擊！嚇得兩人同時轉向門口！

「阿嬤呢？」

關子民喘著氣，一下子便撞見那只直挺挺躺在客廳的棺木，整個人被凍結一樣，只有臉上神情從驚訝轉爲不敢置信，又變成徹骨的心痛。

他還是趕來了啊！施佳懿才這麼想，身邊阿海早已一個箭步衝過去，掄起他衣領，用力將他往牆上撞！

「你現在來幹什麼？你來幹什麼？阿嬤昨天半夜過世的！王大伯來了，林叔來了，賣魚的青娥嫂也來了，連許靜的爸……阿嬤曾經為了你跟他大吵一架的許靜的爸，他都來了！可是你呢？」

施佳懿詫異地站起身，她沒見過阿海暴怒的可怕樣子。關子民眼底沒有阿海的人，也絲毫沒有反抗的意思，他牢牢望住棺木中阿嬤的臉，喃喃自語，「死了？」

這句話更燃起阿海滿腔怒火，他朝他臉上揮上一拳！又一拳！關子民很快被打倒在地，椅子也被撞翻。

「你滿意了嗎？你捨棄老家、捨棄阿嬤，到底是為了什麼？為了什麼啊？渾帳！」

阿海又抓住他衣服，瘋狂搖晃形同行屍走肉的關子民，罵著，哽咽著。原本想上前阻止的施佳懿最後選擇留在原地，默默看著他們兩兄弟大鬧靈堂。

後來幸虧阿海的父母回來，見狀，連忙將兩人分開，阿海母親還死命拉住他手臂，深怕他繼續動手，一面斥責，「在靈堂打成這樣，像話嗎？不能讓阿嬤好好地走嗎？」

阿海不管，淨是狠狠怒瞪著關子民。關子民站在棺木旁，傷心欲絕地凝視阿嬤良久，才慢慢轉向阿海，扯出苦苦的笑。

「為了什麼……叫我怎麼回答……」

阿海對他的恨意還在瞳底燃燒，燒出了過燙的熱意，溢滿眼眶。

「不管你的答案是什麼，現在已經沒有意義了。」

阿海的話，似乎比剛剛的拳頭還令他心痛，他絕望地踉蹌一步，阿海父親拍拍他肩膀，藹然地說：「好了，回來就好，好好跟阿嬤告別吧！」

沒想到關子民卻推開他的手，頭也不回地奔出門外。

「咦？」

許靜從外頭正要回家，遠遠望見神似關子民的人影從堤防跑下沙灘。他回老家來了？許靜快步追上，可是無法太快，微跛的左腳拉下不少速度，因此才跑到一半，便看著關子民毫不猶豫地往海裡跳。

她知道關子民從前就有個習慣，只要情緒大起大落的時候便會去海裡游泳。想必他已經看過阿嬤了。既然沒有好好待在家裡，難道被長輩教訓了嗎？或者跟阿海起衝突？她站在岸邊，胡亂設想各種可能性，不過，浪一陣一陣打來，甚至弄濕她的鞋，都還沒見到關子民浮上來的身影。

「關子民！關子民！」

不祥的預感。許靜著急地搜尋海面，今天風大，那些白色浪花比往常要可怕許多。太久了，他下去太久了……

許靜決定朝海中跑，當海水淹至腰際，她伏下身開始划水，偶爾比較大的浪打上來，幾乎淹過她頭頂，她咳了幾聲，繼續奮力和潮流搏鬥。

「關子民！咳咳……關子民！」

眼看迎面又是一道長浪，她下意識閉氣，接著整個人被強勁的水花壓入水面下……有隻手即時攬住她！她不用睜開眼睛，也知道那是關子民。

他半拖半拉地將她帶上岸，渾身濕透的兩人一起跌坐在沙灘。

「妳到底在幹什麼？很危險耶！」等到能夠順利呼吸了，關子民向她發脾氣。

許靜不虧是許靜，縱然是在危急時刻，還能極力保持冷靜。她蒼白著臉，顫著聲音說：「我看到你跳下去，一直沒有上來……」

「那妳也不能跟著一起跳！妳是好學生，老師沒有教過妳嗎？」他這脾氣發得有點無理取鬧。

「我沒有想太多。」

「妳應該要想的！更何況妳的腳……」

猶如觸碰到不能碰的痛處，關子民倏然住嘴。許靜等不到他繼續說，動手抹去臉上的水滴。

「該好好想的人是你。已經走掉一個阿嬤還不夠嗎？」

這句話很有效地叫他噤聲，關子民負氣瞪住沙灘上被他們腳步狼狽拖行過的痕跡。

他安分了，許靜才審視他臉上瘀傷，問道，「跟阿海打架？」

「……都是他打的，我沒動手。」他頓一頓，想到該問的事，「妳為什麼會回來？」

「我已經回來三天了，店裡忙了好幾個月都沒休息，這次給自己放久一點的長假。關子民，到我家擦藥吧！」

「妳回去就好，我想一個人。」

許靜無視他的冷淡，反而伸出手，輕輕握住他的，無比堅定。

「別再一個人了。」

他倒吸一口氣，面對她纖細的手深蹙眉宇。他覺得他還在那片海溺著水，阿嬤走了，他的救贖也跟著化為烏有。許靜的手一如汪洋中的浮木，他反握住她，感受到冰透的溫度。

「很冷吧？」

「現在十二月。」

關子民抱住她，要幫她取暖般，安靜摟著。海風掃過他們濕淋淋的身體，是冷得發抖，不過彼此的體溫是炙熱的，他們就這樣維持了幾分鐘，關子民才將臉埋入她小小的肩窩。

「我已經是一個人了……」

關子民並沒有在外面流浪太久，阿海和施佳懿一起出門找人，終於在海邊找到他和許靜。在寒冷的海邊宣洩過情緒，關子民冷靜不少，寡言，但總是安分地回去那個家，和大家一起吃晚餐。

施佳懿堅持要趕晚班車回台北，說是明天也有很重要的工作，阿海母親留了幾次沒成功，只好叫阿海送她去坐車。

偏晚的車站，乘客稀疏。阿海幫她買好車票，回到她跟前，幾度欲言又止。

「眞抱歉，公司正忙的時候……不過，我過幾天就會回去了。」

「放心吧！公司少你一個，暫時還不會倒，你就……」她動作俏皮地幫他拉拉衣領，「好好跟你兄弟敘敘舊。」

話中有話的音調害阿海有點不好意思，關子民奪門而出不久，他就開始爲自己的暴力行徑反省。

「還有，謝謝妳特地過來。」

他的道謝讓她露出難以解讀的神情，稍後，施佳懿才笑笑。

「不用客氣，是我自己想來。我的車快來，得過去了。」

阿海點點頭，想起什麼，趕忙交代，「到家記得打電話給我。」

她倒退走兩步，朝他揮揮手。阿海頓時心急起來，那些言不及意的話都不是他想說的，他想說的是……

「施佳懿！許靜只是在安慰我……」

於是，剛才出現過的難懂神情又出現一兩秒，很快被她懂事的微笑抹得一乾二淨。

「我知道。」

阿海目送她通過剪票口，走到月台邊的禁止跨越線前，不多久，她的車班進站，施佳懿上車後，來到自己座位，對著窗口搖兩下手。

他也舉起手揮了揮，和她什麼也不做地四目相對，直到列車啓動，載著她小小的身影駛離月台爲止。

回家後，爸媽都睡了，阿海打開房門，愣住。

關子民正坐在那張空了好多年的床上，翻閱過期雜誌，見他進來，隨口招呼，「回來啦！」

「呃……嗯。」

那個位置不再空缺，阿海不怎麼習慣，不過，好高興哪……阿嬤一直保留下來的地方，終於等到了主人。

當他洗好澡，關子民已經將他那邊的日光燈關掉，側躺在床上。阿海無事可做地佇立一會兒，也關上自己的燈，爬上床平躺，在黑暗中雙眼還烏亮亮盯著天花板，千頭萬緒，一點睡意也沒有。

「我會留到阿嬤的喪禮後才走。」原來關子民也沒睡。

關燈的房間維持片刻的寂靜，阿海又問：「試鏡怎麼樣？」

「……我沒去。」

「……」

「呵！兩頭空的感覺……」

「揍你的事，我不會道歉的。」

「你和施佳懿混太久，學會她的傲嬌了是不是？」

這句話讓阿海笑一下，拉上被子，「我要睡了。」

「晚安。」

夜深人靜，村子作息本來就歇息得早，戶戶人家的燈一盞一盞地暗去，而施佳懿的列車才剛穿越這片黑暗，返回五光十色的大都市。

火車還有半小時靠站，她一路沒闔眼，始終維持面向窗外的姿勢，注意到玻璃窗一進入多雨的台北立刻蒙上好幾顆水珠，一點一點，漸漸又是細水縱流。

雖然窗面依舊映照出她的倒影，她凝神的雙眼所浮現的，卻是那一小塊院落，地面沒有鋪上水泥，從土耳其黃的泥土之間零零星星冒出青草，阿海跪在地上的膝蓋就壓壞其中一株。

他抱著許靜。

她頓時感到一無所有。

不論再怎麼催眠自己，那光景仍清晰得在腦海揮之不去，她只能重新定睛在花掉的玻璃窗上，卻不能確定那一道輕輕落下的細流還是不是雨水……

第十章

他喜歡她撒嬌的方式，喜歡她淘氣的任性，喜歡她即使安靜著，還能讓他感覺到她真的好愛他。

阿嬤的喪禮上，她的兩個孫子關子民和阿海都出席了，知道過去往事的街坊們見到這場景，幾分欷噓的同時又替阿嬤感到欣慰。

那之後關子民回到台北，在經紀公司挨罵了一個多鐘頭，結束以後，經紀人還跟在身邊恨鐵不成鋼地嘮叨。

「居然放導演鴿子！我看你這輩子別想再接演他執導的戲了。唉！你那麼聰明，怎麼會做出這種後悔莫及的事呢……」

關子民全部充當耳邊風，漫不經心地放慢腳步，眺向遠方不知哪裡失火，有往上竄的黑煙將那一帶天空弄髒了，飄呀飄，猶如那一天的煙，阿嬤便化作一把灰。

「我這輩子最後悔莫及的事，才不是這種小事呢！」

他落句「我想回家睡覺」，便叛逆地逕自開車離開。

不曉得是不是有連鎖效應的關係，阿海交了女朋友後，他的室友浩克不久也正式加入死會行列。浩克女朋友是同一棟樓的住戶，據說有一次浩克幫她提垃圾，從此就愈來愈熟。爲了追到她，浩克每天故意比阿海早起，只爲了配合她的上班時間可以一起出門。她名叫雅蓮，是幼教老師，個性中規中矩，來作客的時候見到客廳凌亂會主動收拾乾淨才離開（施佳懿有時也會這麼做，但那得看她心情）。

最近，客廳又變亂了。

「爲什麼雅蓮最近都沒來？」電視進廣告的空檔，阿海突然想到這個問題。

「冷戰中。」

阿海投來的訝異表情，浩克開始纏著他訴苦。主要原因是雅蓮發現他手機裡有一通來自前女友的簡訊，認定他們還有在聯絡，氣壞了。

「就不過是『祝你生日快樂，哈、哈、哈』這樣而已，這什麼鬼啊？而且她又不是每年都傳，好死不死今年想到要傳簡訊給我，就被雅蓮看到，超衰的……」

阿海爲表同情，從冰箱拿出一罐啤酒給他，很是不解。

「原來雅蓮也會那麼生氣喔！她看起來很理性啊！」

浩克酸酸地睨向他，「少笨了！感情的排他性可是很強烈的，一山不容二虎沒聽過嗎？愈是跟你說不在意的女生，愈是記你一輩子！你千萬別被騙。」

「眞的嗎？」

「眞的！」

浩克的話，阿海本來沒放在心上，直到施佳懿感冒那一天。

「哈啾！」施佳懿打噴嚏的聲音很卡通，藏在口罩後面顯得更萌了。

阿海停下打字的手，探身過去摸她額頭。

「好像比剛剛更燙了耶！回家啦！」

「不要，一開始請假在家也就算了，既然都特地來上班了，當然也要值回票價啊！」

「妳亂七八糟地在說什麼啊？」他推一下她的頭，半責怪，「今天本來就應該乖乖待在家裡休息，反正都快下班了，我送妳回去吧！」

施佳懿還是很拗，她搖搖頭，提出一個變通方法，「不然，你幫我買運動飲料，聽說加溫開水一起喝很有效。」

他不以爲然地皺起眉，「那是治感冒的嗎？」

「不確定，有喝總比沒喝好吧！」

「好吧！我會幫妳買回來，但是下班後妳要乖乖讓我帶去看醫生，對面有間診所，很近。」

她從口罩上方露出的那兩枚明眸彎成橋，然後湊上前，附在他耳邊講悄悄話。

「可是我可能會走不動，你要背我喔！」

「……」面對她那雙故作可憐的眼神，阿海拿她沒辦法，「好啦！背妳去，至少不用怕妳臨陣脫逃。」

冷不防有個壯碩身軀橫擋在他們中間，兩人同時往上看，浩克冷冷地說：「打情罵俏，礙眼。要閃就快閃啦！」

爲了不觸怒跟女朋友正值冷戰期的浩克，阿海匆匆離開辦公室，騎車到最近的便利商店買好運動飲料，又想到天氣冷，臨時轉往藥局買了幾個暖暖包。回程途中，聽到有人尖聲叫著「一九〇」。

阿海停住機車，馬路對面的夢露正站在店門外朝他猛揮手。

他還沒把車子停好，夢露立刻使勁拖他進去，「幸好看到你經過，你快點來看她！」

阿海一踏進「六個腳印」，第一眼就看見趴在桌上的許靜。

他嚇一跳，到她身邊搖她，「許靜！怎麼了？」

許靜像在睡覺，但還有意識，對於阿海的叫喚有反應，卻沒有足夠的力氣睜開眼睛。

「她怎麼了？」

夢露六神無主地猛搖頭，啃起指甲，「我不知道啊！她走著走著就坐下去，我以爲她想休息，結果一直叫她還是這個樣子……」

阿海再次搖她，然後探探額頭溫度，「她在發燒……」

「啊！對啦！她已經感冒好多天了，差不多是從東部回來就一直沒好過。」該不會是那天和關子民跳到海裡面去著涼的吧？

「我送她去醫院！」

阿海用摩托車載許靜，讓她整個人靠在自己背上，一隻手撐著她，送到大醫院的急診室。醫生診斷的結果說有一些肺炎跡象，最好先住院觀察。

要住院就麻煩了，阿海想聯絡許靜的阿姨，這才發現手機沒帶在身上。於是用公共電話打給夢露，請她幫忙聯絡許靜阿姨。

光是照X光，等看報告，聯絡必要的人等等，就花費了不少時間，各間公司早已下班了。

「佳懿，不是在感冒嗎？怎麼還不趕快回去？」

小惠是辦公室最後離開的人，她圍上圍巾，來到病懨懨的施佳懿跟前。

「啊……我在等阿海，他會送我回去。不用擔心我，小惠姊先回去吧！」

「這樣啊……那好吧！阿海怎麼那麼會拖呢？」

她邊唸著阿海，邊向施佳懿道再見。送走小惠以後，辦公室一下子變得好冷清，施佳懿繼續啜飲才倒好的熱開水，熱呼呼的蒸汽一接近口鼻，立刻醺出一丁點淚液。

阿海的手機躺在她的桌面，沒有任何動靜，唯一一通來電是她打的。

「到底是去哪裡買運動飲料啊？普通的就可以了啦……」

許靜恢復意識時，她的阿姨正巧去辦住院手續，坐在床邊的阿海趕緊起身。

「許靜，妳還好嗎？」

她目光呆滯地望了他一會兒，闔上眼，一隻手擱在臉上，「抱歉，頭很暈……」

「那當然了，聽說妳發燒好幾天了，妳阿姨叫妳休息都不聽。」

「店裡忙不過來嘛！實在不放心夢露一個人……」

這時阿姨進門來，聽見他們對話，跟著一起責備許靜，「妳這孩子喔……從小就要求完美，到底是像誰啊？我可不記得我們家有人拚到這麼不要命喔！你說對不對，阿海？」

「呃……嗯……」

他不方便說好說歹，尷尬地支吾著。

許靜看著他，有氣無力地問：「阿海，你上班沒關係嗎？」

「我……」正想回答「沒關係」，他啊地大叫一聲，急忙向她們告別，「不好意思，我有事先走了！」

他跳上機車，一路超速飆回公司，狂奔來到辦公室！

空蕩蕩的辦公室，只有施佳懿上頭的日光燈還亮著，她重新戴上口罩了，正端著裝有熱茶的杯子暖手，見到他，稍稍放下。

阿海很意外她竟然還在這裡。不對……正因為是施佳懿，他心知肚明她就是會一直等下去。

「對不起……」他真心道歉，胸口發酸。

施佳懿的一雙大眼睛跟著他移動，透過口罩，不很清楚地問：「你去哪裡了？」

「我……」

他去照顧同樣生病的許靜這種話，阿海登時說不出口。特別是浩克的警告言猶在耳，而他還記得施佳懿撞見他和許靜在院落相擁時的受傷神情。

「車子……壞掉了。」

施佳懿不發一語瞅著他，臉上戴著口罩實在叫他很難看出她現在的表情是什麼，只有那雙眼眸過分明亮清澈。

「我要回去了。」

她放好杯子，起身，拎起包包啟步往門口走。阿海跟著上前。

「等等，我送妳，不是還要去看醫生嗎？」

「我叫計程車，坐起來比較舒服。啊！對了。」走到一半，又折回來，她從口袋掏出一支手機，擱在最靠近自己的桌上，「你的手機忘了拿。」

很奇怪，現在的氣氛就是有哪裡不對勁，他說不上來。阿海拿起手機，打開螢幕，亮起的畫面顯示一通來自施佳懿的未接來電，還有一則簡訊。

是許靜在他回公司的路上傳來的。

「阿海，剛剛忘記跟你說，謝謝你送我到醫院。」

萬念俱灰，如雷劈下！他自責地按按額頭，轉身追出公司！

施佳懿已經走到廣場邊緣，正在尋找計程車的蹤影。

「施佳懿！施佳懿！」

他抓住她手臂，卻被她甩開。

「對不起，我怕妳會不高興……」

「我是會不高興，而且是非常不高興！可是你騙我，我不生氣了，我很失望，阿海。」

「騙妳是我不對，對不起……」

「我不管你和許靜之間發生什麼事，再怎麼樣也不應該對我說謊啊！一段感情如果需要說謊的話……這到底算什麼？」

「……」

「……你他媽的說點話吧！」

她開始粗口了，阿海曉得如果再多踩一下施佳懿的地雷，等等國罵也有可能會飆出口。

他努力思索很久，也沉默很久，最後抬起頭，終於放棄，「除了對不起，我不知道該說什麼，這件事的確是我不對。」

他放棄辯解的機會，卻不是施佳懿要的。她傷心地告訴他：

「笨蛋，你只要告訴我『這個世界上我只愛妳一個人』這種話，我就不生氣了啊！」

他眞的很抱歉，施佳懿卻不給他任何機會，退後了一步。

「我很想一直對你笑的，讓你看到和你交往的我有多快樂……我本來可以一直對你笑著的！」

她轉身攔住一輛計程車，用力關上門，將衝上前叫她的阿海擋在外頭。

「不用管他，盡管開吧！」她對猶疑不定的司機交代。

「施佳懿！施佳懿！」

起初阿海邊敲著車窗，邊追著車跑，沒多久便追不上了。

他留在路口，無能爲力地面對黃色車身逐漸遠離。施佳懿從後視鏡中看到的阿海身影愈拉愈小，那影像太傷人，她匆匆抹去終究不爭氣畫下的淚痕。

許靜整日醒醒睡睡，一次稍微清醒的時候，隱隱約約聽見說話聲，朦朧的視野中，阿姨正在跟一個看起來很像關子民的人講話，不過她沒有太多力氣完全清醒，再度沉沉睡去。

大約睡了將近兩個鐘頭吧！因為當她醒來，電影《少年Pi的奇幻漂流》正好快播至尾聲。主角少年Pi終於結束他的海上漂流，趴在沙灘上，眼睜睜看著陪伴他兩百多個日子的老虎慢慢走入叢林，從此不見蹤影。

中年的Pi事後回憶到這一段故事，說出這麼一段話：

「我猜，人生到頭來就是不斷地放下，但最遺憾的是，我們卻來不及好好道別。」

許靜漸漸清晰的視線往上抬移，觸見關子民憂鬱的側臉，無聲無息淌下一滴眼淚。

旁人或許會認為他被劇情感動，誰不會被最後那句經典台詞折服呢？但許靜心裡清楚，這部片對關子民來說不過是打發時間用的，並不會投注太多精神在劇情上，他只是……只是想起阿嬤了吧！

一道溫度暖暖包裹上來，他低頭看看自己的手，再看看床上正望著他微笑的許靜，關子民按了筆電的暫停鍵，探身到她床邊。

「嗨！睡美人，起來啦！」

她吃力地坐起身，對於他的恭維並不領情，「睡美人是靠王子搭救才醒的，我可是靠自己的抵抗力喔！」

「超級掃興的妳……」

她笑而不語，晚些才問道，「你不用工作嗎？」

「我推掉一些，公司也叫我好好反省，所以現在算是面壁思過期吧！」

「不要緊嗎？」

「認眞工作本來就不符合我的本性，而且……現在已經失去工作的意義了。」

他說著說著，替自己感到可笑。許靜見他自暴自棄，便自動轉移話題。

「我住院的事，是阿海告訴你的嗎？」

「嗯！」

「我大概……嚇到他了。」

「嗯？」

「我病得不省人事，害阿海很緊張的樣子。」許靜歉然地低頭注視自己潔淨的手指，「我想，他是想到倉庫大火的事吧！」

她一提起那個宛如禁忌的過去，就連闕子民也沉默下來。

「闕子民……我該怎麼辦才好？」

「什麼？」

「你知道嗎？當年那間著火的倉庫，直到現在，我們三個人從來沒有人走出去過。即使是我，還經常夢見你和阿海奮力救我出去的場景。我想告訴你們，我已經沒事了，可是你們就是聽不見，你們急壞，我也快瘋了……爲什麼你們就是聽不見……」

他心痛望著她，突然覺得他們的人生好可悲，苦笑一下，「我也不知道。我想也許人們需要透過自我懲罰，才會好過一點。」

「如果我說我原諒你呢？這是你想聽的嗎？我原諒你，我原諒你，我說我原諒你……」

她一遍又一遍地說，那些溫柔的救贖話語一下子被收進闕子民胸口！許靜終於哭出聲，闕子民摟住她，吻著她臉上的淚珠。

病房那扇門原本迅速開啓一個小縫，現在又悄悄關上。夢露放下手機，豐厚的嘴唇翹得老高，幾乎可以掛起一串香腸。剛巧她今天帶來的探病禮物正是香腸，鄰居送的紅麴口味，她不愛吃，現在決定說什麼也不給許靜了。

夢露氣炸了，以機關槍的速度猛按電梯按鍵。

那個道貌岸然的臭女人，平常裝得一點都不在乎關子民，總是很冷漠的樣子，結果剛剛竟然倒在她的關子民大人懷裡！眞是不要臉到極點！

＊

翌日，施佳懿上班還戴著口罩。

經由小惠的噓寒問暖得知，她已經退燒了，就是還咳不停，三不五時可以聽到小小乾咳。

鄰座的阿海等她坐定後，關心她的病況。

「妳還好嗎?眞的沒發燒了?」

她沒理會他，拿起原子筆開始書寫。這是意料中之事，誰叫他們才剛大吵一架。

阿海碰了一鼻子灰，自知理虧在先，只好又問：「到底要怎麼做妳才不生氣?」

她依舊一句不吭，就在阿海灰心之餘，施佳懿將她飛快書寫好的紙張拿起來，轉向他。

「本小姐喉嚨很痛，請不要跟我講話。」

加重力道寫出的字句相當有魄力。阿海沒辦法，只得安分不去吵她。既然施佳懿願意用紙筆溝通，那就代表至少她氣消一半了吧！

兩個大男人在午休時間一起用午餐，浩克還對他幸災樂禍。

「吵架囉？辦公室戀情就是這點討厭，交往一有個不測，人盡皆知。」

「什麼不測？說來說去還不都是……」

「都是什麼？」

「算了。」

施佳懿返回辦公室，午休時間還沒結束，辦公室除了她之外，還有一個趴著小憩的同事。她走近座位，看見桌上有一杯冒著熱氣的桔茶和一包喉糖，環顧四周，並沒見到阿海。

其實也不用眼見爲憑，會這麼做的大概只有阿海吧！

她坐下後，盯著那只橙色玻璃杯掙扎很久，拉下口罩，咕嚕咕嚕喝掉三分之一。

喉嚨是眞的很不舒服，還在生阿海的氣也是眞的，所以呢，這杯桔茶和喉糖簡直太犯規了！

午休結束前夕，阿海回到座位，施佳懿已經啪噠啪噠地專心在打字，外加手邊疊得像座小山的資料，「我很忙，別吵我」的宣告意味濃厚。

當他注意到自己桌上那洗乾淨的空杯子，輕輕笑一笑。

下班時間，阿海被部長叫住，等部長交代完所有差事，施佳懿早就離開辦公室了。

他快步追到外頭，在廣場上一把拉住施佳懿，她看清楚來者何人後，用質問式的眼神瞧瞧他的手。

「我送妳回去。」

她固執搖頭。阿海又說：「昨天本來就說好由我送妳，妳該不會想說話不算話吧？」

施佳懿瞪大眼睛！不敢相信他使出這一招，簡直完全摸透她的個性。阿海又補上一句，「要是想說話不算話也不要緊喔！反正現在妳還在生我的氣。」

聽他連激將法都使出來了，施佳懿瞪他瞪得更用力，可是轉眼又驀然氣消。她在口罩後開口，講了兩個字，阿海聽得不是很清楚。

「妳說什麼？」

施佳懿乾咳兩聲，清清喉嚨，再說一遍，「背、我。」

這一次他聽懂了，怔兩秒，她的雙眸彎起漂亮的弧度，「你該不會想說話不算話吧？」

「……背回家嗎？」

「背回家。」

搭捷運的話，施佳懿的家離公司有兩個站點之遠。她不是在開玩笑，而且非常堅持。

背女孩子已經夠引人注目，更何況那還是一段挺吃力的路程。

「上來吧！」

阿海背對她蹲下，準備要背她。施佳懿見他當眞義無反顧，反倒躊躇起來，幾位從公司走出來的員工開始對他們好奇側目。

阿海回頭看她，「又不要了嗎？」

「誰說不要！」

她不客氣地爬到他背上，阿海將她穩穩背起，然後啓步朝馬路走。

嗚哇！好高！被這麼高的人背著，怪可怕的呢！施佳懿瞄一下四周，他們果然成爲這條路上的焦點，大家都在拚命看。她是不在意啦！但是像阿海這種在意別人想法的人，不可能不在乎的吧！

施佳懿從後方偷偷窺探他的臉，無怨無尤的表情，似乎沒有那個閒情逸致去理會其他人的反應。這樣的阿海，好迷人呢！

她開始後悔沒有履行減肥計畫了。

就這樣走了大約十五分鐘，「放我下來」的念頭也幾度快要讓施佳懿脫口而出之際，阿海忽然慢慢將她放下。

「妳等我一下。」

她站在路邊，在心裡罵他豬頭，要休息的話，早在剛剛路過便利商店的時候就該休息了，又有椅子坐，還能買瓶水喝，現在在這麼鳥不生蛋的地方休息幹麼？

這附近是重劃區，要嘛是住宅大樓，要嘛就是還沒興建起來的雜草亂堆。這時阿海脫下外套，披在她身上。施佳懿半拉著衣服，錯愕抬頭。

「這裡風很大，妳不要又發燒了。」

他一面說，一面眨掉流到眼睛上的汗水。明明是很冷的天氣，他卻汗如雨下。

本來是想懲罰他的，怎麼反而讓自己更加難受呢？施佳懿抓住他的外套，緊緊抿起唇。阿海重新背對她蹲好，「上來吧！」

「不要了。」

「嗯？」他回頭。

「我不要讓你背了。」

「……」他讀出她臉上藏不住的心疼和彆扭，平心靜氣地解釋，「我不是因爲對妳內疚才這麼做，答應過的事本來就應該做到。對妳說謊已經很糟糕了，總不能再食言而肥吧！一再做錯事，是會養成習慣的。」

「是你說的喔！」

施佳懿再度搭上他的背，阿海撐好她，起身，繼續往劍潭的方向走。她的掌心感受得到他濕熱的背，燙呼呼的。

她想，她的個性眞差，這種時候還悄悄感到歡喜。

「好無聊，唱歌給我聽吧！」而且她還很貪心。

「咦？唱什麼啊？」阿海早就上氣不接下氣，更遑論唱歌。

「嗯……惠妮休斯頓的〈I will always love you〉。」

「什麼？我不會唱英文歌啦！」

「那就……鄧麗君的《小城故事》。」

「喔！好……不過第一句怎麼唱？」

「啊？眞拿你沒辦法。第一句是『小城故事多……』」

等到施佳懿幾乎將整首歌唱完，才察覺到不對勁。

她從後面用力勒緊阿海脖子，「爲什麼變成我在唱啊？」

阿海忍不住笑出聲，隨後趕緊求饒，「放、放手，我不能呼吸了……」

一股重量嬌膩地從背部附上來，阿海愣愣，整個人貼靠著他的施佳懿不再胡鬧，很安靜，也很暖和，他揚揚嘴角。

他喜歡她撒嬌的方式，喜歡她淘氣的任性，喜歡她即使安靜著，還能讓他感覺到她眞的好愛他。

到她家的路程說近不近，他沒來由希望永遠走不到盡頭。

她聽著急促的心跳，他感受背上的溫度，就這樣走完這一段路。

來到施家大門口，阿海將她放下，這才感覺到劇烈的腰痠背痛，而且兩隻手好像快報廢了。

他蹲在地上垂著頭，試著調整呼吸，不過，再怎麼努力，都只有嚴重缺氧的難受。

施佳懿透過大門對講機，要外傭送一杯開水出來。

「給你。」

阿海一拿到手，立刻灌個精光，覺得整個人活過來了，舒服地癱坐在地。

施佳懿在他跟前蹲下，將口罩拉低一些，用那鬼靈精的雙眼呼溜溜瞅著他。

「打腫臉充胖子，等等叫我家司機載你回去吧！」

誰知阿海非但沒有搭腔，還興味打量起她來。他看她的方式很特別，含著幾分懷念和款款深情，害施佳懿開始感到不好意思。

「幹麼呀……」

「總覺得……很久沒見到妳的臉了。」他伸手將她的口罩拿開，然後安心微笑，「明明才當一天的蒙面俠而已。」

施佳懿任由他將口罩取走，一股想哭的衝動。現在已經沒有能夠遮掩她表情的物品，阿海還直勾勾望著她，她覺得自己難看死了。

「你說這些話簡直太狡猾了，我根本沒辦法繼續生你的氣。」

「妳盡管生氣沒關係，但是別再把臉遮住了。高興也好，生氣也好，對我來說，只要能好好看著妳就可以。」

於是，她率眞地爲他綻開僵持一日的美麗笑靨。

這個高級社區一向很寧靜，沒什麼人車來去。施佳懿跪在地上，傾身向前，阿海捧著她臉龐，溫柔親吻她的時候，與他們剛剛一路上的招搖相反，並沒有什麼人看見。

幾天後，浩克在公司大門口遇到剛巧來上班的阿海和施佳懿，懷疑的目光輪流在兩人身上打轉。

「你們講好的是不是？她感冒完，輪到你？」

戴著口罩的阿海乾咳兩聲，十分認命的樣子。親熱挽著他的施佳懿爛漫回答，「我想一定是因爲心有靈犀一點通的關係吧！。」

「少來，我賭你們一定沒有保持安全距離啦！」

浩克賊兮兮地訕笑，阿海一把推開他的頭，兀自走進公司，施佳懿想到什麼，鬆開手。

「喉糖好像被我吃完了，我出去買吧！」

「不用了……」

來不及阻止，她已經蹦蹦跳跳地跑出去。浩克和阿海並肩朝電梯走，浩克隨口聊起大家正全力投入的遊樂園企劃案。

「我前天聽幾個前輩說，公司對這個案子這麼勢在必得是有原因的，好像是營運上出問題。」

「什麼問題？」阿海放慢腳步。

「跟幾間銀行貸的款短時間內還不出來的樣子，聽說銀行已經考慮不再借錢給我們公司了。」

他頓頓，反問：「施佳懿沒跟你提過嗎？」

「沒有，除了上班時間，我們很少講到公司的事，你也知道，她不喜歡在公事上跟她爸有牽扯。」

「嗯……總之，希望是空穴來風囉！不然我們都得喝西北風啦！」

上午的上班時間結束，阿海想到該向施佳懿關心家裡狀況，不過施佳懿先一步將他拉到她座位旁，指著電腦螢幕上的電子報。

「阿海，你看。」

那是水果報的一則娛樂新聞，斗大標題印有「關子民」的名字，這很平常，不尋常的是，照片中竟然出現許靜的側影，關子民吻著她臉頰的鏡頭很清楚地被拍下來了。

差不多打從在海邊撞見關子民和許靜，阿海便下定決心要幫這兩位好朋友推一把，他們互相喜歡，互相喜歡的兩個人如果能夠在一起，再好不過了。

因此他想，這份胸口上的刺痛，肯定是還不習慣這畫面的緣故。

施佳懿抬起眼，窺見了那道刺痛。她想一想，故意大聲講話，好打斷他正陷落的思緒。

「對了！一般來說，許靜現在應該很傷腦筋吧！」

「為、為什麼？」

「你看嘛！既然水果報有了獨家報導出來，其他媒體應該也會想要繼續追蹤下去吧！畢竟這張照片這麼勁爆又清楚，可信度很高呀！」

「所以妳是說……」他不安起來。

施佳懿則一副經驗老道，「現在應該有一大堆媒體找上門了吧！」

話還沒說完，阿海已經不在身邊。施佳懿對著螢幕失去笑意，他為了許靜奪門而出，許靜在他心目中的重要性，沒有人比得上。

這個節骨眼，許靜不像她那麼懂得應付媒體，情況可能很糟糕。淺顯易懂的照片，若是要否認，怎麼解釋都不通。承認了，問題更大，比起嗜血的媒體，偶像的粉絲更可怕，人肉搜索、討論區一連串主觀的批判等等，都足以將一個人逼到絕境。

正因為知道事情的嚴重性，所以才放手讓阿海去。她從沒討厭過許靜，這麼說吧！敵人和討厭並不能畫上等號。

眼看午休時間都過去了，阿海還沒有回來，施佳懿有點擔心，經常瞥向門口。她不確定自己擔心的是阿海和許靜能不能順利脫身，或者是阿海和許靜之間是不是又……

施佳懿嘆氣，後悔剛剛那麼大方。她心煩意亂地走到落地窗邊，本想看看外頭景色轉換心情，不經意她發現阿海了。

阿海騎車載著許靜快速衝向公司大樓，不遠處的馬路上跟來幾輛媒體的廂型車。只見他隨便將車子停好，便拉著許靜往公司跑。阿海人高馬大，可以跑得很快，但許靜微跛的左腳做不到，還一個不小心，讓自己重重摔在地上。

這一跌，施佳懿在樓上看得心驚膽跳，許靜似乎受傷了，連起身都顯得吃力。眼看媒體就快追上來，原本扶著她走的阿海心一橫，以公主抱的姿勢將許靜抱起！

阿海體貼的舉動落入施佳懿的視野，她失神了一兩秒，繼續望著為了閃躲攝影機的許靜緊緊將臉藏進阿海胸膛。那麼惹人憐愛的姿勢，她大概一輩子也學不會吧。

胸口很難受，她不能順暢呼吸，想要閉上眼睛，卻怎麼也動彈不得。

不一樣。阿海對待她的方式，和對待許靜的方式不一樣。對她的是疼惜愛寵，對許靜的卻是奮顧不身。

深怕一切會不能挽回那樣的奮不顧身。

原本撐在落地窗上的手頓失力氣，慢慢滑落。她有點明白了。

阿海暫時將許靜安置在無人使用的小會議室，他讓她坐在椅子上，自己蹲在地上仔細打量她的狀況。額頭在跌倒時有擦傷，幾綹髮絲狼狽地垂在面前，膝蓋也受了傷，血漬和碎石子摻在一起。

許靜試著盡快從驚嚇中恢復鎮靜，試著停住雙手的顫抖。

「受傷了嗎？」

清亮的嗓音劃破沉重的會議室，阿海回頭，施佳懿未卜先知地拎了急救箱站在門口。

阿海說，「六個腳印」外頭圍了好多人，除了媒體，還有一些看熱鬧的。就算把店門關上表明公休，人群還是不肯散去，最後他們硬著頭皮從後門突破重圍。

施佳懿專心幫許靜上藥，不予置評，當這結果理所當然。

「聯絡關子民了嗎？」她信口問。

「阿民手機關機，他那邊大概也被媒體堵住。」

「哎呀！這個要是破相就完蛋了，貼人工皮應該會好些。」處理好許靜額頭上的傷口，施佳懿笑一笑，「接下來要怎麼辦？躲回家去？」

許靜抬起慘白的臉，努力將話講得清楚，「我阿姨打電話給我，說公寓外面都是記者，她乾脆把對講機關掉，要我先別回去。」

為了許靜的處境，阿海絞盡腦汁思索所有可行的辦法，施佳懿則事不關己地玩起手機。許靜對著沒開燈的會議室出神，在恍惚的思緒中逐漸理出頭緒。

「我嚇到了。原來關子民平常面對的世界是這個樣子……那麼多鏡頭，該說哪句話才對，該用什麼表情才好，都是要經過深思熟慮的吧！我們已經生活在不同的世界了呢！而我還覺得我們是那三個一起上學的孩子，只是年紀變大而已。因爲他沒有依照我的想像成爲那樣的人，我總是不能諒解，卻從沒有想過關子民他……爲了適應這個跟以前大不相同的世界，很努力地生存下來了。」

施佳懿放慢滑螢幕的速度，向許靜瞄去。

許靜轉向阿海，鬆口氣般地真心淺笑，「這麼想之後，我忽然不那麼害怕。既然關子民辦得到，我想對我來說，習慣媒體也是早晚的問題。不用擔心我，阿海。」

他頷首，感到放心，「我知道了。可是這樣也不是辦法，目前得先解決妳回家的問題。」

「暫時住我家吧！」施佳懿語出驚人，她自己卻從容托起下巴說：「我家多的是房間，風頭過去之前，妳就待在那裡吧！」

「咦？這怎麼好意思……」

許靜正想婉拒，施佳懿以她跳 tone 的模式改變話題，將手機螢幕轉向他們，是那張在病房的照片。「這張照片，不像是記者拍的。」

阿海不解，「不然是誰拍的？」

「關子民和許靜平常表現得那麼生疏，照理說記者應該不會注意到許靜這邊才對。要我猜的話，這照片看起來像是誰去探病，可是事到臨頭沒有走進去，反而拍下這張照片來。」

「妳的推理太戲劇化了吧！」

「不然你有更好的解釋嗎？」施佳懿對阿海皺皺鼻子，再對許靜問道，「這幾天妳周遭的人有沒有誰表現得跟平常不一樣呢？」

阿海跟她爭辯起不會有人那麼惡劣，許靜則靜下心，細細回想……

冰冷的沉默，酸溜的口吻，好幾次眼神的閃躲……

「夢露？」

這天下班，施佳懿叫自家車來接她回去，當然車上還有許靜和阿海。將許靜安置好，阿海說他會去她阿姨家幫忙拿一些衣服和用品過來。施佳懿跟在後面送他到門口，不意阿海突然回身，害她差點撞上。

「施佳懿，謝謝妳啊！願意讓許靜住妳家。」

她鼓起腮梆子，高昂下巴，「爲什麼是你替她道謝啊？聽了眞不爽。」

「我、我又沒其他意思，是覺得妳這麼做很好心，很了不起……」

瞧他被冤枉的著急模樣，施佳懿忍住笑意，擺高姿態談條件。

「要謝我的話，就請我看電影吧！」

「看電影？」

「是呀！我們交往以來，都還沒有一起看過電影呢！最早那一次還被你放鴿子。」

被放鴿子的人是他才對……阿海將這個祕密放在心裡。

「妳對看電影還眞是堅持耶！」

「不是我自誇，我這輩子從來沒跟男朋友之外的異性一起看過電影喔！不管是單獨還是團體，都沒有。」

「這又是爲什麼？」

「我覺得……看電影是專屬於男女朋友的事啊！所以只能跟男朋友一起看電影。」

「可是上次妳就找我看電影。」

「不衝突啊！那時候我對你勢在必得，所以你已經跟男朋友的意思差不多了。」

聽完她發表高見，阿海假裝又驚又氣地按壓她頭頂，「妳的臉皮到底有多厚啊？」

她笑著掙脫，和阿海打鬧一會兒，伸出雙臂摟住他。他低頭看靠在懷中的施佳懿，納悶地問：

「怎麼了？」

「有一件事……」說到一半，施佳懿孩子氣地咬咬唇，搖頭，「算了，現在關子民和許靜的事就讓你夠頭痛了。」

「有什麼關係？到底什麼事？」

「反正說了好像也不會有什麼幫助，下次再說吧！」

「妳這樣害別人更想知道耶！說啦！」

然而施佳懿心意已定，她不想提的時候就扯到其他話題。

「下星期四晚上去看電影好了，有部我想看的片子正好那天上映。」

「好啊！幾點？我去妳家接妳。」

「不要啦！上次我們約在公司，這次也約在公司吧！下班後一起走。」

「可是我那天要出差，可能趕不上下班時間。」

「不要緊，不然我在機車棚等你好了，你一回來就直接走。」

「真的要這樣？」

「要，這樣才像約會嘛！」

「那，我要先回去囉！」

「嗯。」

阿海維持原本的姿勢半晌，又說：「施佳懿，放開啊！」

她沒放開手，也不說話，就是固執地靠著他。阿海就算探身也看不見她的表情，這不像平常會慵懶撒嬌的施佳懿，她抱他的方式彷彿想要確定什麼，留下什麼。

總令他的心臟不知所爲地揪起一道傷楚。

他撫住她的頭和頸子，低語，「有時候妳什麼都不說，會讓我不知道該怎麼辦才好。」

她凝視他胸前衣服的皺褶，想著許靜曾經在上面小鳥依人地依偎過，施佳懿不禁闔上眼，要讓自己的溫度深深覆印上去般，將阿海靠得更近。

【第十一章】

當我說「我愛你」，你知道那代表什麼嗎？那代表我的眼裡只有你，滿腦子只想著你的事，我全身上下唯一的那一顆心也全部交給你了。當你帶著那顆心離開的時候，我根本沒有辦法想像該怎麼繼續活下去。

即使私底下聯絡不上關子民，他在電視和報紙上的曝光率還是很高，拍戲片場、活動代言等等的場合，總有記者問起毫不相干的許靜。他們是什麼關係？爲什麼親吻她？緋聞女友知道這件事嗎？關子民不是充耳不聞，就是面無表情地以「謝謝」兩個字作爲回應。他從不在鏡頭前提起許靜的事。

「口風這麼緊，八成被下了封口令吧！」

後方突然有人說話，許靜倉促回頭，見到施佳懿正抱著雙臂站在門口。

「我敲過門囉！不過妳好像看電視看得很專心。」

許靜用遙控器關掉電視，還沒起身，施佳懿先一屁股坐在她床上，將手上的小瓷盤遞出去。

「請妳。下班的時候買回來的。」

「啊……謝謝。」接過盤子，美麗精緻的蛋糕外型令她讚嘆，淺嚐一小口後頗爲驚喜，「好好吃。」

見她識貨，施佳懿的心情好轉，開始老學究地說起那間蛋糕店的歷史淵源、師傅的資歷，還有蛋糕食材。許靜聽得興味盎然，施佳懿機警地住口，「很好笑嗎？」

「不是，妳不要誤會。我只把蛋糕當作食物，從沒想過要研究跟它有關的東西。不過妳不一樣，妳吃東西，好像是確認過它的價値之後才願意青睞它。」

許靜說話帶著一點文言文腔，施佳懿並不自在，悻悻然解釋，「這是興趣，對於感興趣的事情不是應該要了解透徹嗎？」

「是啊！阿海說得沒錯，施小姐一向很清楚自己要的是什麼，勇往直前，這一點很叫人羨慕。」

言、言下之意是，阿海在許靜面前稱讚過自己囉？施佳懿暗自竊喜，不過嘴巴還是改不了油嘴滑舌，「妳是不是希望某位大明星跟我一樣勇敢，直接在電視上公開承認呀？」

施佳懿要套出祕密一般，雀躍地抱起雙膝等待。許靜見她這模樣頗有姊妹淘窩在床上聊心事的感覺，不自禁地歡喜。不過深知施佳懿高傲的自尊，即便被追問在笑什麼，她也選擇避重就輕。

「在妳家躲藏三天，也冷靜了三天，我想，關子民怎麼回應都跟我沒關係。我在乎的是，那張照片曾經在快門按下的那一刻眞眞實實地發生過，在我的生命中上演過，那是我所擁有的。至於關子民會怎麼說，就是他的決定，與我無關。」說到這裡，她垂下眼看看自己交纏的手指，自我解嘲，「我做事情很溫吞，如果沒有百分之百的把握，或是不能確定腳下走的路絕對安全，是怎麼樣也不會踏出一步。但是這麼下去，在聽到關子民任何承諾之前，我只能困在原地動彈不得啊！就像當年在海邊一樣，抱著希望和絕望傻傻地站在那裡。現在的我，如果能回到過去，我會對那個許靜說，別等了，直接去找關子民問個清楚吧！換作是妳，肯定會那麼做的對吧？」

她朝施佳懿和善笑笑，換來施佳懿的嗤之以鼻，「廢話，本來就該那麼做啊！」

「是啊！但是現在要見關子民一面談何容易，所以我想還有另一個想法，就是不管他，我盡管去走我想走的路，我已經厭倦一直等待了。」

施佳懿總算聽明白了，緊張起來，「什麼意思？妳打算走去哪裡？」

「我明天回阿姨家一趟，收拾行李，然後把店裡的事做個交代，之後就回老家。」

「妳要離開台北？」

「是回老家開花店。台北雖然讓我學到不少東西，可是這個城市太複雜、太忙碌，我跟不上它的腳步，還來不及好好思考就被趕著前進，好累。我沒什麼大野心，一間花店，哪裡都能開的。」

「阿海知道嗎？」

「我還沒跟他說，這也是剛剛邊看電視邊想到的結論，很荒唐吧！不過如果人生能瘋狂一次，我想這就是我的那一次。」

看著她愈發充滿元氣，施佳懿雖然打心底敬佩，卻爲她感到有所不甘。

「這算什麼？都走到這一步了，妳不是很喜歡闕子民嗎？要走，至少也要聽到他說喜歡妳再走吧。」

她的憤慨，看在許靜心如止水的眼裡，化作疑惑。許靜輕輕告訴她，「妳認爲愛一個人，也應該要得到同等的回報嗎？對一個沙包或許是這樣，妳用多大的力氣打它，它就用多少力量彈回來。可是人跟沙包不一樣哪！因爲迎面而來的各種情感，人會痛，會吸收，也許還會釋放到其他地方，所以並不能原原本本地回應給妳，不是嗎？」

許靜也許沒任何用意，但那就像是投入湖面的一顆大石，在施佳懿心中掀起陣陣恐懼波瀾。

施佳懿猶如陰晴不定的孩子，抗拒般離開她的床，冷淡地說她要回去睡覺了。

然而，一個晚上徹夜難眠。大部分時間她在黑暗中睜著眼，亂糟糟想著一些片段，想到心臟開始覺得疼痛，便抱緊棉被，將臉窩進去。

不知怎的，許靜對於愛情「得之我幸，不得我命」的隨遇而安，竟使得在倦意中的她有那麼一點點欣羨。

阿海一早沒進公司，直接趕赴新竹出差。遊樂園企劃案臨近最後階段，大家都繃緊神經，唯恐有絲毫差錯，因爲下個月就要正式開幕了。

儘管公事忙得不可開交，施佳懿今天的心情倒是不錯，明眼人都看得出來，她特別妝扮過，有意無意會哼著歌。

一次在茶水間照面，浩克故意虧她：「是怎樣？阿海不在，爲什麼妳自己也可以這麼放閃啊？」

「哼哼！」她甜蜜蜜地皮笑肉不笑，「晚上我們要看電影，本來也想邀你一起去的，不過聽說你和雅蓮姊還在冷戰，只好對不起囉！」

她一腳踩到浩克痛處，惹得浩克痛得抗議，「妳少來！什麼邀你一起去？我看在那之前妳會把所有來當電燈泡的人先掃射斃命才對吧！」

「乖，你了解就好。」

就這樣，抱著期待的心情，到了下班前夕，一些人開始放鬆聊天，聊到了關子民的新聞。施佳懿這才驚覺到許靜說過今天要回老家，趕緊拿出手機。

關子民的電話還是打不通，她留簡訊給他，接著將通訊錄瀏覽到阿海的名字，幾經遲疑，才撥電話給他。

電話一接通，那一頭的阿海似乎正在快步行走，四周雜音多，他講話有點斷斷續續，「施佳懿，我現在正要上火車，到公司可能六點半了。」

「呃……那個不要緊。你聽我說，許靜今天要回老家了。」

阿海霍然停住腳步，「回老家？」

「嗯！她早上離開我家，說處理完一些事就回老家去。」

「那，什麼時候回來？」

「照她的說法，應該是不回來了，她要在海邊開花店。」

阿海終於會意過來，急得生氣，「這麼重要的事，爲什麼現在才告訴我？」

「昨天晚上你沒接電話呀！今天又忙一整天，忘得一乾二淨了。」

「那……阿民知道嗎？」

「我留簡訊給他了，不過也不曉得他幾時會看到。」

「我知道了，我要上火車，先掛斷喔！」

阿海搶在車門關上前擠上車廂，他沒有去找座位，而是直接站在車廂通道打電話。

他先找許靜，但一直沒人接聽，女生總是喜歡把手機放在包包，然後錯過一通通來電。沒辦法，他又試關子民的，關機中。

阿海試著冷靜下來，冷靜想了一想，決定打去「六個腳印」。

夢露很快就來接電話了，阿海才剛提起許靜的名字，另一端立刻傳來刺耳的哀嚎。

據說許靜一早來到花店，夢露便端出不愉快的表情，重重甩著花束裝忙，還不忘尖酸地喋喋不休。

「終於來工作啦！妳又不是關子民，跟著躲記者躲那麼多天會不會想太多了？我想哪，不管是記者還是大明星，人家都不會把焦點放在一個平民老百姓身上，所以妳大可以放心來工作。說到工作，幸好這幾天有我撐著，不然訂單這麼多，根本忙不過來。」

許靜從頭到尾沒打斷她，讓夢露暢所欲言，之後才謙和地向她道謝。

「夢露，我要謝謝妳。」

夢露一聽，屁股翹得更高，再祭出勉強給她面子的跩樣，「不用謝啦！妳不在，當然只好靠我啦！」

「我要謝謝妳讓我下定決心，」這一次，許靜搶了她的話，落落大方，「下定決心切割妳和這間花店，它是妳的了。保重。」

夢露瞪得跟銅鈴一般大的眼睛和張開的嘴形圓呼呼，等到許靜當眞毫不留戀地走出店門外，她才慌張丟下那堆花材。

「喂……切割是什麼意思？保重又是什麼意思？訂單眞的還一大堆耶！許靜！許靜……」

這大概是行事按步就班的許靜所做過最不按牌理出牌的事了。她無事一身輕，仰頭眺望藍天，冬天的天空很乾淨，爲此，她深深呼吸，想讓自己也跟那片穹蒼一樣清爽。

接著她回阿姨家，向阿姨告知自己的安排，簡單收拾行李，中途想到還有些事情必須打理好，比如跟某某人借的書得歸還回去，向一直很關照自己的某某老闆辭行等等，東拖西拖，最後還是好晚才得以來到車站。

然而阿海對於她的動向並不知情，夢露只顧歇斯底里地尖叫，阿姨說她去某某人的家，某某人又提到她去哪間店了，打結的線索叫阿海不知該從何找起。

他在看錶的時候忽然想到施佳懿，剛過下班時間不到十分鐘，匆匆撥手機給她，但她不在座位上，阿海改撥公司分機，不久，是還留在辦公室的浩克代接的。

「施佳懿喔！剛剛廠商來討論印腳模的事，她還在跟他們談吧！」

「那，麻煩你幫我轉告她，晚上看電影的事挪到改天，叫她今天別等我。」

「咦？眞的假的？她爲了看電影的事 high 一整天耶！」

浩克誇張的叫聲害剛踏進門的施佳懿嚇一跳，直覺他正在電話上提起自己，當下並沒有立刻過去，而是留在不遠處狐疑聆聽。

「許靜要離開台北了，我想她是有所誤會才要走的，我得先找到她。」

「許靜？」浩克皺起眉頭，語重心長，「拜託，別叫我幫這種事。施佳懿如果知道你要放她鴿子，她的憤怒值可能會破錶喔！我才不想被你們的戰火波及到咧！」

「所以我才請你先幫我跟她講一聲，今天別等我了，等我回來之後一定會向她解釋清楚。」

「阿海，我不是站在施佳懿那邊。不過你自己要想清楚，就算找到許靜，然後呢？那個『然後』值得你把施佳懿丟在一邊嗎？」

阿海握緊手機，在車站雜沓的人群中，頓時迷失方向，不知道自己在什麼地方。有那麼一剎那，許靜在海邊蹲下哭泣的背影浮現腦海，有時又是施佳懿在白色芒草田旁的燦爛笑臉。

「浩克……拜託你，幫我跟施佳懿說一聲。」

手拿話筒，背對門口的浩克凝重地停頓片刻，才勉爲其難，「好啦！我等一下去找她。」

施佳懿錯愕地睜大眼！

浩克放下話筒，爲了阿海所拜託的任務沉重嘆氣，轉身，門口空無一人。

積了一整天沒落下的雨，在雲層間蠢蠢欲動。施佳懿抬頭，時而浮現的雷聲和閃光在雲縫間從東飄移至西，她等了一會兒，依然沒等到雨落下，就像她怎麼也等不到阿海一樣。

冬天天色暗得早，四周是曲終人散的冷清，這片空曠更顯得迎來的風幾分刺骨。她倒吸一口氣，有加強意志力的意味，繼續面對幾片落葉從腳前打轉三圈又滾飛而去。

通常她不會等的，天氣這麼冷，阿海又說電影要改天看了。當浩克尋找她，施佳懿卻躲藏起來，躲在董事長辦公室，將臉埋入膝蓋間，關掉手機。她不想聽見浩克接下來要告訴她的話，她不要放棄一起看電影的那份期盼。

她寧可裝作什麼都不知道地等下去。

可是這漫漫等待到底是爲了阿海，或是一份強烈的不甘心，就連她自己也說不明白。

後來，阿海找到了許靜。

起先他像無頭蒼蠅騎車在街上尋找她出現的各種可能性，最後又返回車站碰運氣。他走進人潮川流的車站，四下環顧，好巧不巧，在月台所停的那輛剛開動的列車上，他發現許靜的蹤影！

許靜嫻靜的側臉安在小小車窗上，似乎正看下一站的站名告示。

「許靜！」

阿海大叫一聲衝上前，連剪票口都沒闖過去，列車已經在他面前駛離。

阿海悵然若失佇立原地，好久好久都回不了神。

他到底在追尋什麼？浩克問他，然後呢？

阿海坐在藍色塑膠椅上，頹然抱著頭。第一次在台北遇見許靜時，他好高興，不只是見到老朋友的興奮，深藏回憶裡的悄然情感有了釋放的方向，某一部分的自己覺得活過來了。

還有什麼並沒有完全過去，還能夠回得來……

如今許靜再次從他的生命中離去，那股生命力也跟著被帶走。

什麼都沒有了。

阿海步履蹣跚地回到住處，浩克本來在打電話，見到他進門，氣急敗壞地走上來。

「喂！你電話怎麼都打不通啦！」

「被我打到沒電了。」

「不管啦！我跟你說，我在公司沒遇到施佳懿，很奇，怎麼找都找不到她。」

阿海一驚，一把抓住他手肘，「怎麼回事？」

「就是我根本沒機會跟她說看電影取消的事，打去她家，人也不在。」

阿海看看牆上時鐘，八點過一些，他掉頭又衝出去！

＊

置身車廂的密閉空間，許靜總算清楚聽見包包所傳出的來電鈴聲。

「喂？」

「嗨！是我。」

熟悉的嗓音睽違好一段日子了。她輕聲問：「你用公共電話打的？」

「嗯！手機被沒收，好像被當作三歲小孩子。」

「三歲的小孩本來就不應該有手機吧！」

聽她一本正經的意見，他沉沉哼笑一聲，兀自整理好頭緒，才又開口。

「抱歉，最應該在第一時間站出來的人應該是我才對，我卻神隱到現在。」

他提起那張照片風波，許靜也安靜一下。

「你們公司有自己的考量和立場，不意外。」

「其實，也不完全是公司干涉的關係，只要我願意，還是可以不顧一切。」

「不過？」她替他接著說。

「不過，我現在接了阿海公司那件案子的工作，我的形象多多少少會影響到代言的效果，聽說這是阿海第一次主導的案子，我……」

她什麼都了解，「你想讓它成功。」

「從前，大家在找放火的始作俑者，阿海挺身爲我擋罪，現在我想輪到我……爲他做點事。下個月就是遊樂園的開幕典禮，過了那一天，什麼公司的立場之類的，我就打算撒手不管，然後公開承認那張照片。抱歉，我這麼自私。」

許靜垂下眼，恬淡地笑起來，「我反倒認爲這是你生平最無私的時候呢！」

他也跟著笑，轉爲溫柔低語，「我聽說妳要回老家了，下個月十日剛好是開幕禮當天，我們見個面好嗎？」

她望向車窗，自己的影像和外頭飛快掠過的景物重疊在一起，她記起高中時的海邊約定，關子民也說過相似的話。

說沒有芥蒂是騙人的，只是讓她在一吸一呼的換氣中掩埋過去了。

「好啊！不會又約在海邊吧？風沙大，太陽也大，實在不是個等人的好地方。」

他被挖苦得慚愧，苦思一番，改說：「教室呢？我們高三那間教室，傍晚六點，我一定到。」

其實還害怕著舊事重演，也深知這一次若是受傷，碎掉的心也許不能再復原……

許靜再度看向窗上倒影，然而，關子民問的不是十七歲的自己，那個女孩還留在海邊哭泣。她現在已經二十五歲了，她想，起碼有擦乾眼淚的能力吧！

「好，六點在教室，我等你。」

視覺不知不覺習慣這片黑暗以後，那道由遠而近的車燈反而略嫌刺眼。

施佳懿轉開頭閃避射來的光線，聽到機車緊急的煞車聲，還有安全帽因爲隨手亂丟而掉落在地的噪音。

「阿海！」

她喚他的方式好像發現新大陸，反而令他止步。

施佳懿讓他心痛，痛得窒息。如果施佳懿肯狠狠揍他一拳，掩蓋過胸口上的痛楚，或許會好過一點。阿海快步奔向機車棚，摸摸她凍壞的臉，用雙手裹住她冷冰冰的手。

「對不起，我剛剛才曉得浩克沒把話轉達給妳……總之，我們現在找間便利商店，買杯熱咖啡……」

她乖乖任由他幫自己取暖，聽到一半，接著問：「看電影呢？」

阿海打住動作，逡巡著她明眸圓睜的純眞表情，施佳懿居然也會有跟許靜相仿的眼神，透明深邃，難以猜透。

「……現在去看。」

「嗯！」她似笑非笑地點頭。

阿海朝不遠處的摩托車走去，起初，施佳懿隨後跟上幾步，拖著拖著，後來不再走了。她站在原地，凝視他的背影，她看了無數次的背影，曾經讓她有過從後面緊緊抱住的衝動。

由於發現後頭異常安靜，阿海奇怪地回頭，這才看見施佳懿根本沒跟上來。

掛在嘴角的輕淡笑意看起來有些疲倦，有些悲傷。

「施佳懿？」

「我不行了，阿海……身上一點力氣也沒有，生命好像已經一點一點被消耗殆盡那樣，我連朝著你前進一步都辦不到。喂……你告訴我，爲什麼愛你會變成這樣呢？」

她傷心的眼眸溱滿晶瑩亮光，苦澀問他。阿海頭一次見到沒有一點朝氣的施佳懿，他不知所措，深怕自己稍有輕舉妄動便會害她更加傷痕累累。

「當我說『我愛你』，你知道那代表什麼嗎？那代表我的眼裡只有你，滿腦子只想著你的事，我全身上下唯一的那一顆心也全部交給你了。當你帶著那顆心離開的時候，我根本沒有辦法想像該怎麼繼續活下去。」她吸一口氣，努力不讓眼淚掉下，微微一笑，「可是阿海你呢？你的心到底在哪裡？一個人應該只有一顆心啊！你要全心全意放在我一個人身上才對，可是爲什麼它不在那裡呢？」

阿海情急反駁，「我的確是對妳全心全意！」

「不是！你不是！因爲你根本不需要我！在工作上你不需要我推你一把，阿嬤過世的時候你不需要我在你身邊……」她在激動後，歇一歇，望向遠處馬路一對外出買零食的情侶，嘻嘻笑笑的，太過幸福的氛圍在冷冽的夜格外鮮明、眩目，「我冷的時候，你會把外套讓給我穿，我餓的時候，再遠的店你都會跑去幫我買。我什麼都不想做，只想賴著你的時候，你情願雙手被枕得快報廢也不會動一下……可是你並不需要我，阿海，就連像我自尊心這麼高的女孩子也懂得不被需要的人很寂寞……和你在一起，我常常覺得很寂寞……」

「我……我沒想過要丟下妳一個人！今天晚上如果我曉得浩克沒能找到妳，我一定會馬上趕來找妳的！」

施佳懿愕然靜止下來，他還是不懂，她頓時覺得可悲又無奈，「大笨蛋，獨自一個人，和變成孤單一個人，是不一樣的啊！」

阿海啞口無言，他怎麼會不知道？當爸媽將他丟給阿嬤撫養的頭幾年。當關子民突然離家遠走的那一天。當許靜良善對他微笑，卻說他們是永遠的朋友那一刻……都是寂寞的。

施佳懿再次轉向情侶經過的方向，他們已經不在了，剩下寂靜街道在寒風中延展到無盡的黑夜，漸漸平靜，悄悄枯槁，是她的心。

她凝神佇立，無聲的停車棚裡，眼淚迅速墜落。她轉回頭，輕輕說起一個似乎是剛剛才出現的念頭，「阿海，我們分手吧！」

她的話，飄進阿海耳中，他起初不能立刻領悟那是什麼意思，只是睜大雙眼。

施佳懿偏起頭，又說一次：

「分手吧！」

「什……我不要就這樣分手！妳怪我也好，罵我也好，但是為什麼非得分手不可？我絕對不要！」

見他難得對感情這麼強勢、堅持，施佳懿私心感到安慰，她朝他走近一步，飽含希望的目光聚在他不願放手的神情上。

「那麼，你愛我嗎？你愛我像我愛你的那樣嗎？阿海，你真的愛我嗎？」

「我……」

他不能回答。

他的感情趕上施佳懿了嗎？放下許靜了嗎？

這些問題連他都感到迷惘，不能隨便敷衍，他做不到。

愛，很沉重的啊！是要承受另一顆心的重量哪……

施佳懿說，她把心都給他了，可他收藏在哪裡呢？

見他鎖緊的眉宇在無法回答的沉默中轉爲憂傷，施佳懿怔怔然跌入絕望深淵，「你不愛我？」

「……我很喜歡妳，施佳懿。」

「你喜歡我，可是不愛我，對嗎？」她在一切都再清晰不過的難堪中崩潰，用力搥打阿海，痛哭失聲，「你不愛我？爲什麼？爲什麼不愛我？爲什麼不愛我？你怎麼可以不愛我！太過分了！人家這麼地愛你……我很愛你……」

她像小孩子放聲大哭，哭得阿海片片心碎，懊悔與自責在胸口緊緊絞結，絞得無法呼吸。

「對不起……對不起……」

天空依舊乾涸，施佳懿卻淚如雨下。他牢牢擁抱哭泣不止的施佳懿，冬季的夜，纖細的施佳懿很暖和，小暖爐般的溫度和他們臉上的淚水一樣，是剛剛好能融化兩顆心的溫度。

第十二章

我沒有自信還能用五十年去愛你，我曾經擁有那種天下無敵的力量，可是它已經不在了。

有人說，成長的速度和傷痛的程度成正比。還有人說，領悟的代價是一場美夢的逝去。

阿海沒作什麼夢，反倒想起不少事，大部分是關於施佳懿的。他們初相識時的對立，我追你逃的相處模式，她所說過的每一句嗆辣又中肯的經典名句，還有每一個貼心到不行的小動作……

阿海將手擱在眼皮上，試圖擋掉那些不斷打上來的回憶浪潮。

一夜無眠，翌晨浩克在客廳遇見正要出門的阿海，嚇一跳。

「你的眼睛怎麼回事？結膜炎還是沒睡好啊？」

「我沒事，先走了。」

他避開跟浩克照面，匆匆離開公寓。

騎車到公司的路上，一路放空，說是行屍走肉也不爲過，經過捷運軌道下方時，頭上響起一串規律節奏，他總算回神，停住車子，目光追隨一列剛經過的捷運放向遠方天空。

和施佳懿分手了，爲什麼到現在一點眞實感也沒有？她今天會來公司嗎？再見到她，該怎麼面對呢？她還跟昨天一樣難過嗎？

愈想愈沉重，阿海強打起精神，隨著陸續趕打卡的同事一起走進大樓，正要抽出自己的卡片，身旁冒出一隻白皙漂亮的手先從架子上抽出卡片，快速送入打卡機，喀嚓！

他掉頭看擠到身邊的那個人，大吃一驚！

施佳懿將打卡單放回原處，發現他正看著自己，笑盈盈打招呼，「早安！」

「呃……」

施佳懿沒等他答腔，便跟上其他同事走入電梯。

這麼陽光又充滿活力的反應，到底是怎麼回事？

阿海見識過她是怎麼對付劈腿的前男友，所以到前一刻爲止最壞的情況他都設想過一遍了，也做好逆來順受的心理準備。

但分手隔天的施佳懿完全在他預料之外，阿海迸不出半個字來。

員工之間已經開始流通著公司財務危機的傳言，最近大家的話題都是這個，人心惶惶之際，施佳懿倒是淡定得很，她跟往常一樣認眞工作，和同事談笑風聲，就連面對阿海也落落大方。

彷彿他們還沒分手，甚至，連他們交往那一段時光都不曾存在過。

午休一到，一位女同事興沖沖拿著一張廣告單來找施佳懿。

「喂！妳看，這是新開的泰國料理店，有沒有興趣一起去吃吃看？」

浩克馬上吐槽，「喂！妳新來的啊？施佳懿每次午餐都跟阿海黏在一起啦！」

阿海抬頭，正尷尬得不知該怎麼說明才好，施佳懿先一步笑嘻嘻解釋，「忘了說，我們分手了，所以中午大家一起去這間泰式料理店吧！」

她語出驚人，浩克反應很大，「啊？爲什麼？」

其他人同樣暫停動作，詫異地看過來，小惠忍不住暗中賞浩克一記拐子。

「因爲，當朋友好像比情人還適合……大概是這樣吧！」

施佳懿食指拄著下巴想出這個普通答案，她的態度自然，絲毫不讓人感到矯作，這對於緩和辦公室氣氛有莫大幫助。

坦白說，阿海才不信她那一套，又不是第一天認識施佳懿，她那個人最表裡不一了，在那麼劇烈的宣洩之後，怎麼可能會有如此神速的風平浪靜。

他擔憂著她，捨不得她。

最後，他們還是一群人浩浩蕩蕩造訪新開的泰式料理店，酒足飯飽，一起步行回公司。起初，是大家一起走，後來也不曉得是不是習慣問題，變成阿海和施佳懿兩人被留在後頭。

他懷念著和她並肩而行，昨天過後那已是恍如隔世的事。如今施佳懿正輕輕鬆鬆走在他身旁，爲了肚子裡過多的食物伸起懶腰，終於露臉的冬陽也讓她瞇上眼，舒服地深呼吸。

不經意，他們四目交接，她撞見他來不及收回的緊張，笑一笑，改盯著自己穿著長筒馬靴的腳步。「你是不是認爲我應該會傷心到不想來上班，不想見到你？」

「是這麼想過。」

「我也想過請假好幾天，然後去山上、去海邊好好哀悼一下，就像電影情節那樣，不過那實在不符合我的個性。」她做出一個遺憾表情，然後舉起雙手做出一個拔掉插頭的動作，悠悠地說：「不知道爲什麼，我對你的執著突然『啪』地沒電了。沒有經過緩慢漸進式的歷程，它就是忽然在某一個時間點斷掉，連我自己也找不到接合的地方。」

那死心的手勢，倒映在阿海眼中成爲一道劇痛，好像施佳懿將留在他身上的那顆心又血淋淋地掏挖出來。

施佳懿見他難過，她恢復晴朗的精神，「嘿！你忘啦？我的個性是往前看，不留戀過去的，所以說得不客氣點，就別往臉上貼金了。」

她調皮地拍拍他的臉，阿海半配合似地抗拒閃開，「妳還眞的很不客氣耶！」

她呵呵笑起來。施佳懿的笑容就像術後殘留在體內不定時發作的隱隱疼楚。

阿海不確定她到底好不好，然而就算不好，自己也沒有資格再爲她做什麼。

「最近，有一些公司的傳言……」他改變話題，換個方式關心她的狀況，「妳知道嗎？」

她抿抿唇，搖頭，「財務的事嗎？沒有，我和我爸幾乎不談公事。」

「是嗎？如果有需要……」

「如果有需要，我想你應該也幫不上忙。」她搶先快人快語，一派樂天與篤定，「不用擔心，公司不會倒的。」

「我不是擔心那個……」

「對了！昨天你攔到許靜了嗎？」每當她有不想談的事，話題就開始跳躍。

阿海沒轍，「沒有。不過她到家的時候回了我電話，說……」

「說什麼？」

「關子民跟她約好，遊樂園開幕那一天會回老家找她。」

施佳懿安靜著，猜想或許那一天就是「那一天」，關子民終究要還給許靜多年前一個答案的「那一天」。想到這裡，她逡巡阿海沉思的側臉，直到他也側過頭狐疑看她。

「在道義上，我是站在你這邊的。可是，如果要我下賭注的話……」

她沒把話講完，反正也沒有必要，阿海難得變機靈，淺淺咧開嘴角，「是啊！連我都不會在自己身上下注。」

她回給他的笑意幾許悵然。這就是愛情啊！總是你愛她，她愛他……

走在前方的小惠注意到他們遠遠落後，拉高音量提醒，「你們兩個！再不走快一點就會遲到囉！」

「好！」施佳懿朗聲應話，加快腳步往前走，阿海仍以偏慢的速度墊後，凝然注視她朝掌心呵氣的背影。

他其實還想說，不論許靜和阿民會怎麼樣，他似乎都不在意了。只是他覺得自己太笨，搞不清楚那些愛與不愛的事，才害得施佳懿傷透了心。因此，有些話大概多餘，他戒慎恐懼地將它們放在心裡。

過了不久，媒體開始有小篇幅版面報導公司的財務狀況吃緊，有可能會轉手賣給其他公司經營。阿海的部門在這個緊要關頭沒有時間去擔心這些謠言，因爲遊樂園的開幕日子逼近，各項工作如火如荼地進行到收尾階段。

阿海和施佳懿算是這個案子的主導人，兩人特別忙碌，尤其是施佳懿不知爲何比平常要未雨綢繆，一心想把工作進度超前再超前，還不時對阿海耳提面命一堆注意事項，就怕會有個閃失。他想，她是眞的很看重這個案子吧！於是也不多問，全力配合那會操死人的進度。

眞的很忙，忙到無暇分心在分手的二三事上，除了偶然兩人同時要拿桌上的合約書，手跟手就那麼巧地碰上，在那零點零一秒當中，她露出一縷倉惶。

阿海還尷尬著，施佳懿索性一把抄走合約書，啪啪啪地迅速翻閱起來。

下班後加班，週末也來加班，這種水深火熱的日子經過一兩個星期，到了這星期五下班前，所有的工作都奇蹟似地告一段落。

同事們紛紛長嘘短嘆，順便歡呼脫離苦海，相約等會兒去哪裡放鬆一下。施佳懿還留在座位上，很沉靜，手拿一本厚厚的企劃案，對著封面端詳。一種雨過天青的坦然，一分忽然無事可做的失落，在她出神的面容上五味雜陳。

不久，她收好東西，將包包肩帶掛在肩上，準備要走。阿海寫好請款單上一半的內容，察覺到她還站在中間走道，不禁停下筆，原來施佳懿一直盯著他寫字。

「什麼事？」

「今天晚上你在家嗎？」

「嗯？我沒有特別的事要做……有事啊？」

「你在家的話，我八點去找你。」

這話有點耳熟，之前施佳懿還對他死纏爛打的時期，最喜歡擅自敲定時間後再直搗黃龍。

「到、到底有什麼事啊？」

他莫名地忐忑，施佳懿則「沒什麼大不了」地聳肩，語焉不詳，「有東西要給你，不是很重要的東西，你在家的話，我就拿過去給你。」

說完，她便離開了。

晚上阿海回到住處，浩克已經半死不活地癱在沙發上好一段時間。

「你在幹麼？」

他一問，浩克才吃力地爬起來，開始抱怨，「還問！你們施佳懿是怎麼回事？趕工作的方式也未免太斯巴達了吧！」

阿海邊脫著外套更正，「什麼你們施佳懿啦！現在都告一段落了，很好啊！」

「問題是離開幕還有一個星期，有必要這樣操到爆肝嗎？」他抱怨完畢，轉變飛快，改為喜上眉梢，「幸好我們家雅蓮溫柔體貼，等一下我們約好要出去唱歌、看電影，喂！要不要一起來？雅蓮也邀你喔。」

他們前陣子的冷戰期限原本還遙遙無期的，可是浩克工作勞累，雅蓮看在眼底，於心不忍，開始主動關心他的生活起居，然後兩人又愛得如膠似漆。

阿海打從心底爲他們高興，可是婉拒他的邀約，「你們去吧！我晚上有事。」

「什麼事？」

「施佳懿要來，說有東西要拿給我。」

「喔……」他故意拖出曖昧的長音，擠眉弄眼，「該不會是要還你交往紀念品之類的東西吧？」

阿海暫停打開冰箱的動作，猶疑一會兒，彎身將一瓶可樂拿出來，「不知道。」

浩克不作聲，看他灌下兩三口可樂，心有所感，「眞的很不可思議耶……你和施佳懿。當情人的時候很速配，現在做朋友的感覺也很好，我想，如果換作是我和雅蓮，八成做不到吧！」

「做不到什麼？」

「萬一，我說萬一，將來我和雅蓮分手，我會告訴自己要努力保持朋友關係，當不成情人，就做朋友，大家不都是這麼說的嗎？不過當我這麼想的時候，事實上是根本做不到吧！」

「嗯……」

「所以，不管怎麼樣，這一點你可要對施佳懿心存感謝喔！」

不用浩克說，眞的不用他說……他只能面對冰涼的可樂罐掩飾澎湃情緒。

「我知道。」

浩克快快樂樂地出門了，到晚上八點，施佳懿果然準時按電鈴，不同以往的是，這次她沒上樓，只待在一樓外頭透過對講機要阿海下來。

「不上來坐嗎？」阿海快速下樓，這麼問她。

「不要，我只是拿東西給你，沒什麼特別的事。」

她換過衣服，粉色高領毛衣配牛仔褲，罩上一件軍裝式的眞皮外套，她眞喜歡這種膝上的長襬外套。

「是什麼東西？」

施佳懿拎高手上紙袋，「食物，要冰喔！」

阿海接過袋子，朝裡面探視一下，肉、肉粽？有七、八顆的肉粽。他再次疑惑地看施佳懿，這丫頭倒是酷酷地觀察他的表情。原以爲她眞的是來歸還交往紀念品，沒想到會是食物！而且爲什麼是肉粽？端午節又還沒到。

「我也做了關子民的分，算是……慰勞他在開幕那天爲我們賣命吧。綁了紅繩子做記號的是你的喔。」

有的粽子的確是用紅繩子綁住。爲什麼還有分別啊？

然而施佳懿不理會他滿臉問號，自顧自地說下去，「我突然想要謝謝你對我的照顧，不管有沒有在交往，你都很照顧我。」

「謝我？」

「我這個人愛恨分明。我不會對你像對待上上一任男朋友那樣，不會刪掉你電腦裡的東西，不會害你爲難，因爲，你自始至終都對我很好。」

她要他放心，阿海卻哀傷起來。

「妳在說什麼啊？我哪有照顧妳，我是……對不起，施佳懿。」

他終究藏不住壓抑過久的歉疚，不能再配合著她當作什麼事都沒發生過。

施佳懿收起嘻皮笑臉，低頭思索什麼，接著正色告訴他，「不用對我說對不起，你道歉，好像是我吃虧，你佔便宜一樣。但是我們之間眞的是這樣嗎？我從來不這麼認爲，不用說對不起。」

「我的確是傷害妳了……」

「林裕海，我再說一次，不要把我當成受害者。」她目光嚴厲，鄭重聲明，「當我對你笑的時候，並不是故作堅強，而是我眞的想要這麼做，一開始或許不容易，但多練習幾次……就一點都不勉強了。對於這份想要面帶笑容的努力，我覺得自己很了不起，因爲這是認識你之前的施佳懿所做不到的事。」

「施佳懿式」的思考邏輯往往叫他無話可說。見到阿海被自己指責得灰頭土臉，她稍微心軟，懊惱起這根本不是她來的目的。

「總之，我要說的是，不管你把我當作妹妹、當同事、當女朋友，你都很照顧我。被我胡亂使喚也不反抗，我耍任性你也不會眞的生氣，爲了隨時讓我吃飽，莫名其妙買了好多點心……」她說著說著，自己都覺得好笑，「找遍全世界也找不到像你這麼好欺負的人吧！」

「我不是好欺負。」這一點他相當堅持，說得眞心眞意，「我是眞心願意這麼做。」

施佳懿望著他萬分認眞的臉孔，視線一下子看不清楚。她匆匆掉頭，面向五百公尺外街角的那間便利商店，在冷颼颼的夜色下透出白色的光，寧靜而溫暖。

「那麼，」她吸一下鼻子，舉起手，指住便利商店，語氣挑釁，「一直站在這裡冷斃了，幫我買杯熱咖啡來吧！」

她眞的好會逮住別人弱點。阿海只好將紙袋交還給她。

「幫我拿一下，還是喝拿鐵加兩包糖嗎？」

「嗯！」

「我很快就回來。」

「慢走！」

她揮動右手送他去跑腿。阿海往前走五步，她舉高的手緩緩放下，擱在頭頂上。阿海又走了十步，她的手滑落身邊，守望他的眼眸終於再也承受不住眼淚的重量，一道星子之光從臉龐掉下去。阿海走得更遠了，施佳懿原地佇立，緊緊抿著唇，還捨不得移開視線，還不能止住漣漣的悲傷，她深深呼吸，矇朧的視野再也看不清阿海高大的背影。

原以為已經徹底死心，沒想到最後一絲倔強的思念還在淚水中，留著餘溫。

六七分鐘後，阿海返回住處樓下，施佳懿已經不在那裡了。

他急忙跑上前，四處尋找，只有一個拉緊衣領的路人奇怪地瞥他一眼。

阿海看看手中燙手的熱咖啡，決定掏出手機打電話給她，不過又馬上暫停。他走到公寓大門前，把手上掛著裝有肉粽的紙袋，袋口擺著一張隨手撕下的便條紙。

「拜拜。」

週六晚上，關子民依約來阿海住處找他。浩克出門約會了，兩個男人隔著長形茶几面對面坐著。桌上擺有一盤肉粽，肉粽又分有紅繩子和白繩子，剛從電鍋出爐，聞得到熱騰騰的荷葉香。

他們有默契地盯注那盤肉粽半晌，關子民率先開口，「不會下毒吧？」

「啊？」

「刻意分成兩種，包的人又是施佳懿，怎麼想都很可疑……」

「不會吧！你最近有沒有惹到她？」

關子民瞪他一下，「你憑什麼認爲她下毒的是我這邊的？別忘了跟她分手的人是你。」

「……」

「算了，再想下去也不會有什麼結論。」

關子民想得開，動手拆掉粽子上的白線，阿海則起身去廚房找甜辣醬，不久，聽見客廳的關子民這麼說：

「遊樂園開幕那天，我搞定我的工作之後就會直接回老家去。」

阿海停停翻找的手，「喔」了一聲，「許靜告訴我了。」

「之後，會重整阿嬤的房子。」

阿海拿著一瓶甜辣醬走回來，「要改成你之前想蓋的那間大房子？」

「不是，那張設計圖早就被我撕爛，不知道丟到哪裡去了。」他接過甜辣醬，愼重地在粽子每個區塊都淋上醬汁，「大致上會維持現狀，但是起碼也得把一些會漏水的地方和有裂縫的地方重新修補好。」

他又將甜辣醬還給阿海，阿海倒的方式就比較隨便，而且完全不看自己灑了多少量下去，淨顧著跟他講話，「然後呢？」

「然後，也許回去住的時間會變多。」

「回去住？」

「嗯！以後我想慢慢減少工作量，最後會變成怎麼樣我還沒想清楚。藝人的工作其實並不討厭，以前是爲了阿嬤，爲了爭一口氣往前衝，但是目前想放慢腳步，先去做一些……以前想做卻沒辦法完成的事。」

關子民未來的打算並沒有非常明確的輪廓，不過阿海知道，人只要願意放慢腳步，就會比以前更清楚該走的方向。

阿海祝福他，「你怎麼做都好，我支持你。」

關子民抬頭，給他一個感激的回禮，「我和許靜的新聞鬧得沸沸揚揚那陣子，多虧有你幫許靜。本來應該是我這個罪魁禍首出面收拾爛攤子才對，結果害得你跟施佳懿鬧翻了。」

「別這麼說，我跟施佳懿分手的時候，她從沒提到這件事喔！那是我自己的問題……反正，跟你沒關係。」

又陷入不知該說什麼好的沉默。關子民吸一口氣，振作起來，抽雙筷子給他。

「吃吧！搞不好我們兩邊都被下毒了。」

阿海笑笑，和他一起用筷身將肉粽切下一小筷，夾起來，送入口，兩人不約而同地愣住。

關子民放下碗，驚訝問道，「這個味道，她怎麼會……」

是阿嬤的味道。而且比起施佳懿初次試作的成品又更接近原味，那肯定是經過反覆練習才有的成果。

對阿嬤的思念，和對施佳懿的感動，登時令阿海悲喜交集，他花了一番工夫才能順利回話。

「施佳懿曾經向阿嬤學過，她特地跑去老家學，學得超用心的……」

不知不覺又想起那本料理筆記，裡面寫滿只有施佳懿才看得懂的注意事項。

關子民看著飄香肉粽，是很單純的阿嬤的粽子，他好些年沒吃到了。

「施佳懿送的……可是一份大禮啊……」

「嗯！」

阿海又動手將粽子切出一塊，露出更多餡料，他錯愕住手，恍然大悟。

闕子民望向他盤子中的肉粽，會心一笑，「難怪要分成兩種粽子。」

闕子民的分很普通，但阿海的粽子裡多包了一顆蛋黃。兩顆蛋黃，阿嬤交代過，阿海喜歡這麼吃的。

雖然施佳懿認爲自己冷漠，對於阿嬤的過世無法和他有同步的傷心，但就某個意義上來說，她以她的方式將對阿嬤的思念延續下來。阿嬤活在施佳懿每一個包紮粽子的細膩手勢，在每一陣從荷葉散發出的溫柔香氣中。

施佳懿這個女孩果然狡猾得要命。儘管她沒在粽子裡下毒、加芥末，他還是嚐到很痛很痛、很鹹很鹹的味道……

星期六過去，星期天也過去，接著又是星期一上班日。

阿海走進辦公室，還沒來到座位，施佳懿的桌子先進入他詫異的眼簾。

她的桌面很乾淨，乾淨得只剩下一座電腦螢幕，其他物品都不見了。

沒有筆筒，沒有三層資料匣，也沒有那株綠色仙人掌。不像遭小偷，看起來是刻意清理過。

「這是怎麼回事？」他問起早到的同事。

同事們面面相覷，他們也正在討論這件怪事。小惠說她剛剛拉開施佳懿的抽屜看過，但裡面同樣淨空。

企劃部一直議論紛紛到上班時間，施佳懿並沒有出現，不久便聽見公司廣播，要全體員工到大會議廳，有事情要宣布。

私心很想追究施佳懿的事，不得已，阿海跟著大家一起前往大會議廳。

眞是不尋常的早晨，施佳懿無故曠職，她的座位清淨得就像從沒人坐過一樣，況且今天也不是員工的精神訓話日。

大會議廳裡，總經理一上台，連打招呼都省了，面色凝重地宣布一項重大消息。

公司果眞如外面謠傳，財務狀況出問題，資金周轉不過，在情況更惡化之前，董事長決定將公司轉手賣給另一間知名的上市公司。出售價格十分優惠，條件是所有員工都留在公司繼續保留職位，所有正在執行的工作也一如既往。

說明白點，就是老闆換人做，實際上對員工並不會有影響。

總經理呼籲大家要感念董事長爲全體員工著想的心意，全力衝刺遊樂園的企劃案，若能成功，對公司財務肯定有不小的幫助。

即使散會，大家還是熱烈討論著，從大會議廳講到辦公室，欲罷不能。

擁擠的走廊上，浩克竄到阿海身邊，小聲問：「喂！施佳懿沒來，會不會跟這件事有關係？」

阿海也在想這個問題，憂心忡忡，回到辦公室後決定向部長問個清楚。

誰知他還沒動作，部長先站在桌子旁，提高音量要大家注意聽他的話。

「你們今天都知道公司的重大消息了，現在再告訴你們一個我們部門的消息。施佳懿辭職，從今天起生效，她的工作我會再另外找人進來做。」

大家更爲震驚，小惠高分貝替所有人問明白，「爲什麼？怎麼那麼突然？」

「她有其他人生規畫，沒有給太多理由。啊！對了。」部長拉開抽屜，拿出一張卡片交給小惠，「她的辭呈通過之後，給了我這個，說是寫給你們大家的，妳唸給大家聽。」

小惠用她的方式唸出施佳懿的文字，相當不搭調，怎麼聽都不對勁。內容很普通，就是謝謝大家關照，她在企劃部工作愉快，因爲家中有事，事出突然，所以離職也很突然，希望大家諒解……等云云。

隻字未提阿海。

小惠唸完，他們搶著卡片輪流看。阿海在走廊追上打算出去抽菸的部長，「施佳懿……沒有留下其他的話嗎？」

部長瞧瞧心急如焚的阿海，拍拍他的背。

「沒有，她做事一向乾脆，不會拖拖拉拉留下不必要的東西，是不是？」

阿海不死心，「部長，我想請假去她家看看，請你……」

「她搬家囉！」

阿海不敢置信。也許部長很久之前就曉得施佳懿的計畫，所以現在能夠泰然自若地回答問題。

「你和她交往過，知道她爸是誰吧！」

「知道。」

「聽說董事長把房子賣掉，上個週末全家就搬走了。不用擔心，只是不做董事長，他們家的狀況並沒有你想像得那麼糟。就像施佳懿給的官方回應，『另有人生規畫』，他們已經在其他地方重新展開生活。」

這安慰對阿海沒用，他依舊著急，「搬到哪裡？有沒有說搬到哪裡？」

「這個……只說要回老家，其他就不清楚了。嘿！你覺得我是喜歡探人隱私的人嗎？」部長一副「你問太多」的表情，從懷中掏出香菸和打火機，「我到外面抽一根再回來。」

部長的脾氣固執，不打算多說的事，怎麼也不會再透露。阿海站在走廊，陷入絕望。

窗外灑進的日光照亮浮塵，晶亮亮的，讓人看了會莫名充滿希望。這個被曬得發光的安靜長廊，從此不會再有施佳懿的身影了。

＊

施佳懿的手機換過號碼，無法靠電話聯絡上她。

阿海和幾個跟她比較要好的同事試著詢問認識她的人，想知道該怎麼找到她，她老家在哪裡，可惜都徒勞無功。

爲了將董事長千金的身分保密周全，施佳懿鮮少向人提起家中的事，導致尋人線索嚴重不足。後來，也沒有多餘的時間讓他們耗在尋找施佳懿的事情，遊樂園的開幕日迫在眉睫，他們必須將心力集中在工作上。幸好施佳懿離開前已經將大部分重要的事務處理妥當，現在他們才明白前些日子快馬加鞭的用心。

接下來的星期天，天氣依然低溫，卻是出了大太陽的晴朗，是一個非常適合遊樂園正式開幕的日子。

公司動員許多人力在園區待命，有的負責剪彩部分，有的負責聯絡樂團，阿海則負責跑全場。先前所做的一連串廣告宣傳總算達到不錯的效果，人潮陸續湧入，超越預估的人數。關子民也準時抵達現場，他今天的任務除了參加剪彩，還得幫粉絲簽名，而且重頭戲是要和一百位幸運兒一起玩遍園區七大主要遊樂設施，那些全都是超刺激的項目。

難怪施佳懿說粽子是要慰勞他在遊樂園賣命的獎勵。

關子民很敬業地完成每個部分，但是粉絲的熱情超乎預料，公關上前建議，「要不要考慮全部簽完？後面的人排很久，要是沒簽到怕會有衝突。」

關子民看看錶上時間，沉吟過後，答應了。於是原本預定下午兩點要結束的簽名會，硬是多拖延一個多小時。

阿海發現關子民還留在園區，一路闖到他身邊催促，「你為什麼還沒走？跟許靜約幾點？」

「六點，放心，我趕得上。」

「要是你跟上次一樣沒出現怎麼辦？機會不會一直都有的！」

「阿海。」關子民收起吊兒郎當的態度，展現堅毅的決心，那決心自從高中要對許靜告白前夕，阿海都不曾再見過，「我不是在放棄機會，我在完成我的工作。不管這邊多晚結束，我都會去許靜那裡。」

當他為最後一名粉絲簽完名，果真立刻跳上他的百萬跑車，朝東部疾駛而去。

直到見不到車尾，阿海的目光才不再追隨。許靜說過，關子民以他的方式在這個城市努力生存，他真的改變了，不會不計後果地任意而為。阿海相信就算他無法準時赴約，她和許靜……一定會再以其他方式、在其他的路上相遇。

臨近傍晚時分，人潮紛紛前往觀景台，那是整個園區最能將海景盡收眼前的景點，大家都搶著和身後的夕陽拍照。

阿海走上觀景台，那是一大片檜木鋪成的高台。遠遠看那些開心拍照的遊客，嘴裡不停叫著「快點啦！太陽快下山了」，他不由得嘴角上揚。再多撐一些時候，這個讓大家忙了個把月的重大工作就要落幕，現在反而跟這群遊客一樣，捨不得一天就這麼結束。

下一組拍照的人當中傳出驚呼「好漂亮喔」，阿海也跟著眺向遠方海平面，大到不可思議的夕陽放射著橙色光芒正在西沉，染紅了海水，彷彿連那片海也會著火燃燒。

他沒來由想起阿嬤在海風中晾起衣服的重複性動作，他想著此刻沿著海岸線奔馳的關子民，他想著晚霞顏色就像聽見他說「喜歡妳」時的施佳懿那瑰麗的臉龐……

不時有捷報傳來。遊客擠爆遊樂園，各項開幕活動都一一順利落幕，開幕紀念品被搶購一空，遊樂園有意願繼續跟公司合作後續的廣告宣傳。

懷著滿腔的喜悅之情和成就感，阿海想要說，這一天，比預期的還要成功！轉頭，暮色照亮他身旁的空曠。

「施佳懿……」

沒有人在那裡。

傍晚五點半，許靜來到學校。距離約定的時間還早，她散步著朝教室走去。

這裡的一景一物都叫人懷念，有很多東西更新了，好不容易發現從舊時代保留下來的東西，她會伸手珍惜地撫摸。

來到教室，許靜找到當年自己的座位，興味坐下。假日傍晚的校園冷清，靜得彷彿連針掉下的聲響都聽得見。

她環顧殘留白粉痕跡的黑板、天花板靜止的風扇、夕陽西曬的窗口，那個窗口讓她特別凝視良久。

十七歲的闞子民依稀在橙色光線中對她微笑。

一個鐘頭後，太陽下山，昏暗夜色蒙了上來，那個影像也隱沒在流逝的時光裡。

闞子民單手搭在方向盤上，背靠椅背，面對前方塞得水洩不通的車潮，有一種無語問蒼天的沮喪。

一盞盞剎車燈的紅光太過刺眼，他禁不住閉目休息，再睜開時車流才開始前進半公尺。

廣播說前方有車禍，警方正在處理。闞子民看著儀表板上的時間，車子動彈不得，時間可是一分一秒地過去。他瞥向擱在旁邊座位的手機，其實只要撥一通電話給許靜就好。

他面對手機，掙扎著，最後倒頭靠向椅背，嘆息。

他可以告訴許靜取消今天的約定，許靜一直等不到他出現，也能夠打電話詢問到底是怎麼回事。可是他們之間並沒有人這麼做。

當闞子民開車通過塞車的瓶頸點，趕回老家，已經是晚上九點多。他衝進教室，沒有開燈的教室其實還能看得一清二楚，今晚的月色明亮，將一排排桌椅照得分明可見。

許靜不在。他自嘲地垮下肩膀，當然不會有人在的，許靜又不笨，沒必要在這裡苦等，反正她只要想追究，隨時都能找他。

「不過應該不會想找的吧……」

他在自己座位癱坐下來，長時間開車的疲累也比不上此刻的挫敗感。闞子民在桌面趴了一會兒，想到什麼，坐起身，仔細搜尋窗檯。逐漸腐朽的木頭上有不少新新舊舊的刻痕，而他當年的傑作在時間的腐蝕下已不是那麼明顯。

他找到那把歪七扭八的情人傘圖案，也找到許靜的名字。

還有一個新痕跡。

關子民睜大眼直視今天剛刻上去的名字，就安在情人傘下，許靜名字的旁邊。

關子民

簡單擦好化妝水，許靜照照鏡中的自己，又拿起乳液，轉開瓶蓋。這時，玻璃窗被某樣東西打上。

她嚇得掉頭，說時遲那時快，又是一塊小石頭飛撞過來。

許靜放下乳液瓶子，過去推開窗戶，關子民就站在六七公尺外的路上，手握準備丟出的第三顆石頭。

他見她來到窗口，孩子氣一笑。

許靜在睡衣外隨便找件外套穿上，瞞著家人溜出家門。

「萬一把玻璃打破怎麼辦？」她一面朝他跑，一面責備。

「我喜歡妳！」關子民驀然大喊。

許靜停住腳。接著他又喊了第二次，「剛剛是高中的分！我喜歡妳！這是現在的分！」

青春的無敵，任性的霸氣，有那麼一點回來了，在他身上閃耀。她痴迷端詳，感動欲淚。

「就算你這麼說，遲到的事、打玻璃的事，難道就這麼算了嗎？」她故意找他麻煩。

「妳不也在窗戶上隨便寫上我的名字？妳被施佳懿帶壞了嗎？」

她笑了，啓步朝他走去，「才沒有呢！被帶壞的話，我就會一直在教室等下去。」

「所以妳根本不想等？」他也開始邁出步伐。

「沒有必要啊！你不是來找我了？」

她宛如一襲早到的春風，在他面前停下。關子民溫柔撫摸她的臉，她清秀白淨的面容跟高中生沒什麼兩樣。許靜輕輕觸碰他擱在自己臉上的手，幸福微笑。關子民拉起她的手指，放在嘴邊，款款親吻。

他得到他想要的原諒了嗎？他不知道。不過，如果能夠一直牽住這隻手，就算有時必須和萬劫不復的懊悔作困獸之鬥，他想，人生這條無法再回頭的路……他應該能走得下去。

不遠處的海浪在皎潔的月光下化作熟悉旋律，在他們共有的記憶中不停吟唱，不停吟唱……他抬起眼，許靜清明的眼眸有些朦朧，又或者模糊的是他的視線，他搞不清楚，只好笑一笑。

「妳還是這麼討厭，總是一副比別人聰明的樣子。」

「我再笨一點，你就不會喜歡我了。」

隔天，關子民又返回台北進行雜誌內頁的拍攝工作，而許靜依然留在老家。

她打定主意要在老家開花店，目前已經談到店面租約的階段。

關子民期許地說，那可會是這個海邊的第一間花店。

當他簡略在電話中向阿海提起這些事，阿海正在家裡上網搜尋苗栗的地方資料，他記得施佳懿的老家在苗栗，還是很多遊客會去的賞桐景點之一。

「苗栗的賞桐景點很多。」關子民先潑他冷水。

「我知道，反正我每個點都去跑跑看，碰碰運氣。」

關子民不置可否，丟一個建議給他，「她老爸有沒有寫過什麼自傳、簡介之類的，或是有雜誌採訪過他？也許會提到他的經歷也說不定。」

「對喔！阿民，謝謝你！」

誰知關子民又繼續問：「阿海，就算讓你找到施佳懿，再來你要怎麼做？」

乍聽是很簡單的問題，阿海支吾一下，發現他難以回答。

「我問你，你要幫她爸籌措資金再把公司買回來嗎？或是要跟她復合？老實說，如果你自己沒搞清楚，我認爲你就算過去也沒有意義。」

「我們還在一起的時候，她不想讓我操心，所以沒告訴我家裡的事。而我也很豬頭，竟然都沒有發現。我覺得我有責任，至少也要知道她現在過得好不好。」

「隨便你吧！不過啊，你有沒有想過，也許你對『責任』有強迫症？」

「你……在說什麼啊？」

「或者，有些事，它根本可以不必是責任，而是你單純的一個意願而已。」

「……」

「你回頭看看，沒有人在後面逼你負責啊！」

掛了電話，阿海恍惚好一會兒，然後環顧四周，房間裡有和式桌、書櫃、單人床。

施佳懿說得對，獨自一個人，和變成孤單一個人，是不一樣的啊！

施佳懿說過，她的老家是一幢舊公寓，從公寓往外看，看得見爲賞桐而來的擁擠人潮和忙著管制交通的警察。

然而在乍暖還寒的初春時節，那些熱鬧景象根本不存在，就連她所說的那些需要預約的簡餐店也門可羅雀，有的服務生還無聊到坐在鞦韆上玩手機。

不過，有些客人是爲了甜美可人的施佳懿而來，她活潑健談，捧著長長的菜單本，直接坐在客人對面天南地北地聊。

她的表情豐富，一下子驚奇，一下子皺眉，接著又因爲說了什麼好玩的事而哈哈大笑。單是亮麗的笑容，就足夠讓那些死忠客人甘願坐在冷風中一再幫咖啡續杯。

施佳懿忽然注意到什麼，住了口，面向戶外區的入口。越過光禿禿的褐色草坪，她看見阿海就站在那裡。

他們再相見，恍若隔世。

施佳懿與他面對面相望一會兒，對講得正起勁的客人暫時告辭，起身走向阿海。

她全身煥發自信光采，比他預想中的狀態要好太多了。

「我還在想，你什麼時候會來呢！」

「咦？妳知道我會來？」

「當初不告而別，就想過你應該會想辦法找我。不過，就是爲了不想讓你找到，才不告而別的嘛！呵呵！好矛盾喔！」

她兀自笑得開心，阿海卻千頭萬緒，好多話想說，好多問題想問，反而找不到起頭。

施佳懿看他不講話，想了想，邀他到另一邊的藤製圓桌坐。

這裡是一家庭園式簡餐廳，地坪大，有一棟藍白相間的地中海風屋子，還有寬廣的草地，種了不少桐花樹，樹下擺有桌椅讓喜歡坐室外的客人可以享受大自然。

她興沖沖介紹這家店的由來，原老闆經營不善，頂讓給施佳懿的爸爸，稍加改造之後又開始營業了。

「開這種店是我媽一直以來的興趣，離開台北後，我媽強力要求爸爸，這次輪到實現她的夢想。以前她總是扮演在事業上支持我爸的角色，現在我爸沒立場反對，就讓她買下這個地方。」

「那妳……」

「我幫忙啊！當店長、當服務生，什麼都可以做的。這家店剛起步，一定要步步為營，好好抓住老顧客。而且也不能只靠五月的桐花季，要想辦法發展其他吸引客人的因素才行。」

阿海佩服萬分，「不管到哪裡，妳還是那麼有野心。」

「這點大概是遺傳到我爸，他到現在對投資也沒死心過，就算會被我媽唸，私底下還是會偷偷看房地產的情報。我呢，雖然這輩子沒想過要碰餐飲業，只是在這種非常時刻，更應該要跟家人共進退……我喜歡現在家裡的感覺。」

她看似很幸福。

施佳懿把那個納涼的服務生叫來，要他準備卡布奇諾，那是阿海喜歡喝的。

「對了！聽說遊樂園開幕那天很順利，恭喜啦！」

「妳又是怎麼知道？」

「嗯……公司有人通風報信哪！」

不知為何，阿海第一個想到老謀深算的部長。

「這算什麼？妳對我們的事瞭若指掌，卻故意隱瞞自己的行蹤，太不公平了。」

「我沒有隱瞞，你要我交代什麼？阿海，對你而言，我應該是一個離職的同事，哪有人這樣追到人家家裡的？」

「啊？妳才過分呢！一早來上班就看到收得清潔溜溜的座位，總經理馬上向大家宣布公司轉手的事，然後部長又說妳離職了，只丟下一封沒誠意的卡片……沒看過有人離職離得這麼任性！」

他們就快吵起來，剛才那位服務生到了，惶惶恐恐送上兩杯卡布奇諾。

激動的情緒被打斷，兩人暫時休戰，中間那兩杯卡布奇諾的溫暖顏色彷彿有什麼療癒作用，看呀看，那些無法釋懷的傷心往事如今想起來已經是開始結痂的傷口。

「阿海，我很好喔！我們家沒有破產，只是從富裕轉爲小康這樣罷了。爸媽又像以前一樣，常常在家，小小的公寓不管怎麼繞，很快就可以找到他們，我私心是喜歡這樣的結果。」

「是嗎？那很好。」

「以後，如果你是擔心我，就請你不要來了，你沒有虧欠我什麼。」面對阿海難受的表情，施佳懿也感到內疚，她低著頭，猶豫半晌，還是決定說出來，「在芒草田那裡，其實我懷疑過你，懷疑你是不是還沒把許靜從你心裡清得一乾二淨。既然不能百分百確定，就不應該和你交往，對吧？可是我就是想要，我就是不甘心，爲什麼要把煮熟的鴨子給放走……抱歉，我不是說你是鴨子。」

「沒、沒關係，我懂妳的意思。」

他們尷尬地互看一眼，施佳懿繼續坦誠，「看電影那個晚上，我早就知道你要浩克告訴我什麼事，是我故意不讓他找到我的。」

阿海聽了相當意外，「爲什麼？」

「這樣我就有理由等你啦！」她爲自己的傻氣歪頭笑笑，「我遲早會等到你的，不管多晚，我想爭這一口氣，不想要連這一點權利也沒有。我曾經認爲，這個世界上再也不會有人比我更愛你，我是抱著這樣的自信跟你交往。不過，我輸了，不是輸給許靜，是輸給你對許靜的心意，我怎麼也突破不了。所以，與其說分手，倒不如說是我落敗而逃……下次跟浩克他們一起來吧！但是別再擔心我了。」

之前闕子民對他潑的冷水並沒有潑錯。他不能幫忙籌措資金，也沒有立場再和施佳懿交往，和她見面後，甚至連渺小的「關心」心願也被她打退了。

現在的施佳懿，就連站在他面前都覺得難堪。他的存在，會一層一層扯下她堅強的偽裝，而施佳懿最討厭在人前示弱，這一點阿海最清楚不過……

他的確不該來這一趟。

他已經失去再和施佳懿見面的理由。

取代施佳懿的新人很快就找到了，同樣也是一位年輕女性，她要大家叫她「小可」，可愛的可，她總是嬌滴滴這麼自我介紹（但大家還是喚她本名）。聽說是靠關係進來的，神經大條，做事少一根筋，還經常自我感覺良好。

不得不讓這樣一個頭痛人物進企劃部，就連表面上沒脾氣的部長也因此鬱悶好幾天。

有一次，小惠的生理期來，不小心弄髒她米白色裙子，小可居然大剌剌在辦公室大呼小叫，「小惠姊，妳的裙子沾到血了，好明顯喔！」

小惠氣瘋了，從此除了公事外再也不跟她講話。浩克也吃過她的虧，他請小可送文件到行政部，結果經過兩個星期，行政部的人氣急敗壞地來追文件，才曉得小可路上遇到其他部門的人，就直接拜託那個路人甲順路去送件，後來東西就搞丟了。

於是浩克成爲辦公室第二個不搭理她的人。

「現在回想起來，斯巴達式好像也不錯……」一次午休吃牛肉麵，本來隨意翻雜誌的浩克突然停下筷子，神情飄渺地呢喃。沒頭沒尾的感慨，坐在對面的阿海心裡曉得他說的是誰。

「阿海啊，我看整間辦公室就是你的EQ最好，她就交給你帶啦！」

也不知幸或不幸，部長又名正言順地將新人塞給阿海。他大概是唯一願意對小可友善的人，也好幾次私底下聽小可哭訴不知道自己做錯什麼，大家都不理她。

阿海好言安慰，叫小可更賴著這位前輩，她開始主動幫阿海倒茶、整理桌子。

「哇！怎麼這麼多橡皮擦！」

她翻到滿滿一盒橡皮擦，幾乎都是用過的，小小一塊一塊的。阿海見狀，慌張將盒子拿回來，「是我收藏的。」

小可噗嗤笑出來，「哪有人在收藏這個？不好用了吧！我幫你拿去丟。」

「等一下！」阿海又從她手中搶回盒子，「不用了，謝謝。我自己處理就好。」

大概是最後那一句話讓小可解讀錯誤，她認爲阿海是在客氣，於是在一次午休時間將他的桌面卯起來清理整齊。阿海回來以後，發現那裝滿橡皮擦的愛心鐵盒不翼而飛。

拚命地東翻西找，最後一問之下，小可才一臉討賞地笑道，「我丟了啦！那種東西不是很佔空間嗎？」

那一天，整個企劃部的人第一次見到溫和的阿海動怒。大夥兒都嚇到，小可更不用說，不到一秒鐘時間立刻淚眼汪汪，哭得比阿海還委屈。

阿海一個人在頂樓，特地花了一個鐘頭平撫情緒，之後回辦公室向小可解釋，對別人來說或許沒什麼，可是那是他非常珍惜的東西，是他偶爾朝鄰座搜尋施佳懿往日身影時，還能稍稍得到一點慰藉的依據。

他在一個週末回到老家。關子民心血來潮，打消要請人整修阿嬤房子的念頭，他說看著看著好像自己來就辦得到，阿海便回來加入整修工作。

一開始，兩個大男人賣力做粗活，不過房子真的太老舊了，牽一髮動全身，眼看補了這個小洞就崩了一大塊牆角，最後他們累癱在地，眼看這個重建工作愈幫愈忙。

「我看，還是叫專業的來好了。」關子民下結論。

「也好。」

阿海汗流浹背，想把上衣脫了，不料遠遠撞見許靜走來，趕緊又把衣服拉好。

許靜的長裙被海風吹得激烈飄動，在萬里晴空下十分顯眼。東部的天空蔚藍，白雲連天，許靜的來到，宛如這陣鹹膩空氣中的一道清流，並不輸給景色的壯麗。

「辛苦了。」她帶了冷飲和一些點心慰勞他們，順便仰頭打量他們的傑作，良善地下評語，「第一次嘛！勇氣可嘉。」

「少諷刺了。」

「我沒有諷刺，第一次做總是值得鼓勵不是嗎？」

「妳看，還說沒有？」

阿海在一旁灌著礦泉水，看他們自然而然地鬥嘴，輕輕揚起嘴角。

後來關子民的手機作響，他說是經紀人打來催工作時間，長嘆一聲，「八成會盧很久。」

他拿著手機走到旁邊講電話，許靜雙手背在身後，還在興味審視阿嬤的房子。阿海出神注視她清秀的側臉，從前他總是以這個不被察覺的角度偷偷看著她，然後覺得幸福。

許靜注意到他的安靜，掉頭，笑著問：「怎麼了？」

「我……很喜歡妳，國中、高中，也許現在還是。」面對許靜措手不及的驚訝，阿海的表現平靜不少，「我這個人很死腦筋，如果一段感情沒有好好地作結束，是無法前進半步。」

許靜在他面前蹲下，會心地問：「那麼，現在爲了想要了結，所以說喜歡我？」

他不好意思地低頭，「大概吧！如果一直等不到妳拒絕我，我也許會一輩子都困在原點也說不定。」

「我不會拒絕你喔！」見他迅速抬起眼，許靜好意提點，「你現在喜歡的人仍然是我嗎？現在，今天，這一秒，你喜歡的人，是我嗎？」

「我……」

「不知道？阿海，你想一想，當你遊樂園的案子辦得很成功的時候，第一時間最想告訴誰？你高興時非得找來一起歡呼的人，是誰？走在路上，莫名其妙想回頭尋找的人，又是誰？」

她慢條斯理地溫柔引導，一步一步帶他撥開迷惘。

一滴眼淚毫無預警地落下，阿海趕忙別過臉，匆匆用手擦掉。

許靜淺淺微笑，「看吧！答案出來了。」

這份領悟來得太晚太劇痛，他不能言語。

好久好久，阿海終於能夠正視她，虔誠傾訴，「對於妳，我一直有很深的罪惡感。我好像……非得見到妳過得幸福，才能得到救贖一樣。」

「與你或關子民無關，阿海，我一直都很幸福喔！」

有的時候，長久以來的禁錮只需要一句咒語般的話，奇蹟就會出現。

他明白，只要許靜過得幸福，即使在她身邊的人不是他，也不要緊，不要緊了啊！

＊

「好累喔！」

施佳懿再也走不動，不走了，貪婪地鎖定三百公尺外的便利商店。它就座落在上坡頂點，一想到裡面有隨手可得的冰涼冷飲，她巴不得立刻飛上去。

「我說施佳懿，妳幹麼不騎車去搬貨啊？」

說話的人是店裡常客，路上被她哄來幫忙搬咖啡豆，現在也走得氣喘如牛。

「以為很近嘛！哪知道實際走起來這麼遠，人家現在也累得走不動了啊……」

她嗲聲嗲氣想擺平他，年輕小伙子趁機得寸進尺，「要不然我背妳？好不好？」

「背我回家啊？」她也不是省油的燈，瀾漫笑著問。

「回家？妳家還很遠耶！怎麼可能！我是說那間便利商店啦！」他當她在說笑。

施佳懿斂起嘻笑態度，一時之間難以從被捲入的回憶中抽離。接下來她將所有裝有咖啡豆的袋子都抱過去。

「謝謝你幫我拿，剩下的我可以自己來。」

「咦？很重耶！」

「沒關係，謝謝你。」

她相當堅持，獨自將十幾包咖啡豆搬回店裡。

今天公休，沒人在，施佳懿將咖啡豆一包一包放進頭上櫥櫃。她在咖啡的香氣中輕輕回想那一段漫長路程上的嬉鬧……

直到這個櫥櫃再也裝不下咖啡豆，她才回神，仰頭朝上一層櫥櫃門張望。

「爲什麼要做得這麼高？這傢俱設計得眞沒常識……」

懶得拿椅子墊腳，她硬是踮高腳尖，伸直手臂，賣力地想把上一層的櫥櫃門打開。

下一秒，門果然打開了。

她愣愣，警覺性回頭，鼻尖差點撞上阿海的胸膛。

施佳懿屏住呼吸，看他輕而易舉地將一包包咖啡豆擺進櫥櫃。

彷彿還在他的懷裡，還感受得到他體溫，思念還沒能得到解脫……

「你……怎麼進來的？」

「門沒關。」他主動說明經過，「剛才路上遇到董事長，他說妳大概會在這裡。」

「還董事長的改不了口啊？」她避開跟他正式照面，隨手打開咖啡機裝忙，「喝咖啡好嗎？找我有什麼事？」

阿海理好頭緒，宣告式地，「上個星期，我向許靜告白了。」

施佳懿拿出咖啡杯的手瞬間定格，瞪住那白瓷茶具。這大木頭居然白目到來向她炫耀這件事？是要她吐血嗎？不行，她一定要忍住拿杯子砸他的衝動，杯子可是很貴的……

「把好幾年前想說的話一次說出來，輕鬆多了。一直不確定的事也有了答案。」他暫停，不安地瞥瞥桌上她打翻的咖啡豆和四濺的熱水，「還是我來吧！」

施佳懿難為情放開手，看他動作熟練地操作起咖啡機。

「妳只會泡三合一，到底該怎麼當店長啊？」

「你看過部長去打雜嗎？我的工作是提高這家店的利潤，泡出好咖啡是其他人的工作。」

「是是是。」他碎碎嘀咕，「對於不會做的事還可以講得很偉大一樣……」

她擠出一個挑釁微笑，「你今天該不會是來找麻煩的吧？」

他也回看她，轉為溫柔，「我來，是因為我確定我愛的人不是許靜。」

施佳懿圓睜著眼，呼吸好像又快要終止了。

「我對她充滿了罪惡感，想要多為她做點什麼，好使自己好過一些，不知不覺……就把這件事看得比愛妳還重要。」

她心頭一震，不能動彈。

「愛我……」

阿海深情款款凝視她，再說一遍，「我愛的人是妳。」

夢寐以求的話語，此時此刻只帶給她不知何時又會再重重墜跌的恐懼，淚水冷不防掉在她怔忡的臉龐。

「騙人……」

「我說的是真的。」

「騙人！你的爛好人病又發作了對吧？我跟你說過我很好！不需要你擔心！不要和你見面！不想再想起你的事……」她哭出來，「你太卑鄙了……」

阿海不管她的反抗，硬是摟住她，心疼低喃她的名字，「施佳懿，施佳懿……我很笨，做事不得要領，又不會講話，有時候還會打腫臉充胖子。這些妳都一清二楚，即使如此，妳還是無條件接受這樣的我。而我的動作慢妳好多，我知道我開心的時候會希望妳在身邊，我難過想不開的時候想念妳的當頭棒喝，我看著坐在隔壁那個跟妳長得完全不一樣的新同事，卻一直在提防橡皮擦隨時會飛過來……這些小事明明每天不停重複發生，我卻到現在才知道那是因爲我愛妳，我很愛妳。」

她閉上眼，一種美滿的心酸沾濕他胸前衣裳。原以爲已經心如止水，沒想到依然澎湃洶湧啊……

窗外投射進來的光影，在水晶風鈴上似乎西移了一些，若隱若現的虹蜿蜒在店中寧靜的角落。多久了？感覺很久，可也許才經過幾分鐘而已吧！

施佳懿輕輕睜開眼，出了神。時間，從這個空間消失似的，就連聲音也被柔和的光線吸走。什麼都沒有。

「你還記得芒草田那個老伯嗎？」她出聲提起。

「記得。」

「老伯和他妻子的故事，我一直很羨慕。你能想像五十年那麼漫長的時間嗎？五十年來一直愛著那個人。」她離開阿海，眨掉眼眶淚光，吸了一口氣，悲傷微笑，「我已經沒有力氣了，阿海。到現在，我還是很愛你，也許明天起床依舊會這麼愛著你。可是，最多就是這樣了，這份感情不會再增加，它只會隨著時間一點一點地消失。我沒有自信還能用五十年去愛你，我曾經擁有那種天下無敵的力量，可是它已經不在了。」

他終於追趕上來，而施佳懿不再等待。他說他愛她，她卻回答她已經愛過了。

人的一生當中，相較於那些已經做過的事，人們後悔的往往是那些沒做過的事。有的後悔可以修正，然後走上不容易失敗的道路，直到又發現錯過什麼爲止。有的後悔無能爲力，所以學會珍惜。不能倒流的時光，就用這一刻去珍惜。

阿海在絕望的錐心之痛裡，漸漸明瞭，他望著她，不忍再爲難。

阿海說，施佳懿失去的那份力量，他會試著儲存回來，也許有一天，他也能跟她一樣勇往直前。

施佳懿說，這輩子要眞正愛上一個人，並不是常有的事。因爲遇見阿海，才會有今日的施佳懿，她終於懂得放手。未來再回頭看這一切，她或許可以驕傲地對自己說，妳做得很好喔！

最後，阿海和施佳懿並沒有王子公主般的結果，施佳懿留在苗栗老家，阿海回到台北。

關子民和許靜也沒有經常在一起，在一個談話性節目的訪談，主持人提起陳年往事，而關子民也不曉得是故意還是無意中說溜嘴，承認他正和許靜交往。事後不見記者們瘋狂追這條新聞，正如他先前的計畫，一一減少工作量的結果，就是曝光率變低，粉絲的熱情冷卻，他的情人是誰也不是那麼値得上新聞版面了。

關子民本身對藝人的工作不太留戀，三分鐘熱度的個性使他轉往舞台劇發展，偶爾接拍廣告，同時也考慮回老家開副業，至於要做什麼，他還沒認眞想出來。

每當他半開玩笑地說要去許靜的花店打工，總被一板一眼的許靜趕出去。許靜的花店全靠自己的資金撐起來，比從前和夢露合夥時還要辛苦。幸虧在海邊營業的花店稀少，剛開始靠著新鮮感建立主顧客，久而久之，生意便逐漸穩定。

他們不定時和阿海相約聚一聚，看他形單影隻，許靜想說點什麼，還是忍住。關子民則在心血來潮的時候勸他幾句，別把自己封閉起來、不要害怕再談戀愛。

阿海總笑說他現在很好，心上沒有陰影，也不會刻意強求。

他是真的很好，不用再負責帶小可，因為小可在他耐心的諄諄善誘下，待人處世這方面不再那麼糟，工作效率也改善多了，和同事間的相處自然比以前融洽。

而阿海靠著吃苦耐勞的個性一路走來，被升為課長，他木訥老實的模樣偶爾仍會被其他公司的人誤認為小業務。

海洋遊樂園決定繼續和阿海的公司合作，希望他們籌畫夏季的廣告宣傳。為此，企劃部已經開過兩次會議，今天是第三次，部長面色凝重，因為遲遲等不到好提案交出來。

「那個……我昨天晚上想了兩個，還不是很完整，如果部長覺得可以用，大家再一起討論。」

阿海在一片鴉雀無聲中自告奮勇。部長接過那兩張A4紙，瀏覽兩遍，交給小可。

「馬上影印發給大家。」

繃了好幾天的臭臉，部長臉上總算露出一線曙光。一個多鐘頭的會議後，大家紛紛回到座位，部長叫住阿海，以充滿新鮮感的目光上上下下打量。

「比以前有自信了，看來……施佳懿把你教得很好。」

他停頓一下，不好意思地搔頭。回到座位，花了一點時間放空。

直到現在，那個名字還挑起輕微波動，像心電圖上的線條，不經意會迸出某些回憶片段。

他收回神遊的念頭，準備工作，小可探身過來，講起悄悄話，「等一下午休，方便跟你談一下嗎？」

她說完，臉頰醺成可愛的蘋果紅。

「喔！好。」

阿海當她又有什麼疑難雜症要訴苦，爽快答應。小可回原位坐好，暗自雀躍，暗自竊喜，她決定今天就告訴他，說她喜歡他。

阿海還不解風情，沒將她今天不太一樣的表情放在心上。他急著找出一個陳年資料，開始把桌上直立排好的資料夾一個一個拿出來翻閱。

當他取出第四個資料夾時，有東西從底下滾出來。

阿海奇怪地低頭看，是一塊小小圓圓的白色橡皮擦。他有整整一分鐘動也不動，淨是和橡皮擦兩兩相對，後來才慢慢坐下。

原以為早被小可全部扔掉了，沒想到還有一個藏在資料夾的縫中，逃過一劫。

他將橡皮擦拿到眼前，細細端詳，它的存在，提醒了他某些看不見的強韌羈絆。

阿海托起下巴，欣賞小文具沐浴在窗外日光的姿態，是充滿希望的姿態。他對著橡皮擦淺淺一笑，奇蹟不論多小，也在某個角落發生，於是那些曾經認為做不到的事，似乎就多了一分可能。

也許，有一天……他不停想著關於那有一天……

「佳懿！可能會下雨，記得帶傘喔！」

臨出門，又被媽媽的高分貝嗓音叫住。施佳懿退回玄關，找找鞋櫃旁的傘架，抱怨道，「一把傘都沒有了。」

「怎麼會沒有？」媽媽在圍裙上擦抹濕淋淋的手，快步走來看情況，突然想到，「對啦！前幾天店裡的傘不夠用，通通拿去那裡放了。」

「那就算了。」

她又準備出門，還是讓媽媽攔下，「妳等我一下，我想到還有一把傘。」

施佳懿本想強調真的不需要，誰知媽媽動作更快，馬上拿著一把折疊傘出來。

黑色的傘，現在已經很少見了。

媽媽發現施佳懿對著它發愣，頗有同感地說：「顏色是不太好看，沒有女孩子願意撐這種傘喔……」

誰知施佳懿一把將傘奪去，認眞捍衛，「不會啊！我就會用。」

說完，她避開媽媽狐疑的目光，急著出門。

她家距離簡餐店並不太遠，步行就可以到，途中會經過一段坡道，兩旁種滿桐樹。今年桐花開得晚，即便到了五月中旬，樹上還結著五月雪。

施佳懿起先快步走，後來放慢速度，轉爲在上坡路段悠哉散步。

最近陣雨連連，地面滿是被打落的花瓣，壓花般一片片印在柏油路上，經過人車踩壓，已經變得骯髒而零碎。她在上頭走了幾步，仰頭望向葉叢間倖存的白花，在陰天的籠罩下，那白，更顯得立體鮮明。

下一刻，風吹來，好幾朵花像是說好似地飛下。

小小的雨，幾許興味。

施佳懿拿起手上黑傘，撐開，迷濛的視野放向被葉縫剪成碎片的灰色天空，輕輕闔眼，聆聽花瓣落在傘面的撲通聲響，撲通、撲通、撲通……

一會兒，她睜開雙眼，望向坡道下方隱現的畫面。她和阿海相隔一個小走道家常便飯般拌著嘴。他手拿紀念冊生氣地告訴她有一種過去是不願被提起的回憶。聽見她答應那個告白以後，他笑得傻氣的臉。他賣力背著她，一邊五音不全地唱完整首「小城故事」……

那些小事歷歷如昨，他的溫柔恍若伸出手就能觸摸。

施佳懿抿起唇，她很清楚，濕熱的眼眶並不是傷心的緣故，是他曾經帶著幸福而來，來過她的世界，如今，那溫度還眞眞實實在胸口發燙。

一旦心有了溫度，那曾經失去的力量就會一點一滴地回來了。

五十年

人的一生當中，相較於那些已經做過的事，人們後悔的往往是那些沒做過的事。有的後悔可以修正，然後走上不容易失敗的道路，直到又發現錯過什麼為止。有的後悔無能為力，所以學會珍惜。

不能倒流的時光，就用這一刻去珍惜。

時序的更迭，說快不快，說慢……四季的替換也是轉眼之間。

剛注意到夏天的腳步不遠，還是因爲聽見睽違一年的聲音。阿海不由得放慢腳步，昂頭搜尋，雖然找不到聲音來源，不過可以確定的是這麼賣力的聲音正是蟬鳴。

他想起以前有人問過他一個關於蟬鳴的問題，他卻記不起問題的內容了。

阿海佇足聽了一會兒，才繼續啓步往前走。夏季將至，穿起西裝打上領帶，是略嫌熱了點。

阿海不舒服地扯扯衣領，直到想起小惠的警告才認分鬆手。

小惠說，既然是以課長的身分跟對方談公事，在服裝上自然不能失禮，提醒他千萬要穿著體面去見客戶。

他到現在還沒習慣「課長」的頭銜，感覺老氣不少，拘謹不少。

幸虧回到住處就能跟浩克喝啤酒看球賽，稍微紓解掉上班的壓力。

可是，浩克今年年底要結婚了，目前正在物色房子。他在西洋情人節當天和雅蓮和好如初，激動之餘，竟直接下跪求婚！

在場的阿海看呆了，熱戀中的兩人根本無視他的存在，又抱又親，後來是浩克摟著喜極而泣的雅蓮，用唇語對沙發上的阿海說「我們出去一下」，他的窘境才得以解除。

太過震驚的關係，阿海坐好，面對電視精采的灌籃畫面也回不了神。回想起浩克那宛如電影情節般的神來一筆，阿海笑笑，有情人終成眷屬，帶來好多感觸，好多感觸。

「啊！快十點了。」

放下戴著腕錶的手，他加快腳步通過馬路，前方那棟橘紅色大樓正是客戶的公司，幾層樓高的地方掛有電視牆，正在播放關子民所代言的反毒廣告。

他看了一眼，視線往下移，發現大樓門口前也有人正在看那支廣告。

仰著頭，一手抓著負在右肩上的包包，站姿筆挺而優雅。

阿海一面走，一面看著她，然後屏住呼吸停下。

年輕女孩身穿水藍色合身襯衫，米白色短裙，不用看見她的臉，阿海已經認出來了。

施佳懿發覺斜後方有人，納悶回頭，明亮雙眸睜得又圓又大。

他們你看我、我看你地沉寂一會兒，終於有人決定開口。

「你在這裡做什麼？」施佳懿問。

「我來見客戶……那妳呢？」

「面試。」

阿海嚇一跳，頭腦轉不過來，「面試是……找工作的意思？」

「呵呵！」她笑而不答，反而注意到那身西裝打扮，退後半步，左看右瞧的，看得阿海都不好意思，「眞是個好男人，應該說，男人只要穿上西裝就自動加分了。」

「別笑，我又不是天天都這麼穿，是爲了見客戶。」

「機會難得，更要多看幾眼哪！」

他實在鬥不過她的伶牙俐齒，既沒轍又暗自高興，高興的是好久沒見，還能和她相處得如此自然，好像他們分開的那段時光從來不存在。

或許懷念的感覺會傳染，施佳懿不自在地掠開髮絲，主動打破微妙氣氛。

「我跟人家有約，不走不行了。」

「喔……好，我也是。那……」

他捨不得說出道別的話，聲音卡在喉嚨。施佳懿看了他一眼，舉起手揮一揮當作「再見」，便動身往門口走，兩人差點撞在一塊兒。

他們驚訝地面面相覷，施佳懿先指住這棟大樓，「你說的客戶該不會就是這間公司吧？」

「妳……也是在這裡面試？」

這巧合讓他們一起走進大樓，搭上電梯，施佳懿還對這巧得不像話的狀況莫名其妙地生氣。

阿海乖乖聽她叨唸著「早知道就別在外面杵那麼久」、「我本來還在認眞想告別的話呢」、「一開始就把時間、地點、目標講清楚不是很好嗎」……

「難得見面，妳很不高興啊？」

他在她中場暫停的片刻，突然這麼嘟噥。施佳懿看著他，再別開臉，盯上發光的樓層按鍵。

「也不是不高興……」

她是很緊張啦！一緊張就會變得聒噪。萬萬沒想到難得上台北一趟就遇見阿海嘛！

兩人的樓層一樣，輪流向櫃台說明來意之後，結果要和阿海談事情的主管開會還沒結束，施佳懿前一個面試者也還沒出來。

總機小姐親切地送來兩杯熱茶，不算大的會客室設有一張茶几和一座長沙發，他們只能各自佔據一方地坐下。

「請兩位稍坐一下。」

會客室有一面落地窗，施佳懿喜歡落地窗，她望著窗外的蒼藍天際，偶有鳥群盤旋飛過。

阿海喜歡她在窗前的剪影，被日光鑲上金邊，沉靜美麗。她有些變了，卻無法說出哪些地方變得不同，阿海只知道她比印象中更亮眼，新得亮眼。

施佳懿轉回頭，瞥瞥他，對中間拉開的距離有所意見，又不是不認識，幹麼沒事坐這麼遠？不過她只是拿起茶杯，啜了一口，把小小的埋怨一起吞下去。

「妳打算來台北工作嗎？」

「對。那家簡餐店現在已經上軌道，我還找了一個很有經驗的大姊當店長，所以不需要我幫忙了。」

「我以爲妳喜歡當店長。」

「嗯……不討厭啊！可是比較過後，還是來台北上班比較有挑戰性。」

那怎麼不考慮回原來的公司呢……阿海正要脫口而出，手機響了，施佳懿見他遺憾地閉嘴，笑一笑，要他先接電話。

是公司打來交代事情，阿海起身走到旁邊講，施佳懿悄悄逡巡他頎長的身影，眞奇怪，她幾乎能猜到他沒說出口的話是什麼。不過既然他的問題並沒有眞的問出來，她也就不必費心防衛。

工作機會到處都有，不一定非台北不可，她偏偏只找台北的職缺，這份執著若是阿海問起，她害怕自己不能自圓其說。

不久，阿海講完電話回來，忙著把手機收進西裝外套內側口袋，施佳懿頑皮發問：「隔壁同事打來的？」

「咦？」一提到那個向他告白而被他弄哭的女孩，他一慌，掉了手機。

「我聽說新來的是一個天然呆的女生，讓大家都很頭痛，可是就特別黏你。」

「不要亂講，她已經進步很多，哪會頭痛？」

他維護著那個素未謀面的女孩，對於特別黏他的事也隻字不提。施佳懿收起笑臉，暗自爲剛才無心的刻薄感到後悔。阿海見她不說話，以為自己惹她生氣。

「不是每個人都可以跟妳一樣，做什麼事都馬上得心應手。她剛進來的時候是很容易出錯，不過後來就愈做愈好了。」

笨拙的解釋，在施佳懿聽來又是明顯的袒護。阿海人好，當然也會一視同仁地對新人好，然後女孩子通常都會被他的心意感動，就像當年她初識他那樣。

不同的是，現在坐在阿海隔壁的人已不再是她，天天感受到他的好的人，是另一個女孩子。

「施佳懿？」

「抱歉，是我過問太多，明明已經脫離那個地方很久，一時之間不小心忘記了。」

她歉然笑笑，阿海正欲啓齒，不料再度被打斷。

總機小姐走過來，告知阿海，「經理請您進去，不好意思，讓您久等。」

他點點頭，猶豫地看向施佳懿，她反而坦然釋懷，領悟到終究是要分道揚鑣。

「先跟你說再見，祝你談得順利。」

他欲言又止，還有話想說，還想多確認點什麼……在總機小姐第二次的催邀下，阿海不得不隨著她離開。

施佳懿獨自留在沙發，目送阿海的背影。阿海沒有說再見，是忘了還是不想說？不論答案是什麼，對施佳懿而言，眞正的道別，是在他說他愛她的那一天。

她決定好好望住他，距離拉得愈遠，她的目光就愈晴朗，直到辦公室的門將阿海的背影掩上。

這案子談了很久，阿海離開經理辦公室後，會客室已經見不到施佳懿了，他問過總機小姐，原來她早在一個鐘頭前離開。

阿海難掩失望，喪氣地返回公司，一整個無心工作。

要見施佳懿並不難，去一趟苗栗就辦得到，然而只要想到施佳懿一面搥打他一面掉著眼淚的畫面，那麼多次的念頭都被他努力壓下來了。爲什麼今天見到她本人，思念的情緒卻一再不聽話地翻湧上來呢？

「喂！你幹麼都不接手機？」浩克保留線上電話，揚聲告訴他，「許先生說他打手機找你找三遍了。」

「啊？」

阿海四下尋找，這才發現手機或許是遺落在客戶公司的沙發上。

跟許先生談完，他用桌上電話撥打自己的手機號碼，幸好等沒多久便有人接聽。

「喂？不好意思，我的……」

「嗨！我還在想，你什麼時候才會發現手機不見呢！」

「施佳懿？」

「手機我收起來了，等等拿去給你。」

「拿來給我？」

「嗯！我現在在搭捷運過去，大概五分鐘後到吧！啊！車子來了，先這樣。」

電話那頭很乾脆地掛斷電話。阿海總算會意過來，立刻丟下一句話便衝出辦公室，「我出去一下！」

他跑得很快，一口氣趕到捷運站時，一班列車剛好抵達。

出站的人潮不少，紛紛湧出連接外面街道的樓梯，阿海站在人行道上引頸而盼，施佳懿終於出現在人群中！

她在路人散開的階梯上亭亭玉立，今天第二次見到她，沒來由有一種奇蹟的驚喜。他的眼睛從沒離開過她，他想，也許有的「奇蹟」並不是平白出現。

「嗨！」

施佳懿手拿他的手機打招呼，後方猛然一個衝擊撞上來，她失足往前撲跌！還沒能看清楚是哪個冒失鬼，便重重摔進阿海胸口！兩人一起退到旁邊的牆，這一退也害阿海的背撞得不輕。

好驚險喔……簡直跟那次從梯子上摔下來如出一轍。她心有餘悸任他緊抱著，阿海鬆口氣，低頭問她，「有沒有怎麼樣？」

她呆呆的，臉紅撲撲的。

「有沒有撞到？」

阿海彎腰再問一次，她已經不著痕跡地將臉轉過去，沒叫他察覺異樣。

「沒有，謝謝。來，你的手機。」

她遞出他的手機，正想抽身退後，髮絲卻被他的西裝鈕釦扯到。

「好痛。」

「不要動，我來。」

阿海趕忙動手要把髮絲解開，繞一圈，再繞一圈，不對，再繞回來……

這似乎比益智遊戲還難，他在急促的心跳中亂了思考邏輯。

如此靠近，甚至連對方溫熱的鼻息和體溫都彷彿拓在自己身上，每一吋肌膚還存著對擁抱的記憶……

「好了嗎？」施佳懿在不能呼吸的窘境下勉強問道。

他修長的手指柔柔觸捏她髮絲，逐漸放慢動作。他不想讓她走，他不要放手……

「阿海？」

施佳懿疑惑抬頭，他無聲嘆息，鬆開髮絲，「好了。」

「謝謝，還有剛剛救我……也謝謝。」她不忘禮貌，半調皮地朝車站的階梯退後，「那，我要回去了。」

「咦？」

「回苗栗，我搭火車回去。」她踏上一層階梯，依舊面向他，「手機已經還給你，這次真的再見啦！」

他看她倒退著愈走愈高，焦急起來，「面試……怎麼樣？會來台北工作嗎？」

「嗯……不知道，要等通知。」

就算她早就知道面試結果，阿海猜她也不會老實說。

施佳懿再次給他一個微笑，然後掉頭小跑步踏上樓梯。

「施佳懿！五十年的力量……我不確定自己足夠了沒有……」他毅然決然大聲喊她，熱切守望那倉促打住的身影，「如果還不夠，而妳一丁點也沒有，我想我們兩個人應該可以一年一年地慢慢走。兩個人的分加在一起，總是可以走下去的吧！」

她遲了幾秒鐘才回身，有些迷惘。阿海生平從沒這麼肯定過，這麼地有把握，他堅定地告訴她，「沒辦法想像五十年的時間也沒關係！對我來說，最重要的是五十年以後，我還想看著妳的臉，牽著妳的手。」

她聽著，輕輕地……眼框有一點濕潤。

在熱鬧的捷運站，阿海再也管不了圍觀人群，豁出去了！他面對靜默不言的施佳懿，眞摯地請她接受：

「一起……一年一年地走吧！」

那些又吹口哨又歡呼的路人們，施佳懿也沒放在眼裡。她思忖半晌，開始踏出步伐，一步步走下樓梯，一直來到阿海面前。

施佳懿熠熠發亮的眼眸太過深邃，叫人讀不出她的心思正想著什麼。

「五十年……眞的太久了。」

她對時間的感嘆簡直當場將阿海推下谷底。阿海緊蹙眉宇，深呼吸，下定決心這一次說什麼都不會退讓半步。

不過，施佳懿接下來令他錯愕發怔。她微微揚起嘴角，不知道爲什麼，那機伶雪亮的神情透出熟悉的戰鬥力和一抹閃耀的美滿。

「先從今天開始吧！我們都還沒一起看過電影呢！」

【全文完】

〈後記〉

愛上的那一秒鐘

原本單純的想法，是要寫一個關於女生愛男生的故事。比起一般男生愛女生的故事少一分傳統觀念上的矜持，以小說而言，我私心是比較喜歡這種愛情模式，那好玩多了。

愛上一個人很簡單，有時往往只是一秒鐘的事。相愛不簡單，相愛一輩子更不可能只靠一時的衝動而已。我想說的是這個。

施佳懿一向很清楚自己要的是甚麼，她也很有野心，勢在必得。一旦愛上一個人，就毫無保留將情感以百分之一百二十的能量全部投注進去。她的愛情濃烈，同時消耗得也快，比一般女孩死心的速度都快。所以當阿海終於以龜速的進度確定愛上她，施佳懿電池裡的電力已經先被自己一滴不剩地榨光了。

阿海的個性和施佳懿截然不同，他腳踏實地，做事不像施佳懿想做就做、隨性而為。阿海相當有責任感，那多少跟從前不堪的往事有關。對於許靜的初戀，讓念舊的他花了好長一段時間才承認對施佳懿有所好感。即便有女朋友，他所做出的許多決定卻又建立在「責任感」的基礎上，因此他認為幫許靜的忙，比交女朋友這種私事還重要。直到後來關子民點醒阿海，做事不能一味被動地假責任之名，自己願不願意才是重點。

有人努力想長駐在對方的生命當中，有人不確定自己真正渴望停留的地方在哪裡。因此我們有時會路過，有時離開，又有時猛然回神，發現本來平行的世界不知何時又重疊在一起……這個宇宙不正是因為許多星球的牽引環繞、碰撞衝擊，才更生機蓬勃嗎？

這次交稿我交得萬分驚險、迫在眉睫，所以靈機一動，把我的母親大人也拖下水幫我抓錯字，不然光憑有限的時間我是沒辦法將修稿做到滿意為止（事實證明被母親大人逮到的錯字還真是可觀到一個離譜的地步），感謝您了，母親大人。

這一次創作最大的收穫就是一個嶄新的女主角——施佳懿。一個任性、倔強、驕傲、帶點狡猾的女孩，可以很率真，也可以漂亮偽裝。她的真性情使我不會有太多顧慮，不需要一面擔心女主角會不會太過完美，一面又擔心她不夠討人喜歡。

施佳懿最令我欣賞，也是最可議的一點是，她是聰明的女孩子，聰明到連談戀愛都懂得用頭腦。在故事尾聲，施佳懿看似不再強求，不過，最後她還是使出一記小手段，這個小手段讓阿海領悟到，有的「奇蹟」並不是平白出現。在那個會客室，她拿走阿海掉在沙發上的手機，本來可以直接交給總機小姐，再歸還阿海，但施佳懿將它拿走了。再一次見面，並不是絕對，而是賭注，就像拋接球，她投出機會，阿海必須懂得準確接住，才不會白費。

關於這一點，我並沒有在故事裡寫得明白，不過全世界只要耿直的阿海察覺到施佳懿的用心，我想就足夠了。

晴菜

國家圖書館出版品預行編目資料

我的世界，你來過 / 晴菜著. -- 初版. -- 臺北市：
商周，城邦文化出版；家庭傳媒城邦分公司發行,
民 102.06
面 ； 公分. --（網路小說；217）

ISBN 978-986-272-396-8（平裝）

857.7 102010195

我的世界，你來過

作　　者／晴菜
企畫選書人／楊如玉、陳思帆
責 任 編 輯／陳思帆

版　　權／翁靜如
行 銷 業 務／李衍逸、蘇魯屏
總 編 輯／楊如玉
總 經 理／彭之琬
發 行 人／何飛鵬
法 律 顧 問／台英國際商務法律事務所　羅明通律師
出　　版／商周出版
台北市中山區民生東路二段 141 號 9 樓
電話：(02) 2500-7008　傳眞：(02) 2500-7759
blog：http://bwp25007008.pixnet.net/blog
email：bwp.service@cite.com.tw
發　　行／英屬蓋曼群島商家庭傳媒股份有限公司城邦分公司
聯絡地址：台北市中山區民生東路二段 141 號 11 樓
書虫客服服務專線：(02) 25007718・(02) 25007719
24小時傳眞服務：(02) 25001990・(02) 25001991
服務時間：週一至週五09:30-12:00・13:30-17:00
郵撥帳號：19863813　戶名：書虫股份有限公司
讀者服務信箱 email：service@readingclub.com.tw
城邦讀書花園網址：www.cite.com.tw
香港發行所／城邦（香港）出版集團有限公司
地址：香港灣仔駱克道 193 號東超商業中心 1 樓
email：hkcite@biznetvigator.com
電話：(852)25086231　傳眞：(852) 25789337
馬新發行所／城邦（馬新）出版集團 Cité(M)Sdn. Bhd.
41, Jalan Radin Anum, Bandar Baru Sri Petaling,
57000 Kuala Lumpur, Malaysia.
電話：(603) 90578822　傳眞：(603) 90576622
email:cite@cite.com.my

版 型 設 計／小題大作
封 面 設 計／黃聖文
電 腦 排 版／浩瀚電腦排版股份有限公司
印　　刷／高典印刷有限公司
總 經 銷／高見文化行銷股份有限公司
電話：(02)2668-9005　傳眞：(02)2668-9790
客服專線：0800-055-365

■ 2013 年（民 102）6月 6 日初版
■ 2017 年（民 106）8月31日初版8刷

Printed in Taiwan

定價 / 200元

ISBN 978-986-272-396-8

城邦讀書花園
www.cite.com.tw

商周出版

廣　告　回　函
北區郵政管理登記證
台北廣字第000791號
郵資已付，免貼郵票

104台北市民生東路二段 141 號 2 樓

英屬蓋曼群島商家庭傳媒股份有限公司　城邦分公司

請沿虛線對摺，謝謝！

商周出版

書號：BX4217　　書名：我的世界，你來過　　編碼：

請於此處用膠水黏貼

商周出版

讀者回函卡

謝謝您購買我們出版的書籍！請費心填寫此回函卡，我們將不定期寄上城邦集團最新的出版訊息。

姓名：________________ 性別：☐男 ☐女

生日：西元________年________月________日

地址：________________

聯絡電話：____________ 傳真：____________

E-mail：________________

學歷：☐1.小學 ☐2.國中 ☐3.高中 ☐4.大專 ☐5.研究所以上

職業：☐1.學生 ☐2.軍公教 ☐3.服務 ☐4.金融 ☐5.製造 ☐6.資訊
☐7.傳播 ☐8.自由業 ☐9.農漁牧 ☐10.家管 ☐11.退休
☐12.其他____________

您從何種方式得知本書消息？

☐1.書店 ☐2.網路 ☐3.報紙 ☐4.雜誌 ☐5.廣播 ☐6.電視
☐7.親友推薦 ☐8.其他____________

您通常以何種方式購書？

☐1.書店 ☐2.網路 ☐3.傳真訂購 ☐4.郵局劃撥 ☐5.其他________

您喜歡閱讀哪些類別的書籍？

☐1.財經商業 ☐2.自然科學 ☐3.歷史 ☐4.法律 ☐5.文學
☐6.休閒旅遊 ☐7.小說 ☐8.人物傳記 ☐9.生活、勵志 ☐10.其他

對我們的建議：________________

【為提供訂購、行銷、客戶管理或其他合於營業登記項目或章程所定業務之目的，城邦出版人集團（即英屬蓋曼群島商家庭傳媒（股）公司城邦分公司、城邦文化事業（股）公司），於本集團之營運期間及地區內，將以電郵、傳真、電話、簡訊、郵寄或其他公告方式利用您提供之資料（資料類別：C001、C002、C003、C011等）。利用對象除本集團外，亦可能包括相關服務的協力機構。如您有依個資法第三條或其他需服務之處，得致電本公司客服中心電話(02)25007718請求協助。相關資料如為非必要項目，不提供亦不影響您的權益。

1. C001辨識個人者：如消費者之姓名、地址、電話、電子郵件等資訊。
2. C002辨識財務者：如信用卡或轉帳帳戶資訊。
3. C003政府資料中之辨識者：如身分證字號或護照號碼（外國人）。
4. C011個人描述：如性別、國籍、出生年月日。

請於此處用膠水黏貼